安徽省六安市旅游研究

杨祎◎著

安徽师范大学出版社

责任编辑：孙玉洁
装帧设计：丁奕奕
责任印制：郭行洲

图书在版编目(CIP)数据

安徽省六安市旅游研究 / 杨祎著. -- 芜湖 : 安徽师范大学出版社, 2015.6
ISBN 978-7-5676-1978-4
Ⅰ. ①安… Ⅱ. ①杨… Ⅲ. ①地方旅游业—旅游业发展—研究—六安市
Ⅳ. ①F592.754.3

中国版本图书馆CIP数据核字(2015)第106073号

安徽省六安市旅游研究
杨 祎 著

出版发行：安徽师范大学出版社
芜湖市九华南路189号安徽师范大学花津校区　　邮政编码：241002
网　　址：http://www.ahnupress.com/
发 行 部：0553-3883578 5910327 5910310(传真)　　E-mail：asdcbsfxb@126.com
印　　刷：虎彩印艺股份有限公司
版　　次：2015年6月第1版
印　　次：2015年6月第1次印刷
规　　格：700×1000　1/16
印　　张：14.25
字　　数：226千
书　　号：ISBN 978-7-5676-1978-4
定　　价：29.00元

前 言

六安市素称“皖西”，地处安徽西部，大别山北麓，现辖金安、裕安两区和寿县、霍邱、金寨、霍山、舒城五县。

六安承东接西，地理位置优越。“屏障东南水陆通，六安不与别州同。山环英霍千重秀，地控江淮四面雄。”六安自然景观独特，历史文化悠久，红色底蕴深厚，是皋陶文化的发源地和楚汉文化的厚积地，是红四方面军的主要诞生地和鄂豫皖革命根据地的核心区，是大别山生态环境和景观资源最为富集的地区。

走进六安，处处美不胜收：这里有巍巍青山，以国家AAAAA级旅游景区天堂寨、大别山第一高峰白马尖和大别山国家地质公园等经典景区为重点的南部及西南部的原生态休闲度假旅游基地，分布着神奇而独特的地质地貌和生态景观；这里有悠悠碧水，以万佛湖、佛子岭、梅山、响洪甸等大别山五大水库为重点的淠史杭水利文化观光旅游带，记载着皖西人民治理淮河战天斗地的丰功伟绩；这里有浓浓古意，以寿县古城暨八公山为重点的北部和西北部的沿淮古文化旅游基地，展示着岁月的沧桑和传承千年的民风民俗；这里有殷殷红色，民主革命时期六安人民英勇参战，留下许多可歌可泣的赞歌，诞生了11支中国工农红军和108位共和国开国将军，被誉为“红军的故乡，将军的摇篮”。

长期以来，受交通基础设施条件等因素的制约，六安优质旅游资源没有实现很好的开发利用。近年来，随着沪汉蓉（上海—武汉—成都）和商景（商丘—景德镇）高速公路建成运行，特别是沪汉蓉高铁等快速交通设施以及合肥新桥国际机场的相继投入运行，六安区域骨干交通发生了根本性的变化，六安市已被国家交通部门确定为陆路交通枢纽城市。与此同时，2015年年底主干线即将通车的大别山旅游扶贫快速通道（横跨沪汉蓉和济广两大高速、连接大别山北坡十多个重点景区），将从根本上改变六安大别山内部旅游基础设施和服务设施状况。方便快捷的现代化交通为六安市旅游产业的快速发展注入了强劲动力。截至2014年年底，六安市已经拥有国家AAAA级以上旅游景区23家（1家AAAAA、22家AAAA），全市旅游业吃、住、行、游、购、娱六要素相互配套力度正逐步加强，现代旅游产业体系框架正在形成，旅游业已经成为六安市国民经济重要产业。六安市正按照绿色发展理念，充分发挥旅游产业在拉动投资、扩大消费、增加就业、传播文明、富民强市中的重要作用，推进六安市由旅游资源大市向旅游产业强市跨越，致力于将六安市培育成为国际知名、国内一流的旅游目的地，把旅游业培育成国民经济的战略性支柱产业和人民群众更加满意的现代服务业。

六安市旅游产业的快速发展，得益于现代交通运输和旅游设施条件的提高、现代居民生活方式的转变和消费需求的变化、信息网络技术的发展以及经济一体化进程的加快。回顾近些年来六安市旅游产业的发展历程，可以说六安市旅游产业基本上是“干中学”发展模式，理论研究严重滞后于实践发展。目前有关六安市的旅游研究主要集中在四个方面：

一是关于六安市旅游资源保护和开发问题研究。主要有：龙花、杨本俊《基于SWOT分析的六安市修学教育旅游开发研究》（《淮海工学院学报：人文社会科学版》2013年第13期86–88页），赵怀琼、陆静《六安市文化旅游深度发掘和市场营销策略研究》（《皖西学院学报》2013年第5期20–22页），李典友、李婷婷《大别山（六安）国家地质公园生态旅游资源及开发利用》（《皖西学院学报》2013年第3期72–74页），杨祎《乡村旅游开发问题初探——以安徽省六安市为例》（《中国商贸》2012年第33期150–151页），余佳华、黄润《基于RMP分析的六安市乡村旅游深度开发研究》（《皖西学院学报》2012年第6期50–52页），杨祎、梁修存、黄润《高速交通设施对旅游目的地空间格局影响分析——以安徽省六安市为例》（《皖西学院学报》2012年第5期55–59页），姚志存《地方旅游发展与旅游人才培养的调查研究——以安徽省六安市为例》（《滁州学院学报》2012年第1期102–104页），卞斐、刘勇《六安市森林旅游的SWOT分析及发展对策》（《安徽林业科技》2011年第4期45–48页），邹鹃彪、吴强《基于城市设计的城镇旅游文化形象的建构——以安徽六安市佛子岭城镇滨水地区城市设计研究为例》（《城市规划》2010年第4期92–96页），万树《泛长三角旅游一体化下六安旅游整合开发与营销》（《皖西学院学报》2010年第1期86–90页），李晓勇《大别山（六安）国家地质公园营销渠道研究》(《兰州学刊》2009年第10期92–94页),王庭《安徽后发地区旅游景区营销的策略分析——以安徽大别山(六安)国家地质公园为例》(《农村经济与科技》2009年第9期58–60页),张树萍、周刚《安徽大别山(六安)国家地质公园旅游开发》(《皖西学院学报》2007年第5期122–124页),琚胜利、陆林《六安市裕安区旅游形象设计研究》(《安徽师范大学学报:自然科学版》2006年第6期595–598页),胡伟、吴秋《六安市旅游电子商务发展对策研究》(《皖西学院学报》2006年第3期62–64页),万青《六安市区域旅游竞争力研究》(《甘肃农业》2006年第3期107–107页),万青《六安旅游业发展中的问题与对策探讨》(《安徽地质》2005年第2期140–143页),万青《六安市旅游业的SWOT分析》(《中国农学通报》2005年第1期376–379页),黄润、葛向东、苏勤《安徽省六安市旅游资源开发布局和交通网建设》(《国土与自然资源研究》2004年第4期87–88页),黄润、杨本俊《安徽省六安市旅游开发布局研究》(《皖西学院学报》2002年第4期72–74页),赵怀琼、杨敬东《六安地区旅游资源开发存在的问题及对策》(《皖西学院学报》2000年第2期51–52页),陈兆清《建国后六安市红色旅游资源保护与开发》(《老区建设》2014年第4期36–40页),李文君《基于点—轴理论的六安地区红色旅游空间布局优化》(《重庆科技学院学报:社会科学版》2013年第10期123–126页),沈岑、陈小波《六安红色旅游资源调查分析》(《边疆经济与文化》2009年第11期12–14页),杨祎《六安市红色旅游资源开发问题研究》(《皖西学院学报》2008年第2期122–125页),万青、檀祝兵、胡珀《六安市红色旅游资源利用开发情况的调查与思考》(《安徽农学通报》2007年第8期175–177页),张树萍《六安市红色旅游业的SWOT分析》(《资源开发与市场》2006年第2期99–201页),卢丽刚、时玉柱《大别山红色旅游资源保护与开发的问题诊断及其应对策略》(《安徽农业科学》2009年第22期10 745–10 747页)等。

二是关于六安市旅游扶贫问题研究。主要有:张劲兵、万青《发展旅游加快脱贫致富的步伐——以安徽省六安地区为例》(《甘肃农业》2006年第4期101–102页),赵怀琼、杨敬东《六安市旅游扶贫的政府驱动模式研究》(《襄樊学院学报》2005年第5期73–75页),杨敬东《皖西旅游资源开发利用战略问题探讨——兼论六安市实施旅游带动战略的基础和途径》(《皖西学院学报》2002年第6期50–53页),安徽省旅游局加大贫因地区旅游资源开发力度尽快实现脱贫致富奔小康目标课题组《旅游开发扶贫大有可为——对六安地区旅游开发扶贫的调研报告》(《决策咨询》1998年第12期30–31页),万青《大别山贫困山区生态旅游资源开发及对策——以安徽省霍山县为例》(《安徽地质》2006年第1期71–74页)等。

三是关于大别山旅游区域竞争与合作问题研究。主要有:孙贤斌、傅先兰《基于GIS的皖西大别山区域旅游空间结构分析及其发展策略》(《皖西学院学报》2011年第2期56–60页),程广华《大别山区域旅游合作与发展战略研究》(《皖西学院学报》2010年第3期85–88页),王庆斌、杨效忠、屈桂春《大别山区域旅游竞合模式研究》(《国土资源科技管理》2008年第4期6–11页),姜坤、章锦河、王浩《大别山“边界共生”旅游开发模式研究》(《云南地理环境研究》2007年第2期133–136页)等。

四是关于天堂寨、万佛湖和寿县等重点旅游景区案例研究。天堂寨景区研究主要有:周文山、张莉《基于STP战略的天堂寨旅游风景区营销定位研究》(《长沙铁道学院学报:社会科学版》2014年第3期28–29页)、杨祎、梁修存、黄润《天堂寨景区乡村旅游发展若干问题探讨》(《皖西学院学报》2014年第3期61–63页),韩国圣、吴佩林、黄跃文等《山地旅游发展对社区居民的去权与形成机制——以安徽天堂寨旅游区为例》(《地理研究》2013年第10期1 948–1 963页),韩国圣、李辉、朱峰等《天堂寨社区居民旅游就业意愿多重对应分析》(《华东经济管理》2013年第2期18–23页),韩国圣、张捷、黄跃文等《基于旅游影响感知的自然旅游地居民分类及影响因素——以安徽天堂寨景区为例》(《人文地理》2012年第6期110–116页),尹立杰、张捷、韩国圣等《基于地方感视角的乡村居民旅游影响感知研究——以安徽省天堂寨为例》(《地理研究》2012年第10期1 916–1 926页),韩国圣、李辉、朱峰等《天堂寨景区社区领导与普通居民旅游感知的差异》(《旅游研究》2012年第3期45–50页),李彩红、管华《皖西天堂寨国家森林公园生态旅游开发的SWOT分析》(《皖西学院学报》2012年第3期45–50页),韩国圣、尹立杰、张捷等《天堂寨景区农村社区居民旅游影响感知的差异分析》(《地理科学》2011年第12期1 525–1 532页),杨效忠、张捷、叶舒娟《基于社会网络的跨界旅游区边界效应测度及转化》(《地理科学》2010年第6期826–832页),赵怀琼、陆静、陈露《P–E状况分析模式在六安市旅游地生命周期研究中的应用——以天堂寨国家地质公园为例》(《皖西学院学报》2010年第2期136–139页),吴昊、李典友、张财宝《天堂寨旅游资源及其开发利用状况分析》(《经济研究导刊》2009年第11期105–107页），杨效忠、张捷、乌铁红《跨界旅游区的组织网络结构与合作模型——以大别山天堂寨为例》（《地理学报》2009年第8期978–988页），李传武《基于旅游生态足迹的皖西天堂寨生态旅游发展研究》（《宿州学院学报》2008年第4期119–122页），乌铁红、张捷、杨效忠等《旅游地形象随时间变化的感知差异——以安徽天堂寨风景区为例》（《地理研究》2008年第5期1 078–1 086页），李传武、赵咏梅《基于旅游生态足迹的皖西天堂寨的实证研究》（《资源开发与市场》2008年第5期474–476页），杜方明、赵怀琼《天堂寨国家森林公园旅游环境承载力研究》（《合肥工业大学学报：社会科学版》2008年第3期5–10页），杜方明、王特《天堂寨假日旅游市场调查分析》（《合肥学院学报：社会科学版》2007年第4期82–86页），赵怀琼、王明贤、汪亮《天堂寨旅游业实现清洁生产的途径》（《合肥工业大学学报：自然科学版》2007年第5期561–564页），苗爱群《论生态旅游的可持续发展——以天堂寨国家森林公园为例》（《安徽农业科学》2005年第4期697–698页），杜方明、赵怀琼《天堂寨国家森林公园旅游资源评价》（《皖西学院学报》2004年第5期118–121页），孙贤斌、赵咏梅《天堂寨自然保护区生态旅游资源及开发对策研究》（《皖西学院学报》2004年第2期49–52页）等。

万佛湖景区研究主要有：李美萍、年四锋、李东和《万佛湖旅游度假区服务质量提升研究》（《安庆师范学院学报：社会科学版》2011年第3期22–25页），李美萍、李东和、年四锋《度假区旅游业态发展研究——以万佛湖旅游度假区为例》（《皖西学院学报》2010年第3期22–25页），李经龙《万佛湖风景区休闲旅游发展策略研究》（《池州学院学报》2010年第3期84–88页），杨祎、葛向东《万佛湖风景区旅游冲突主体特征研究》（《科技创新导报》2008年第18期112–113页）等。

关于寿县旅游研究主要有：陈兆清《寿县古城保护与开发研究》（《安徽农业科学》2013年第4期1 597–1 600页），李松《淮南、寿县旅游文化资源整合的SWOT分析》（《安徽农业科学》2011年第10期6 139–6 143页），王凤仪、鲁峰《基于舞台真实理论的寿县古城旅游开发研究》（《皖西学院学报》2011年第5期126–127页），齐莉莉、苏勤、郑焕友《寿县旅游发展的竞合分析》（《国土与自然资源研究》2011年第1期86–87页），苏金成《寿县民俗旅游资源的开发研究》（《皖西学院学报》2005年第4期22–25页）。

总体看来，除天堂寨景区外，对其他景区研究的内容比较单一，研究程度深浅不一，特别是近年来六安市区域旅游交通发生了根本性的变化，过去的研究成果对今天六安市旅游产业发展的指导作用已不明显。

长期以来，作者一直关注六安市旅游产业的发展，并致力于六安市旅游产业转型和发展的研究，本书是作者近年来关于六安市旅游产业发展研究成果的集中体现。其中，有对六安市旅游产业发展经验的分析总结（第一章），也有对六安市旅游产业发展现状和存在问题的分析（第二、三章），还有对六安市旅游产业未来发展的探索（第四章至第十一章）。这些研究成果部分在现实中已有所应用，有的观点为六安市旅游发展总体规划所采纳（第四、五章相关内容），有的观点已作为六安市党委、政府和有关部门决策的参考（第四章至第七章相关内容），关于六安市旅游产业未来发展研究的部分内容也发表在相关学术期刊上（第六、七、九章相关内容）。

六安是我国大别山集中连片贫困区的重要组成部分，是集山区、库区、江淮分水岭易旱区和沿淮行蓄洪区为一体的革命老区，是国家大别山水土保持生态功能区的重要组成部分。依托优越的生态环境、厚重的人文历史文化和便捷的区域交通，积极发展旅游产业是六安市重要的战略选择之一。本书的研究仅仅抛砖引玉，期盼有更多的专家学者了解六安、认识六安、研究六安，支持六安革命老区旅游产业发展，让旅游产业成为六安市绿色发展的先行者，革命老区形象提升的突破口，脱贫致富强市的着力点。

目 录

表 目 录

图 目 录

第一章　六安市旅游业发展概况

六安市素称“皖西”，地处安徽西部，大别山北麓，是大别山区域中心城市，现辖金安、裕安两区和寿县、霍邱、金寨、霍山、舒城五县。全市共156个乡镇、8个街道、92个社区、2 081个村民委员会；总面积17 976平方千米，居全省各市第一；总人口716.7万人，居全省各市第二。

六安是个古老的城市，历史悠久。早在4 000多年前，中国司法鼻祖、“上古四圣”之一的皋陶后裔就封于此，故六安又称“皋城”。公元前121年，汉武帝取“六地平安”之意，置六安国，六安之名沿用至今。

第一节　六安市旅游资源概况

六安市拥有大别山四分之三的山脉，这里有大别山最高峰白马尖(海拔1 774米)和淮河的重要支流和干流，自然景观独特，历史文化悠久，红色底蕴深厚，是皋陶文化的发源地和楚汉文化的厚积地，是红四方面军的主要诞生地和鄂豫皖革命根据地的中心地带，是大别山生态环境和景观资源最为富集的地区。

一、绿色旅游资源得天独厚

(一)蕴藏着丰富的生物多样性资源

大别山是重要的南北自然地理分界线之一，又位于我国大陆地势第二、三级阶梯的交界附近，在自然地理上具有“南北过渡、襟带东西”的显著特征，是我国南北和东西物种交集荟萃的桥梁和纽带。同时，大别山区地质历史古老，受第四纪冰川影响不大，成为许多古老植物的避难所之一，是我国许多特有珍稀濒危野生动植物物种的集中分布地区，已被中国环境与发展国际合作委员会和《中国生物多样性保护行动计划》列为重点实施的区域之一。

(二)拥有优越的自然生态环境

六安市拥有天堂寨、马鬃岭、白马尖、万佛山等国家级或省级自然保护区、森林公园,以及龙河口、梅山、佛子岭、响洪甸、磨子潭五大水库上游水源涵养林国家级自然保护区,它们为我们提供了理想的观光、野营、度假、科考、探险等活动场所。而大别山区的“新中国第一坝”佛子岭水库、“淮河第一坝”响洪甸水库、世界七大灌区之一的淠史杭灌区等人工建造物,其本身就具有重要的科研价值和观光功能,每年都吸引了众多国内外专家学者前来考察学习,众多的游客前来休闲观光。

六安市位于江淮分水岭西部的特殊地形区,地处南北气候过渡带。早在古代,先哲们就创造了中国最古老的蓄水灌溉工程安丰塘等古代水利工程。新中国成立后,为响应“一定要把淮河修好”的伟大号召,六安市人民陆续兴建了拦蓄大别山区洪水的佛子岭、梅山、磨子潭、响洪甸、龙河口五大水库,并以此为主要水源,建成了横跨江淮两大流域、灌溉面积达1 000万亩的特大型水利工程淠史杭灌区。淠史杭(淠河、史河、杭埠河)灌区是新中国成立后兴建的全国最大灌区,是全国三个特大型灌区之一;淠史杭灌区创造了新中国水利建设史上的奇迹,党和国家领导人先后来到灌区考察,众多国际友人先后来到灌区观摩。如今,这些水库在继续发挥水利工程效益的同时,正逐步被开发为水上旅游的精品景区。

二、红色旅游资源十分丰富

(一)六安是中国传播马克思主义和建立中国共产党地方组织最早的地区之一

早在1920年,高语罕就受陈独秀委托回安徽从事建党工作,其编写的《白话书信》是安徽省最早、最系统的传播马克思主义的读本。1922年,六安寿县就成立了党小组。1923年,寿县还成立了直属中央领导的中共寿县小甸特别支委,这是安徽省及鄂豫皖边区的第一个农村党组织。六安在新民主主义革命时期是中国共产党活动的中心区域之一。

(二)六安是鄂豫皖革命根据地的中心地带,是红军的发源地之一

在鄂豫皖边区的三大武装起义中,有两次发生在今六安市境内。1929年5月,商南(今属金寨)立夏节起义胜利,成立红三十二师,建立了以商南为中心的豫东南根据地。同年11月,中共六安中心县委领导的六安独山暴动、霍山西镇等地农民起义和民团兵变相继发生,形成了六霍起义的高潮,创建了红三十三师和皖西革命根据地。1930年4月,霍山建立了安徽省第一个县级苏维埃政府——霍山县苏维埃政府,霍山成为全省第一个全境赤化县、安徽省红色区域中心。

六安是红军的故乡,将军的摇篮。1930年3月,红一军成立,辖三个师,其中两个师是皖西部队。六安籍黄埔军校一期生许继慎任军长,徐向前任副军长(兼第一师师长),统一了鄂豫皖边区的军事指挥。此后,在皖西地区先后组建了红一军新的第三师、中央独立第一师、中央教导第二师、红四军第十一师、十二师、红二十五军三个师、红二十七军两个师、红二十八军和大量的地方武装,为人民军队的发展壮大做出了巨大贡献。1932年徐向前指挥的苏家埠战役,是红军史上的空前大捷。在1955年至1964年授衔的一代开国将军中,安徽省130位中皖西籍占108位。

(三)六安是中国抗战时期重要的指挥中心和活动中心之一

抗日战争爆发后,红二十八军和皖鄂边特委以民族利益为重,于1937年7月主动发起同以卫立煌为首的国民党豫鄂皖边区当局谈判,达成停止内战、一致抗日的协议,率先实现了区域性国共合作,极大地推动了各类抗日协会和团体的成立,形成了抗日民主运动蓬勃发展的大好局面。在这里,新四军第四支队打响了新四军华中抗日第一枪,李宗仁主力在霍山六万寨重创3 000多侵华日军。

(四)六安是中国解放战争时期的重要革命根据地

1947年6月30日,刘邓大军率领冀鲁豫野战军主力,千里挺进大别山,重建和恢复了中原根据地。刘邓大军第三纵队和第二纵队第五旅在皖西地方武装和群众的配合下,于9月间迅速解放皖西广大农村,占领部分县城。10月上旬,陈锡联指挥三纵队在六安市东南发起张家店战斗,歼敌近5 000人,使刘邓大军在无后方依托条件下取得首次歼敌1个正规旅以上兵力的重大胜利。刘邓大军千里跃进大别山,扭转了解放战争的战局,在中国革命解放战争史上创造了一个军事奇迹。

为充分挖掘和利用革命历史资源,积极发展红色旅游,广泛开展爱国主义和革命传统教育,大力弘扬和培养伟大民族精神,不断增强民族凝聚力,推动老区经济社会协调发展,2003年,中共中央办公厅、国务院办公厅印发了《2004—2010年全国红色旅游发展规划纲要》。此《纲要》中提出要在全国培育形成12个“重点红色旅游区”，配套完善30条“红色旅游精品线路”，重点打造100个“红色旅游经典景区”。在12个“重点红色旅游区”中，“大别山红色旅游区”列入其中，主题形象是“千里跃进、将军故乡”。在30条“红色旅游精品线路”中，“合肥—六安—金寨—霍山—岳西—安庆线”列入其中。在100个“红色旅游经典景区”中，六安市皖西烈士陵园、独山革命旧址群、霍山县西镇暴动纪念馆、金寨县革命烈士陵园、金寨县红二十五和红二十八军军政机构旧址等景区(点)列入其中。

三、历史文化遗产资源相得益彰

六安历史悠久，是中华民族古代文化发源地之一；是我国司法、豆腐、兽医三大鼻祖的孕育地。坐落在六安市城东的皋陶墓，记载着4 000多年前皋陶与大禹共辅舜帝的历史；淮南王刘安在寿县八公山炼丹之余发明了豆腐，并创造了24节气；明代喻本元、喻本亨历时十余年编著了世界最早的兽医学医典《牛马经》。这里古城址、古关寨、古战场、古迹名胜星罗棋布，其中有皋陶之墓，有2006年度中国十大考古新发现之一、中国首个王陵墓葬区六安双墩王陵墓地，有我国现存最完整的七大古城墙之一的历史文化名城楚都寿县古城，有建于春秋时我国古代四大水利工程之一、被誉为“天下第一塘”的安丰塘，以及与都江堰同时代修建的古代著名水利工程舒城七门堰水利枢纽，更有因淮南王刘安、淝水之战、豆腐发源地而名扬天下的八公山，又有功冠诸侯、风云一时的汉九江王英布墓和东城都遗址等。这里还涌现出司法鼻祖皋陶、汉九江王英布、三国东吴大都督周瑜、宋代画家李公麟、清代帝师孙家鼐等良将名相英才。同时，六安也是“风声鹤唳，草木皆兵”“投鞭断流”“一人得道，鸡犬升天”“时苗留犊”等众多成语典故起源地，人文历史厚重，遗址古迹众多。

四、大别山地质遗迹资源极具开发潜力

大别山位于华北地块和扬子地块的结合部，构造发育，岩浆活动频繁，变质作用、火山活动强烈而广泛，其特殊的区位和重要的地学意义已备受国内外专家学者的关注。这里既有地球上变质最深的岩石(麻粒岩相)出露，又有中浅变质岩的分布；既有反映地球数十千米深部信息的超高压变质带，又有表生作用下形成的各种地质体，地质遗迹资源十分丰富。

旅游业是六安市的资源产业、特色产业和优势产业。近年来，在中央和省各级领导的关心、支持下，六安市紧紧抓住区域交通条件改善带来的发展机遇，充分发挥得天独厚的旅游资源优势，以景区（点）建设为突破口，以重大旅游项目为抓手，大力推进旅游基础设施和服务设施建设。全市旅游业的吃、住、行、游、购、娱六要素相互配套力度正逐步加强，全市旅游业发展的基础进一步夯实，旅游业的竞争力进一步增强，现代旅游产业体系框架已经形成，旅游业的品牌影响力进一步提升，六安市正在成为大别山区域最为重要的旅游集散中心、长三角和华中地区最为重要的旅游目的地之一。

第二节　六安市旅游业发展现状分析

随着旅游交通状况的改善，六安市旅游业发展迅速，旅游经济效益和综合效益显著提高。

一、旅游经济效益显著提高

近年来，随着沪汉蓉高速公路和高速动车的开通运行，全市旅游接待总人次和旅游业总收入以年均25%的速度增长，六安市旅游业呈现爆发式发展。2014年，全市共接待游客2 400万人次，实现旅游业总收入163亿元，占全市GDP的6%（见表1.1）。2011—2012年，六安市旅游经济发展水平在安徽省排名第7位，处于中上等水平。旅游业的发展带动了交通、商贸、住宿、餐饮、文化、体育、信息、物流、休闲等服务业的发展，为工业、农业提供了新的市场空间，推动了产业结构调整，增加了就业机会，促进了生态环境和文化遗产的保护，旅游业在全市国民经济和社会发展中的地位进一步提升。

表1.1　2001—2014年六安市旅游接待人次和旅游业总收入

年　份	2001	2002	2003	2004	2005	2006	2007	2008	2009	2010	2011	2012	2013	2014
旅游人次（万人次）	164	207	167	233	263	305	387	464	579	700	1 000	1 500	2 000	2 400
旅游业总收入（亿元）	5.5	6.5	6.9	8.5	12	15	19.5	25	31.6	40	65	95	130	163

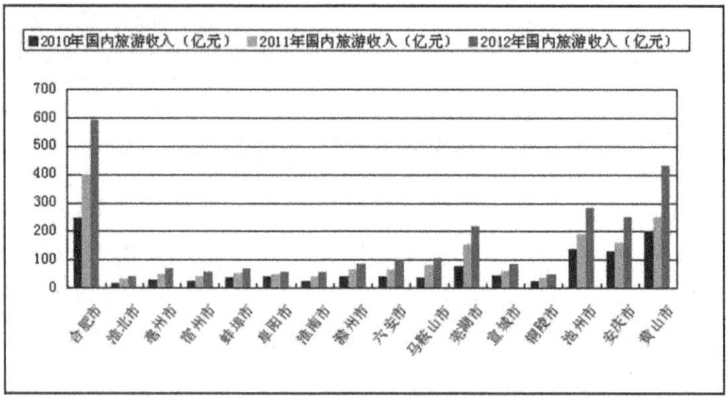

图1.1　2010—2012年安徽省各地级市旅游经济发展比较

二、旅游产业体系日趋完善

全市旅游业吃、住、行、游、购、娱六要素全面发展，现代旅游产业体系初步形成。截至2014年年底，六安市已经拥有国家AAAA及以上旅游景区23家(1个AAAAA、22个AAAA)。国家AAAA及以上旅游景区数目位居全省第二。旅游星级饭店32家，其中五星级1家，四星级7家，三星级15家。全市旅行社40家，其中三星级以上诚信旅行社17家。舒城、霍山、金寨3个县成功创建安徽省旅游经济强县。全市拥有安徽省最佳旅游乡镇19个、优秀旅游乡镇40个、旅游乡镇19个。全市有安徽省三星级及以上农家乐126家，其中五星级19家，四星级41家，三星级66家。

截止2014年年底，六安市星级饭店数量在全省16个地级市中排名第7位，旅行社数量排名第12位。

三、红色旅游取得突破性进展

《2004—2010年全国红色旅游发展规划纲要》出台后，六安市组织编制了六安市红色旅游发展总体规划，并及时启动实施了六安市红色旅游“139”计划，即建设1条国家级红色旅游主题线路，打造3条六安市红色旅游精品线路组合，完成9个六安市红色旅游首批重点建设项目。截至2009年年底，“139”计划全部完成。在9个六安市红色旅游首批重点建设项目中，金寨红军广场、独山苏维埃城、霍山安徽省红色区域中心纪念园均成功创建国家AAAA级旅游景区，万佛湖新四军四支队指挥部旧址、金安区刘邓大军千里跃进大别山张家店战役纪念馆、天堂寨刘邓大军前方指挥部旧址等红色旅游项目均已成为所在AAAA或AAAAA级旅游景区的一个新亮点。全市红色旅游已具规模、形成体系,红色旅游已成为六安市旅游业发展的新品牌。

四、旅游产品开发初具规模

通过近年来的规划建设,六安市各类旅游产品开发均取得了不同程度的进步。一是"红、古、绿、蓝、特"五色产品逐渐成为旅游市场的主力军。六安市依托丰富的山水文化资源,一直大力推进各色旅游产品的建设和改造,"五色"旅游产品逐渐成为旅游市场的主力军。二是新型旅游产品不断涌现,成为旅游市场的生力军。近几年,随着旅游业发展的不断深入,一些新型旅游产品不断涌现,研学旅行、登山旅行、高铁游、自助游等成为六安市拓展客源市场、提升旅游业发展质量的生力军。尤其是自由行、自驾游、探险游等个性化自助旅游产品的开发,拓展了新兴旅游形式。三是节事节庆、体育活动扩大了影响力。六安市积极举办全国和亚洲青年赛艇锦标赛、中国大别山(六安)山水文化旅游节、中国(六安)国际羽绒博览会等大型节庆活动,利用这些赛事节庆平台,积极宣传六安市旅游资源和产品,扩大了影响力。

五、产业融合发展深入推进

近年来,六安市大力推动旅游业与其他产业的融合,乡村旅游、红色旅游、古迹旅游、生态旅游、城市旅游、体育旅游、文化旅游和工业旅游蓬勃发展;旅游业的科技文化内涵大幅提升,并以大旅游带动了农业、工业、文化和体育产业发展;积极推动旅游产业与其他产业的融合,产业领域扩展到经济社会的各个方面。同时以发展旅游产业为契机,提升了区域基础设施水平,改善了农村自然环境和城市面貌,促进了城乡和谐,将乡村的资源优势通过旅游开发更大程度地释放出来,尤其是乡村旅游的蓬勃开展为推进社会主义新农村建设发挥了积极作用。

六、旅游综合效益日益显著

旅游业的快速发展,为地方经济社会发展注入了无限的生机与活力。首先,道路交通等旅游基础设施的建设极大地改善了革命老区人们的生活环境和生产条件。其次,旅游服务业的发展壮大使农民收入不断增加。各相关管理部门及景区(点)积极鼓励、引导、支持农民做大做强旅游项目,发展农家乐、旅游商品店,开发农业旅游,使农民在融入旅游、参与旅游中调整产业结构、增加经济收入。第三,使当地旅游资源及环境得到了较好的保护。旅游业的快速发展给贫困山区农民带来实惠的同时,也让他们认识到保护旅游资源与环境的重要性,提高了保护资源环境的积极性,从而更好地促进旅游业的可持续发展。

第三节　六安市旅游业快速发展的基本经验总结

一、坚持"党政主导"抓旅游的工作方法,高度重视旅游业的发展

六安市委、市政府高度重视旅游业发展。为支持旅游业发展,早在2007年,六安市委、市政府就出台了《六安市加快旅游业发展考评方案》。2009年,发展旅游业首次作为市委、市政府统一表彰的八项奖励之一,旅游工作首次被纳入政府目标考核体系,六安市委、市政府首次用制度杠杆督促各级更加主动、积极地谋划旅游、发展旅游,旅游业迎来了前所未有的良好的发展环境。

此外,在每年年初召开的全市旅游工作会议上,市旅游工作领导小组还对全市获得年度省级以上品牌的旅游企业、旅游业优秀单位予以表彰奖励。为进一步加大对旅游项目建设的督察调度,市、县(区)党委政府主要领导或分管领导每年多次牵头组织开展旅游项目现场观摩活动,统筹研究决策旅游开发中的重大事项,及时协调解决旅游工作中的重点难点问题。通过"党政主导"抓旅游,六安市旅游业发展氛围进一步向好,关心旅游业发展、支持旅游业发展已经成为全市广大干群和社会各界的共识,旅游产业地位进一步得到提高。

二、以《六安市加快旅游业发展三年行动计划》和红色旅游"139"计划为重点,强力推进项目建设

旅游项目是旅游工作的着力点和落脚点,旅游项目的建设及投资的增长是决定旅游产业发展速度和发展后劲的主要因素。针对全市旅游业存在的突出问题,六安市以旅游项目建设为突破口,全面推进旅游业发展。在

2008年年初，市委办、政府办联合编制印发了《六安市加快旅游业发展的第一个三年行动计划(2008—2010)》，分别从旅游景区(点)、旅游基础设施和旅游服务设施三个方面共排定重点旅游建设项目408个。通过第一个旅游业三年行动计划的顺利实施，一件件具体工作得到落实，一项项具体任务得以完成，一个个老大难问题得以解决。所以，在2011年年初，市委、市政府又编制印发了《六安市加快旅游业发展第二个三年行动计划(2011—2013)》，重点围绕旅游景区、旅游基础设施、旅游接待设施和旅游线路四个方面安排工作，排定重点项目595项，投资规模超百亿元。

为进一步深化全市旅游产业改革发展，根据《国务院关于促进旅游业改革发展的若干意见》(国发〔2014〕31号)和《安徽省人民政府关于促进旅游业改革发展的实施意见》(皖政〔2014〕88号)等文件精神，2015年年初六安市委、市政府联合出台了《关于深化旅游产业改革发展的意见》，并根据旅游业新的发展形势，编制印发了六安市旅游业第三个行动计划，提出规划建设以天堂寨、白马尖、万佛湖、寿县古城暨八公山、霍邱两湖、六安中心城区及城郊为核心的六大旅游区，重点培育大别山北坡自驾车旅游景观走廊、“六安茶谷”“九十里山水画廊”、淮河楚文化观光体验以及以双墩王陵区、皋陶文化园和东城都遗址为核心的六安城区历史文化长廊等五条特色旅游线路，全力推进六安市由旅游资源大市向旅游产业强市跨越，努力把六安市建设成为国际知名、国内一流的旅游目的地，推动全市旅游业进入一个新的发展阶段。

与此同时，为抢抓国家大力发展红色旅游的战略机遇，2005年六安市组织编制了《六安市国家级红色旅游精品线路建设经营方案》(即红色旅游“139”计划)。通过近四年的规划建设，以“千里跃进、将军故乡”为主题形象的国家级红色旅游精品线路为主线，以大别山革命历史纪念园、金安区刘邓大军千里跃进大别山张家店战役纪念馆、裕安区独山苏维埃城、舒城县万佛湖新四军四支队指挥部旧址、霍山县安徽省红色区域中心纪念园、金寨县革命烈士陵园、金寨县红二十五军和红二十八军军政机构旧址、金寨县天堂寨刘邓大军千里跃进大别山前方指挥部旧址等9个六安市红色旅游经典景区为核心的六安市大别山红色旅游基地在2010年年初全部建成开放，红色旅游“139”计划目标全部实现，全市红色旅游已具规模、形成体系，红色旅游已成为六安旅游业发展的新品牌。

三、以六安大别山旅游品牌提升为重点，突出抓好宣传促销

近年来，通过不断的宣传促销，六安市以上海、南京、苏锡常地区、沿淮地区和合肥为中心的五大客源市场已经初步形成。随着境内合武高速公路和高速铁路的建成运营，使得高速干道沿线的上海、苏锡常地区和南京的市场规模迅速扩大，也使得以武汉为中心的华中市场的巨大旅游潜力开始释放。面对区位交通条件的改善和客源市场格局的变化，六安市大力开展“坐动车、游皖西”“同一座名山、同一段历史”等旅游宣传推广活动；不断拓展以上海、南京、苏锡常地区和武汉等为重点的客源市场；紧紧抓住阜六高速全线贯通的机遇，加快中原旅游市场的开拓；高度重视重大节庆假日活动的旅游宣传促销，围绕每年举办的六安国际羽绒节、六安国际茶文化旅游节、六安国际休育项目比赛等重点节庆活动和赛事，进行旅游宣传促销和形象展示。

为加快省内外客源市场的开拓，促进旅游业提质增效，六安市编制印发了《六安市旅游宣传促销工作方案》。根据方案，自2013年起每年由市政府统一组织实施“走出去”宣传营销。2013年选择上海、无锡、苏州、常州、镇江、南京、武汉、徐州、阜阳、信阳、枣庄、蚌埠、亳州、宿州、芜湖15个重点客源地城市，2014年选择上海、常州、苏州、郑州、杭州、徐州、武汉、南京8个重点客源城市持续开展旅游宣传促销工作，宣传促销的广度和密度近年来居安徽省之最。

为使推介会取得良好的宣传推介效果，在每一场推介会中都重点做好三件事情。一是举办一场精彩的旅游宣传推介。以“青山碧水、休闲六安”为主题，对全市旅游资源、精品线路等进行全面系统的介绍。二是推出一场地方特色文艺演出。推介活动期间，穿插文艺演出，或是展示六安优美的山水风光，或是讲述厚重的悠久历史，或是传递丰富多彩的民俗文化，活跃了现场气氛，全方位展示六安独特的旅游魅力。三是承办一场丰富的商品展示。每场推介会期间同时举办六安旅游商品展，展出茶系列、工艺品系列、生物保健品系列、土特产系列和旅游用品系列等五大系列100余种旅游商品，体现了六安市良好的生态环境、厚重的历史文化和独具魅力的地方美食，为客源地游客全面了解六安旅游提供了鲜活载体，为六安旅游商品企业拓宽产品市场、提升产品知名度和美誉度提供了良好平台。

系列推介会开展以来，进一步巩固了老市场，开拓了潜在市场，培育了新市场，六安旅游影响力进一步扩大，实现了经济效益和社会效益的双赢。2013—2014年天堂寨、万佛湖、大别山主峰等重点景区监测数据显示，推介会举办城市游客增幅较大，其中来自武汉、郑州、苏州等地游客数量同比增长一倍以上。

四、以开展旅游行业文明创建达标活动为重点，重点抓好行业文明创建

旅游行业的管理水平和旅游从业人员的素质已经成为旅游业竞争力提升的关键所在。为此，六安市在全市旅游行业中开展文明创建达标活动，并于2009年和2013年先后组织编制印发了《六安市旅游行业文明创建达标活动实施方案》和《六安市2013年旅游质量提升实施方案》，重点加强对旅游景区（点）的环境综合整治和景区（点）标准化建设、旅游宾馆饭店服务人员专业技能培训和服务质量创优以及旅行社诚信建设等活动的督查，进一步推进全市旅游行业管理的规范化和标准化。全市各县区、各相关旅游企业都对照创建方案认真进行了自查整改，特别是重点景区，如天堂寨景区的环境卫生、佛子岭景区的标牌标识、万佛湖景区的管理秩序、寿县古城和八公山景区的环境综合整治等方面，都取得了明显的绩效。

第四节　六安市旅游业发展面临的机遇与挑战

一、困难与挑战

（一）周边邻近省市旅游竞争激烈

六安市旅游业的快速发展使其所面临的旅游竞争日渐凸显。六安市地处省际边界，毗邻湖北省、河南省，且三方同属于大别山区域，资源同质性较强，跨区域合作效果不明显，各边均主打生态牌与红色牌，三方都各自为政，必然会形成激烈竞争。同时，六安市又紧临合肥市，是合肥经济圈旅游资源最为丰富的地区，随着合肥大都市建设以及区域快速交通设施的投入运行，合肥市则充分利用其在宾馆酒店、旅行社以及旅游要素配套等方面的优势，

极力将合肥市打造成大别山旅游的门户和枢纽,特别是其在住宿和餐饮方面的成本优势,使长三角地区越来越多的旅行社和游客把合肥作为进入六安旅游的门户,合肥市在产生辐射效应的同时,对六安中心城区旅游发展的“屏蔽作用”日益显现。如何有效避免同质化竞争,强化旅游特色,增强核心竞争力,将成为六安市未来旅游业发展面临的重要课题。

(二)旅游管理体制机制不顺

我国旅游资源的类型、规模和等级多种多样,其管理也是千差万别。根据不完全统计,我国涉及管理各类旅游资源的部门超过20个,形成旅游景区资源的“条条”管理。例如,建设部门的风景名胜区、林业部门的森林公园、国土部门的地质公园、文化文物部门的历史文化旧址遗址、民政部门的革命烈士陵园、水利部门的水利风景区,等等。同时,对于跨越不同行政范围的面积较大的景区,还存在旅游资源跨行政区域的“块块”管理。“条条”和“块块”的叠加,使得我国旅游景区资源管理呈现相当复杂的局面。上述分属不同部门的各类旅游资源,在旅游部门介入管理以前,已由传统计划体制下的行政赋权“瓜分”完毕,而且这种资源管理都是基于特定资源,从保护特定对象的角度出发,有强大的国家法规和系统的技术手段作为支撑,在这种情况下,旅游部门要介入旅游资源的管理,必然受到阻碍,也缺乏必要法规和技术支撑。但随着我国旅游市场的迅速扩大,人们对各类旅游资源管理提出了更高的要求,既要高举保护大旗,又要积极面对市场呼唤,还要更多释放旅游资源的潜在价值服务于民,这就要求对于过去的旅游管理体制和机制进行改革创新,为实行旅游资源保护与开发的有机统一寻求新的运行机制。

就六安市来说,一方面,全市很多景区(点),由于“条块分割”,形成了部门与地方各自为政、多头管理和分散经营的格局,景区(点)缺乏统一规划、统一开发、统一宣传和统一管理,区域旅游资源得不到合理整合,整体品牌效应不明显,旅游产业整体竞争优势不强,阻碍了大旅游格局的形成和旅游业的做大做强。另一方面,随着六安市旅游业的发展和六安中心城市交通区域优势的凸显,六安市在成为大别山最为重要的旅游集散地的同时,六安中心城区也因为拥有丰厚的历史文化和旖旎的滨水景观而成为大别山区域重要的城区旅游目的地,但六安城区内的博物馆、城市园林、烈士陵园等均隶属于不同的行政管理部门,这些资源均是六安中心城市最为优质的旅游资源,从目前现状看,由于管理分散,资源管理单位缺乏激励机制,市场意识和服务意识不强，规模集聚效应难以发挥。

下一步如何深入贯彻落实国务院和安徽省关于进一步加强旅游业改革发展的意见要求，按照“大旅游、大市场、大产业、大发展”的战略，以旅游资源与管理一体化为突破口，推进旅游资源所有权、经营权和管理权的“三权”分离，加强旅游资源整合，改变目前旅游资源多头管理现状，实现由多头管理向一个部门统一管理的方向发展，促进旅游资源优势向市场优势、产业优势、效益优势转化，实现风景与旅游一致，资源与管理一体，产品与市场结合，开发与保护统一，必将列入六安市未来旅游业发展的重要议事日程。

（三）旅游资源保护与开发矛盾突出

一方面，大别山拥有优越的生态环境和独特的自然景观，为人们提供了理想的休闲度假场所。大别山1 500米以上高峰10余座，基本上分布在六安市境内，大型水库、国家森林公园、国家级自然保护区、国家地质公园星罗棋布。另一方面，六安大别山是许多特有珍稀濒危野生动植物物种的集中分布地区，生物多样性资源丰富。同时，六安是合肥经济圈的重要生态屏障，六安大别山六大水库为合肥、淮南等合肥经济圈以及河南临近城乡居民的生活、生产提供优质的水源，为他们的经济发展提供直接的生态屏障。但从目前看，旅游资源开发和保护矛盾日益突出。一是旅游资源粗放式开发普遍。六安市各县区在旅游资源开发时，很多未进行深入的调查研究和全面的科学论证、评估与规划便盲目开发，造成许多不可再生的珍贵旅游资源的损失与浪费。各县区在旅游招商引资过程中均有“圈地”现象，“小打小闹”“遍地开花”带来了消极的“近邻效应”和不良的空间竞争，旅游景点的“门票经济”和“山头经济”更是制约了景区的健康持续发展。二是旅游景区生态环境系统失调。近年来，随着旅游接待人次的快速增长，六安市旅游景区，特别是山岳型景区的人工化、商业化、城市化现象严重，一些旅游景区正在受到开发建设行为的摧损，使原来良好的生态环境遭到严重破坏，过去一些常见的珍稀物种和特有物种几乎绝迹。三是旅游景区景观环境污染严重。部分重点景区公共卫生服务设施建设滞后，难以适应旅游业快速发展的需求，景区内生活污水增多，垃圾废渣、废物剧增。此外，部分重点景区所在的旅游集镇、景区沿途建筑缺乏统一规划，严重影响了旅游者的视觉美感。如何协调好旅游资源开发和生态环境保护两者之间关系，实现旅游资源节约型利用、环境友好型开发和以节能减排为重点的绿色旅游增长，将是六安市旅游业发展面临的又一挑战。

(四)旅游产品同质化现象突出

六安市各类旅游资源数量丰富,但同时也存在着资源差异性小、景区特色不明显等问题,导致旅游产品开发同质化问题越来越突出,形成恶性竞争,更造成了部分旅游产品生命周期短暂。例如,在生态旅游产品上,大多是对山岳型资源、水资源的相对简单和雷同开发,缺乏特色产品;在旅游新业态上,旅游地产类项目较多,造成资源浪费;在红色旅游产品上,展陈形式较落后,缺乏现代气息,吸引力不强;在古色旅游产品上,目前仍多停留于历史遗迹的展示,没有对其内涵进行有效深入挖掘。六安市旅游资源经过多年的开发,已形成了一批有影响力的景区(点),但是从空间发展战略上看,呈现出各自为政、空间集聚力薄弱的态势,与周边其他类型旅游景区联系较少,未能实现捆绑式联合发展。

(五)旅游品牌形象有待提升

品牌是为企业创造持续、稳定、独有的有形利益和无形利益的竞争手段,是企业通过产品和服务与消费者建立的、需要企业主动追求和不断维护的关系。目前,六安市的旅游品牌建设战略化地位不高,重视程度不够。绿色生态、红色文化本来是六安最丰富且最具代表性的旅游资源,但是由于受各方面因素的影响,整合开发和利用还达不到应有的要求。品牌形象分割分散现象严重,"寿县古城""金寨天堂寨""舒城万佛湖""霍山大别山主峰"等单个品牌突出,但整体性不强,呈现出"分散发展,遍地开花"和"满天星星,不见月亮"的局面,互相很难协调统一,在对外界的宣传营销上存在一定障碍。同时,国际化意识相对薄弱,在六安市统一的品牌形象建设上缺乏必要的投入,缺乏国际竞争力和影响力。

(六)旅游基础设施有待夯实

一是旅游交通条件有待进一步提升。境内交通网络分布不够理想,交通瓶颈制约发展。六安市各县区的交通网络发达程度存在巨大差异,南北差别明显,总体呈"中优、北平、南劣"之势。南部旅游资源富集区和高品质旅游资源集中区的交通基础设施相对薄弱,虽然大别山旅游扶贫通道的规划建设一定程度上改变了南部山区旅游交通格局,但快速通道上旅游交通引导标牌标识配套建设滞后,干道至景区(点)连接线的通而不畅问题突出,弱化了游客的体验感受和旅游满意度,使旅游资源优势未能有效转化为旅游经济优势。二是旅游接待设施质与量有待提升。目前全市市区、各景区(点)、城镇等旅游宾馆、饭店等级与接待能力已难以适应地方旅游业的发展,旅游高峰期表现得更为突出。因此,需要加快高星级酒店与经济型酒店的建设步伐,同时改善农家乐、乡村酒店以及乡村主题型特色酒店发展滞后的情况。三是旅游人才数量和质量不能满足需求,特别是旅游管理人员、导游人员以及实用技能型的人员素质有待提高,专业性人才紧缺,不能满足旅游者的需求。要加快高素质旅游人才培养,加大皖西学院、六安职业技术学院、六安技师学院、金寨职业学校等与地方旅游企业人才培养的合作力度,加强重点旅游企业职业经理人队伍建设。重点抓好导游员、讲解员、酒店服务人员、乡村旅游经营户等实用技能人才培训。加强党政干部旅游知识培训,将旅游业发展纳入市、县(区)党校干部培训的内容之中。依靠人才支持和智力投入,加快旅游发展。

(七)区域一体化进程缓慢

六安市位于鄂、豫、皖三省交界处,由于行政边界的存在使得地理空间完整、核心资源共享的景区变成了利益主体复杂的跨界旅游区,这也使得大别山的旅游开发颇为敏感,因此三省旅游发展一直各自为政、分散经营,未能形成整体效应。虽然自2004年开始,经安徽、湖北、河南三省旅游局磋商,决定对大别山旅游进行联合开发,共同编制大别山旅游规划暨联合开发旅游资源,并建立安徽、湖北、河南三省政府轮值会议制度,协调解决大别山旅游发展中的重大问题,同时由三省政府联合形成专题报告上报国家旅游局,将大别山区域旅游列入国家旅游局"十一五"旅游发展规划,并牵头组织编制大别山区域旅游总体规划,但目前合作整体仍进展缓慢,大多只停留在规划文本上,区域一体化进展缓慢,不利于大别山整体旅游经济的整合发展以及旅游形象的维护。

二、发展机遇

(一)地位提升,旅游业发展上升到国家战略高度

2008年,世界旅游组织秘书长弗朗西斯科·弗朗加利再次强调,中国旅游业在世界旅游业发展中的作用越来越大,中国将在2020年超过法国、西班牙、美国而成为世界第一旅游目的地,10年后中国有望成为世界第一旅游大国。旅游业发展受到中央和地方党委政府的高度重视,2009—2010

年，先后颁布《关于加快发展旅游业的意见》《贯彻落实国务院关于加快发展旅游业意见重点工作分工方案》等一系列政策，对旅游业提出了全新定位，提出要把旅游业培育成国民经济的战略性支柱产业和人民群众更加满意的现代服务业。这意味着旅游业发展融入了国家战略体系，中国旅游业正进入新一轮快速发展阶段。六安市旅游业在国家构建和谐社会、推进国民休闲计划、实施低碳绿色旅游模式转变的大背景下，必将获得前所未有的发展。

（二）目标明确，安徽加快建设中国旅游强省

“十一五”规划实施以来，安徽省旅游业在安徽省委、省政府的高度重视下，取得了长足发展。2011年省政府出台了《关于进一步加快发展旅游业的实施意见》，为旅游业的持续健康发展提供了强有力的政策保障。《安徽省旅游业发展“十二五”规划》明确提出：经过五年的建设和发展，全省旅游接待总量和旅游总收入等综合指标进入中部省份的领先位次，争取跻身全国第一方阵，全省旅游产业发展水平与旅游资源品质相匹配，把旅游业建设成为我省国民经济的战略性支柱产业和现代服务业的示范产业，基本建成在全国有竞争力、在世界有影响力的旅游目的地，这势必会促进旅游需求的迅猛发展。2011年6月，安徽省委、省政府印发了《关于进一步促进安徽大别山革命老区又好又快发展的若干意见》，明确提出支持大别山革命老区发展旅游业的若干政策。2015年刚刚出台的《中共六安市委、六安市人民政府关于深化旅游产业改革发展的意见》明确指出，要按照绿色发展理念，释放改革创新活力，发挥重点项目带动作用，通过融合发展培育旅游新产品，把旅游业培育成国民经济的战略性支柱产业和人民群众更加满意的现代服务业，充分发挥旅游产业在拉动投资、扩大消费、增加就业、传播文明、富民强市中的重要作用。为此，六安市本级财政在2015年增加旅游发展资金2 000万元用于支持旅游产业发展，并结合政府结构改革，在市旅游局基础上成立市旅游委员会，进一步加强对旅游产业发展的统筹协调和监督管理，全市旅游业发展环境进一步向好。

（三）区域整合，六安与周边区域经济一体化进程加快

高速交通的“时空压缩”效应加快了旅游同城化和区域旅游一体化的发展。高速交通使时间成本压缩，心理距离拉近，扩大了旅游目的地吸引力范围，推动若干“1～3小时旅游圈”形成，特别是南京、合肥和武汉到六安旅游出现同城旅游和城郊旅游的效应。从内部看，将使六安旅游目的地从孤岛型向集群化发展；从外部看，将加速六安与其他区域旅游产品联动和旅游市场联合进程，使得六安成为连接长三角和华中两大区域旅游网络中一个重要节点。同时，六安市作为合肥经济圈的西翼中心城市，是合肥经济圈休闲旅游度假基地、西向发展门户、陆路交通门户、重要的旅游节点与支点和生态环境良性发展的保证。六安市可以通过实施区域经济一体化战略，积极融入两大区域和合肥经济圈，把握良好发展机遇，发挥六安市旅游资源优势，建立统一的旅游市场推广网络，带动全市旅游大发展。

（四）交通升级，六安进入高速网络时代

区域骨干交通网络完善。六安市骨干交通条件发生了巨大变化，突出表现在高速公路、高铁（动车）以及航空等交通条件有了质的飞跃。

高速公路方面：六安市境内的高速公路有国家规划的“7918”工程中的济（南）广（州）、沪（上海）陕（西安）、沪（上海）汉（武汉）蓉（成都）（六安段称为合武高速）、合（肥）淮（南）阜（阳）、济（南）祁（门）、合（肥）安（庆）等6条高速公路，六安市已经成为国家陆路交通枢纽中心之一。高速公路条件的改善推动了自驾游的蓬勃发展，快捷舒适的高速公路为自驾游的快速发展提供了有力的保障。节假日期间，六安市自驾游客占到游客总数的50%～60%。

高铁（动车）方面：六安市于2007年开通动车，2009年4月合武高铁开通，目前高铁（动车）最北可直达沈阳，最南抵达广州，最西直达成都。六安高铁站正在扩建，将成为安徽省继合肥、阜阳、蚌埠之后的第4大火车站。从六安乘高铁（动车）到北京6个小时、上海4个小时、武汉1个半小时、南京1个半小时、宜昌4个小时，并可直达青岛。辐射的客源市场覆盖了中国主要的经济发达地区，客源市场人口规模达到五六亿，为六安市旅游业发展打下了坚实的基础。

航空方面：合肥新桥国际机场为六安市开拓国际市场提供了更为便利的条件。合肥新桥国际机场已于2013年5月启用。该机场紧临六安市寿县，使得六安城区到机场距离比合肥更近，从六安城区到新桥国际机场仅一个小时车程，大大改善了六安市的航空运输条件。截至2014年4月，合肥新桥国际机场已开通13条国际航线，可飞往中国台湾高雄、中国台湾桃园、中国台湾松山、中国香港、中国澳门、新加坡、韩国首尔、韩国济州、韩国清州、泰国曼谷、德国法兰克福、菲律宾长滩、日本大阪等13个城市，将推动六安市旅游业加速融入世界的进程，为六安开拓中国台湾、韩国、日本、东南亚、欧洲等客源市场提供了便利条件。

区域内旅游无障碍通道日益完善。六安市南部大别山区分布有天堂寨、燕子河、白马尖、铜锣寨、佛子岭、万佛山、万佛湖等众多旅游景区（点），旅游资源类型丰富，品质优良。大别山旅游扶贫快速通道是落实吴邦国委员长关于"尽快实现鄂豫皖大别山区交通网联通，让更多老区群众吃上旅游饭"重要指示的关键举措，是中央支持金寨老区发展的"5+1"项目之一。大别山旅游扶贫快速通道全长259.02千米，其中主线193.1千米，12条连接线总长65.92千米（其中，金寨县境内主线120.93千米，景区连接线29.87千米；霍山县境内主线72.17千米，景区连接线36.05千米），按照山区二级公路标准设计，总投资29.97亿元。项目于2012年12月30日正式开工建设，2014年10月初金寨县境内斑竹园至天堂寨主线段建成通车，预计2015年底主线全面建成通车。在六安市南部的交通网络中，合武高速、济广高速与合安高速南北方向构成一个"扫帚状"的交通网络格局，受交通制约，难以组合成具有市场竞争力的旅游精品线路，而大别山旅游扶贫快速通道自西向东连接了合武高速、济广高速与合安高速，改变了原来的"扫帚状"格局，完善了六安大别山区腹地交通网络，彻底改变了六安市旅游景区间交通格局，形成了六安市旅游业发展新的空间格局，对促进大别山区旅游资源开发，方便沿线群众生产生活，促进区域经济社会发展具有重要和深远意义。

第二章　六安市旅游资源评价

旅游资源是旅游业的基础，是旅游业发展的前提。摸清六安市旅游资源家底，客观评价六安市旅游资源，有利于六安市旅游资源的开发和旅游业的发展。

第一节　六安市旅游资源特征

六安市旅游资源种类丰富，空间分布差异较大，季节性特征明显。

一、六安市旅游资源类型特征

六安市旅游资源种类较为齐全，旅游资源分类国家标准中的八大主类六安市全部拥有；旅游资源亚类有24种，占旅游资源全部亚类数（31种）的77.4%；旅游资源基本类型有64种，占旅游资源全部基本类型（155种）的41.3%。

在自然类旅游资源方面，亚类有13种，占自然类全部亚类数的76.5%；基本类型有28种，占全部自然类基本类型数的39.4%；单体资源有233处，占六安市全部单体资源的56.6%。

在人文类旅游资源方面，亚类有11种，占人文类全部亚类数的78.6%；基本类型有36种，占人文类全部基本类型数的42.9%；单体资源有179处，占六安市全部单体资源的43.4%。

表2.1　六安市旅游资源类型结构

		旅游资源总数类型		六安市旅游资源总数类型		六安市资源类型所占比例(%)		单体资源总数	单体占总数比例(%)
		亚类	基本类型	亚类	基本类型	亚类	基本类型		
	地文景观(A)	5	37	4	13			159	38.6
	水域风光(B)	6	15	4	6			50	12.1
自然类	生物景观(C)	4	11	3	6	76.5	39.4	19	4.6
	天象与气候景观(D)	2	8	2	3			5	1.2
	小　计	17	71	13	28			233	56.6
	遗址遗迹(E)	2	12	1	3			7	1.7
	建筑与设施(F)	7	49	7	28			162	39.3
人文类	旅游商品(G)	1	7	1	3	78.6	42.9	7	1.7
	人文活动(H)	4	16	2	2			3	0.7
	小　计	14	84	11	36			179	43.4
合　计		31	155	24	64	77.4	41.3	412	100

(一)地文景观类旅游资源

地文景观类旅游资源包括5个亚类,37个基本类型。六安市拥有地文景观类旅游资源亚类4种,基本类型13种,单体资源总计159处,占所有单体资

表2.2　六安市地文景观类旅游资源

亚　类	单体数	基本类型	单体数	单体数占该主类比例(%)
AA综合自然旅游地	33	AAA山丘型旅游地	28	17.6
		AAB谷地型旅游地	5	3.1
AB沉积与构造	4	ABC节理景观	3	1.9
		ABG生物化石点	1	0.6
		ACA凸峰	31	19.5
		ACB独峰	2	1.3
		ACC峰丛	5	3.1
		ACE奇特与象形山石	44	27.7
		ACF岩壁与岩缝	5	3.1
AC地质地貌过程形迹	111	ACG峡谷段落	10	6.3
		ACL岩石洞与岩穴	13	8.2
		ACN岸潭	1	0.6
AE岛礁	11	AEA岛区	11	6.9

源的38.6%，是六安市旅游资源主要类型之一。其中地质地貌过程形迹亚类的单体数量在地文景观类旅游资源中占绝对优势，奇特与象形山石为单体数量最多的基本类型，共44处，占所有地文景观类旅游资源的27.7%。其次为凸峰和山丘型旅游地，分别占19.5%和17.6%。地文景观类资源为六安市发展绿色旅游的最主要载体，从资源单体数量比例来说，六安市地文景观类旅游资源仅次于建筑与设施类旅游资源，是六安市旅游资源的主体之一，奠定了六安市发展绿色旅游的基础。

（二）水域风光类旅游资源

水域风光类旅游资源包括6个亚类，15个基本类型。六安市水域风光类旅游资源有亚类4种，基本类型6种，单体资源总计50处，占所有单体资源数的12.1%。其中，基本类型中悬瀑的单体数最多，共25处，占所有水域风光类旅游资源的50%。水域风光类旅游资源中的一部分属于发展绿色旅游的载体，尤其是依托于山丘型旅游地的悬瀑类单体在该主类内占绝对优势，进一步提高了绿色旅游发展的权重。

表2.3　六安市水域风光类旅游资源

亚　类	单体数	基本类型	单体数	单体数占该主类比例(%)
BA河段	4	BAA观光游憩河段	4	8
BB天然湖泊与池沼	14	BBA观光游憩湖区	8	16
		BBC潭地	6	12
BC瀑布	25	BCA悬瀑	25	50
BD泉	7	BDA冷泉	3	6
		BDB地热与温泉	4	8

（三）生物景观类旅游资源

生物景观类旅游资源包括4个亚类，11个基本类型。六安市生物景观类旅游资源有亚类3种，基本类型6种，单体资源总计19处，占所有单体资源的4.6%。其中，独树为占该主类数量绝对优势的基本类型，占该主类总数的68.4%。

表2.4 六安市生物景观类旅游资源

亚 类	单体数	基本类型	单体数	单体数占该主类比例(%)
CA树木	16	CAA林地	2	10.5
		CAB丛树	1	5.3
		CAC独树	13	68.4
CC花卉地	2	CCA草场花卉地	1	5.3
		CCB林间花卉地	1	5.3
CD野生动物栖息地	1	CDC鸟类栖息地	1	5.3

(四)天象与气候景观类旅游资源

天象与气候景观类旅游资源包括2个亚类,8个基本类型。六安市天象与气候景观类旅游资源有亚类2种,基本类型3种。天象和气候景观类旅游资源的独特性较强,遍在性和可开发性都很低。六安市该类资源单体数量较少,共计5处,占所有单体资源的1.2%。该类旅游资源除非在较大范围内存在绝特性和可观赏性,并且具有一定的可预测性,否则很难开发为较好的旅游产品,只能依托于其他旅游资源进行较低程度的开发。

表2.5 六安市天象与气候景观类旅游资源

亚 类	单体数	基本类型	单体数	单体数占该主类比例(%)
DA光现象	2	DAB光环现象观察地	2	40
DB天气与气候现象	3	DBA云雾多发区	2	40
		DBE物候景观	1	20

(五)遗址遗迹类旅游资源

遗址遗迹类旅游资源包括2个亚类,12个基本类型。六安市遗址遗迹类旅游资源有亚类1种,基本类型3种,该类单体资源总计7处,占所有单体资源的1.7%。

表2.6 六安市遗址遗迹类旅游资源

亚 类	单体数	基本类型	单体数	单体数占该主类比例(%)
EB社会经济文化活动遗址遗迹	7	EBB军事遗迹与古战场	3	42.8
		EBD废弃生产地	2	28.6
		EBF废城与聚落遗迹	2	28.6

(六)建筑与设施类旅游资源

建筑与设施类旅游资源涉及范围广,种类多,包括7个亚类,49个基本类型。六安市拥有建筑与设施类旅游资源的全部亚类，基本类型28种，该类单体资源总计162处，占所有单体资源的39.3%。大量的军事活动旧址是发展红色旅游的重要载体，从表中可以看出名人故居与历史纪念建筑共36处，占到该类单体资源总数的22.2%，具有明显优势。

表2.7　六安市建筑与设施类旅游资源

亚　类	单体数	基本类型	单体数	单体数占该主类比例(%)
FA综合人文旅游地	27	FAA教学科研实验场所	4	2.5
		FAC宗教与祭祀活动场所	11	6.8
		FAD园林游憩区域	7	4.3
		FAF建设工程与生产地	3	1.8
		FAH动物与植物展示地	2	1.2
FB单体活动场馆	14	FBB祭拜场馆	2	1.2
		FBC展示演示场馆	10	6.2
		FBE歌舞游乐场馆	2	1.2
FC景观建筑与附属型建筑	40	FCA佛塔	4	2.5
		FCB塔形建筑物	5	3.1
		FCC楼阁	5	3.1
		FCF城(堡)	8	4.9
		FCH碑碣(林)	4	2.5
		FCI广场	3	1.8
		FCK建筑小品	11	6.8
FD居住地与社区	53	FDB特色街巷	6	3.7
		FDC特色社区	10	6.2
		FDD名人故居与历史纪念建筑	36	22.2
		FDF会馆	1	0.6
FE归葬地	11	FEA陵区陵园	6	3.7
		FEB墓(群)	5	3.1
FF交通建筑	4	FFA桥	1	0.6
		FFB车站	1	0.6
		FFC港口渡头与码头	2	1.2
FG水工建筑	13	FGA水库观光游憩区段	5	3.1
		FGC运河与渠道段落	6	3.7
		FGD堤坝段落	1	0.6
		FGF提水设施	1	0.6

（七）旅游商品类旅游资源

旅游商品类旅游资源包括1个亚类，7个基本类型。六安市拥有旅游商品类旅游资源亚类1种，基本类型3种，该类单体资源总计7处，占所有单体资源数的1.7%。这反映出六安市在旅游商品的打造上还需做更多的工作，同时也说明旅游商品的开发有着较大的发展空间。

表2.8 六安市旅游商品类旅游资源

亚 类	单体数	基本类型	单体数	单体数占该主类比例(%)
GA地方旅游商品	7	GAA菜品饮食	3	42.8
		GAB农业畜产品与制品	2	28.6
		GAE传统手工产品与工艺品	2	28.6

（八）人文活动类旅游资源

人文活动类旅游资源包括4个亚类，16个基本类型。六安市人文活动类旅游资源有亚类2种，基本类型2种，该类单体资源总计3处，占所有单体资源数的0.7%。六安市虽然历史悠久，文化底蕴深厚，但具有较大影响力、可以发展成为较高品质的历史事件人物类旅游资源却屈指可数。人物事件类旅游资源的开发具有很大的灵活性，也有较大的阻力。历史人物的著名与否、吸引力大小不是后期开发可以轻易改变的，而事件的开发除非巧妙结合其他旅游资源以达到娱乐教育并行的目的，否则也很难有理想的发展空间。六安市的民间习俗有部分已经申请成为国家非物质文化遗产，但总体上来说尚没有开发成为有规模的或者较高质量的旅游产品。而这些民间习俗在开发过程中还需考虑其他地区类似资源的竞争效应，避免较高的同质性，要创造出自己的品牌和优势。

表2.9 六安市人文活动类旅游资源

亚 类	单体数	基本类型	单体数	单体数占该主类比例(%)
HA人事记录	1	HAB事件	1	33.3
HC民间习俗	2	HCC民间表演	2	66.7

二、六安市旅游资源空间特征

六安市旅游资源尚未进行较好的整合，目前各个县区分头开发，力量分散，区域内资源类型同质性较强，而较强的内部竞争并不利于六安市旅游整体发展。

表2.10　六安市旅游资源分布(单位:处)

	A 地文景观	B 水域风光	C 生物景观	D 天象与气候景观	自然类资源合计	E 遗址遗迹	F 建筑与设施	G 旅游商品	H 人文活动	人文类资源合计	合计
金安区	20	5	3	–	28	2	26	2	–	30	58
裕安区	18	6	1	–	25	–	21	–	–	21	46
寿　县	2	2	2	–	6	2	34	2	2	40	46
霍邱县	1	2	–	–	3	–	20	–	–	20	23
叶　集	–	–	–	–	–	–	9	2	–	11	11
舒城县	50	11	–	3	64	1	12	–	–	13	77
金寨县	25	14	3	–	42	1	21	–	–	22	64
霍山县	43	10	10	2	65	1	19	1	1	22	87
总　计	159	50	19	5	233	7	162	7	3	179	412

从表2.10可以看出,霍山县、金寨县、舒城县的自然类旅游资源数量在全市范围内领先,而人文类旅游资源的数量以寿县最为突出。单体资源总数最多为霍山县,其次为舒城县和金寨县,霍邱县和叶集改革发展试验区旅游资源则相对匮乏。单体资源的数量反映了资源的集中性,为各大类型资源的空间开发配置奠定了基础。从资源空间格局上看,六安市可以划分为三个版块,具体为:

北部古文化区。六安市北部以国家历史文化名城寿县为代表,古城文化和楚文化资源丰富。六安11处全国重点文物保护单位中有6处汇聚于此。自然旅游资源数量虽不多,但等级、品位较高,如八公山国家森林公园。

南部生态红色区。南部地处大别山区,地质、水库、森林、动物等自然旅游资源数量众多,品位等级也较高,有国家地质公园、国家森林公园和国家级自然保护区等。同时,以金寨革命老区为典范的红色旅游资源十分丰富。

中部服务与文化区。一个旅游地的发展,需要一个中心城市提供相应的配套齐全的旅游基础设施和服务设施。六安市区近几年发展很快,接待服务设施迅速发展,同时拥有较为丰富的文物资源,对外交通联系便捷,是皖西交通枢纽,可以作为整个皖西旅游区的中心服务区。

三、六安市旅游资源季节性特征

六安市旅游资源季节分布呈现明显的"嫩绿春意、绿色避暑、红叶硕秋、白色冰雪"的四季特征,为发展四季旅游创造了条件,形成了因时因地特色突出的旅游热点,有利于旅游业的发展。

春季:品新茶,赏杜鹃。每年4月至6月,是万物复苏、春暖花开、茶香四溢的时候,处处嫩绿春意浓,可以开发徒步、踏青、赏映山红花、品六安瓜片新茶等旅游产品。

夏季:森林避暑,亲水嬉戏。每年7月至9月是六安市的避暑期,气候凉爽,降水丰沛,南部大别山区因生态植被覆盖率高,负氧离子含量高,是国内外游客消夏避暑的首选地之一,天堂寨更是被誉为"华东地区最后一片原始森林";另外还有以万佛湖为代表的水域风光供游客游水嬉戏,共揽湖光山色。

秋季:赏红叶,观古迹,采秋实。每年10月至11月,南部大别山区进入红叶景观期,红叶景观层次分明,更有竹海漫漫,红绿交接。其中大别山主峰白马尖和天堂寨秋至则松竹沉黛、红叶漫山、风霜高洁,秋景美不胜收。此时乡村旅游也正当时,金秋观光、蔬果采摘、趣味劳作体验、原生态物产美食、滨水垂钓,各类游览活动丰富多彩。北部寿县地区是我国楚文化发源地,秋季正是观古迹、尝豆腐的好时节。

冬季:浴温泉,赏冬雪,闹民俗。每年12月至3月六安进入冰雪期,这期间是开展品美食泡温泉、看非遗赏民俗的季节。冰雪、温泉、灯会、庙会各类旅游产品丰富多彩,舞狮子、玩花灯和跑旱船等民俗活动表演更为六安冬季旅游增添色彩。

第二节　六安市旅游资源评价

对六安市旅游资源从定性、定量以及在新资源视角下进行评价,有利于总结六安旅游资源开发的优劣势,更好地整合开发利用资源。

一、六安市旅游资源定量评价

(一)定量评价基本方法

按照中华人民共和国国家标准GB/T 18972－2003《旅游资源分类、调查与评价》标准对六安市旅游资源单体进行评价。主要通过调查六安市旅游资源,采用打分评价方法进行分级评价,并依据"旅游资源共有因子综合评价系统"进行赋分。"旅游资源共有因子综合评价系统"设置"评价项目"和"评价因子"。评价项目为"资源要素价值""资源影响力"和"附加值"。其中:"资源要素价值"项目中含"观赏游憩使用价值""历史文化科学艺术价值""珍稀奇特程度""规模、丰度与几率""完整性"等5项评价因子,"资源影响力"项目中含"知名度和影响力""适游期或使用范围"等2项评价因子,"附加值"含"环境保护与环境安全"1项评价因子。

评价项目和评价因子用量值表示。资源要素价值和资源影响力总分值为100分,其中:"资源要素价值"为85分,"资源影响力"为15分。"附加值"中"环境保护与环境安全"分正分和负分。

根据对旅游资源单体的评价,得出该单体旅游资源共有综合因子评价赋分值。依据旅游资源单体评价总分,将其分为五级,从高级到低级为:

五级旅游资源,得分值域≥90分;

四级旅游资源,得分值域≥75~89分;

三级旅游资源,得分值域≥60~74分;

二级旅游资源,得分值域≥45~59分;

一级旅游资源,得分值域≥30~44分。

此外还有未获等级旅游资源,得分≤29分。

其中:五级旅游资源称为"特品级旅游资源",五级、四级、三级旅游资源通称为"优良级旅游资源",二级、一级旅游资源通称为"普通级旅游资源"。

具体评价赋分标准见表2.11。

表2.11 旅游资源评价赋分标准

评价项目	评价因子	评价依据	赋值(分)
资源要素价值(85分)	观赏游憩使用价值(30分)	全部或其中一项具有极高的观赏价值、游憩价值、使用价值	30～22
		全部或其中一项具有很高的观赏价值、游憩价值、使用价值	21～13
		全部或其中一项具有较高的观赏价值、游憩价值、使用价值	12～6
		全部或其中一项具有一般观赏价值、游憩价值、使用价值	5～1
	历史文化科学艺术价值(25分)	同时或其中一项具有世界意义的历史价值、文化价值、科学价值、艺术价值	25～20
		同时或其中一项具有全国意义的历史价值、文化价值、科学价值、艺术价值	19～13
		同时或其中一项具有省级意义的历史价值、文化价值、科学价值、艺术价值	12～6
		历史价值、或文化价值、或科学价值、或艺术价值具有地区意义	5～1
	珍稀奇特程度(15分)	有大量珍稀物种，或景观异常奇特，或此类现象在其他地区罕见	15～13
		有较多珍稀物种，或景观奇特，或此类现象在其他地区很少见	12～9
		有少量珍稀物种，或景观突出，或此类现象在其他地区少见	8～4
		有个别珍稀物种，或景观比较突出，或此类现象在其他地区较多见	3～1
	规模、丰度与几率(10分)	独立型旅游资源单体规模、体量巨大；集合型旅游资源单体结构完美、疏密度优良级；自然景象和人文活动周期性发生或频率极高	10～8
		独立型旅游资源单体规模、体量较大；集合型旅游资源单体结构很和谐、疏密度良好；自然景象和人文活动周期性发生或频率很高	7～5
		独立型旅游资源单体规模、体量中等；集合型旅游资源单体结构和谐、疏密度较好；自然景象和人文活动周期性发生或频率较高	4～3
		独立型旅游资源单体规模、体量较小；集合型旅游资源单体结构较和谐、疏密度一般；自然景象和人文活动周期性发生或频率较小	2～1
	完整性(5分)	形态与结构保持完整	5～4
		形态与结构有少量变化，但不明显	3
		形态与结构有明显变化	2
		形态与结构有重大变化	1
资源影响力(15分)	知名度和影响力(10分)	在世界范围内知名，或构成世界承认的名牌	10～8
		在全国范围内知名，或构成全国性的名牌	7～5
		在本省范围内知名，或构成省内的名牌	4～3
		在本地区范围内知名，或构成本地区名牌	2～1
	适游期或使用范围(5分)	适宜游览的日期每年超过300天，或适宜于所有游客使用和参与	5～4
		适宜游览的日期每年超过250天，或适宜于80%左右游客使用和参与	3
		适宜游览的日期每年超过150天，或适宜于60%左右游客使用和参与	2
		适宜游览的日期每年超过100天，或适宜于40%左右游客使用和参与	1

续表

评价项目	评价因子	评价依据	赋值(分)
附加值	环境保护与环境安全	已受到严重污染,或存在严重安全隐患	-5
		已受到中度污染,或存在明显安全隐患	-4
		已受到轻度污染,或存在一定安全隐患	-3
		已有工程保护措施,环境安全得到保证	3

(二)六安市旅游资源定量评价

应用上述旅游资源定量评价方法,通过实地调查,得出六安市旅游资源等级结构如表2.12所示。与通常普查结果的塔状结构不同,六安市旅游资源等级结构呈现出高等级和低等级旅游资源少,中间等级的旅游资源最多的纺锤形结构。其中,三级旅游资源单体数量最多,占调查总数的48.7%;优良级旅游资源总数为189处,占到普查资源单体总数的78.7%。

表2.12　旅游资源等级结构

	五级	四级	三级	二级	一级	总数
数量(处)	7	65	117	41	10	240
比例(%)	2.9	27.1	48.7	17.1	4.2	100

二、六安市旅游资源等级体系评价

国内外旅游开发的成功经验表明,以旅游基地建设为重点的旅游资源开发,有利于树立旅游地的品牌和形象,增强旅游产业的国内及国际竞争力。从六安市旅游资源的景观价值和开发条件看,旅游资源可划分为世界级、国家级、区域级和地方级四个层次;不同级别的旅游资源在资源景观价值、产品开发模式、客源市场特征、经营管理模式等方面有明显差异,与此资源开发相对应的是不同级别的旅游目的地。在功能上,高级别的旅游目的地一般具有低级别旅游基地的功能,世界级旅游目的地和国家级旅游目的地主要是在服务内容、服务对象和服务标准等方面有所差异,世界级旅游目的地的客源、服务、功能和相关配套设施(如航线)更具国际化。区域级旅游目的地主要是由于距离障碍、时间制约以及区域竞争等因素引起国内游客市场的区域性所致,而地方级旅游目的地一般具有城郊型的周末游或一日游性质。旅游资源和旅游目的地等级体系的规划建设有利于旅游市场细分和旅游产品定位。六安市旅游资源数量多、类型丰富,拥有淠史杭水利工程和六安瓜片等世界级旅游资源品牌(表2.13);拥有国家历史文化名城、国家水利风景区、国家级自然保护区、国家湿地公园、国家森林公园、国家地质公园等一批国字号旅游资源(表2.14);省级风景名胜区和森林公园众多,但品牌较弱,需要不断升级保护(表2.15)。旅游资源的丰富多彩及其特定的时空组合,为六安市旅游产业多元化发展创造了条件。

表2.13 六安市世界级旅游资源

资源品牌	资源名称
原"亚洲第一大坝""新中国第一坝"	佛子岭水库
世界第一人工土石大坝	万佛湖(龙河口水库大坝)
历史文化名城	寿县古城
世界塘中之冠、中国灌溉工程鼻祖	寿县安丰塘
世界七大人工灌区之一	淠史杭水利工程
中国十大名茶	六安瓜片

表2.14 六安市国家级旅游资源

资源类型	数量(处)	资源分布
国家森林公园	3	天堂寨、八公山、万佛山
国家历史文化名城	1	寿县
国家级非物质文化遗产	1	庐剧
国家级自然保护区	1	金寨天马自然保护区
国家地质公园	1	大别山(六安)国家地质公园
国家湿地公园	1	六安淠河国家湿地公园
国家重点生态功能区	2	金寨县、霍山县
国家水利风景区	8	龙河口水库风景区、佛子岭水库风景区、梅山水库风景区、响洪甸水库风景区、横排头风景区、临淮岗水利风景区、霍邱水门塘风景区、六安淠河水利风景区
中国十大名茶	1	六安瓜片
国家自然文化遗产和全国重点文物保护单位	11	寿春城遗址、安丰塘(芍陂)、寿县古城墙、六安汉代王陵墓地、淮南王刘安家族墓地、程端忠墓、寿县孔庙、寿县清真寺、独山和金寨革命旧址群
国家AAAAA级旅游景区	1	天堂寨
国家AAAA级旅游景区	22	万佛湖、寿县古城暨八公山、寿春楚文化博物馆、大别山主峰、佛子岭水库、独山革命旧址群景区、红军广场、横排头、南岳山、临淮岗水利枢纽工程、东石笋、燕子河大峡谷、大别山石窟、悠然南山、皖西大裂谷、万佛山、梅山水库、铜锣寨、九公寨、悠然蓝溪、龙井沟、皖西博物馆

续表

资源类型	数量(处)	资源分布
国家级水产种质资源保护区	4	城西湖国家级水产种质资源保护区、万佛湖国家级水产种质资源保护区、城东湖国家级水产种质资源保护区、长江河宽鳍鱲马口鱼国家级水产种质资源保护区
2013美丽中国十佳旅游村	1	霍山县磨子潭镇堆谷山村

表2.15　六安市区域级旅游资源

资源类型	数量(处)	资源分布
省级自然保护区	1	舒城万佛山省级自然保护区
省级风景名胜区	4	南岳山—佛子岭水库、万佛山—龙河口水库、铜锣寨、大华山
省级森林公园	5	燕山省级森林公园、小南岳省级森林公园、安阳山省级森林公园、龙井沟省级森林公园、仙女寨省级森林公园
省休闲农业与乡村旅游示范县	1	霍山县

三、六安市旅游资源定性评价

(一)旅游资源数量多,种类齐全

六安市旅游资源品类较为齐全,旅游资源的八大主类六安市全部都有。六安市有旅游资源亚类24种,占旅游资源全部亚类数(31种)的77.4%;旅游资源基本类型64种,占旅游资源全部基本类型数(155种)的41.3%。其中:自然类旅游资源亚类13种,占自然类全部亚类数的76.5%;基本类型28种,占全部自然类基本类型数的39.4%;单体资源233处,占六安市全部单体资源的56.6%。人文类旅游资源亚类11种,占人文类全部亚类数的78.6%;基本类型36种,占人文类全部基本类型数的42.9%;单体资源179处,占六安市全部单体资源的43.4%。

(二)以大别山国家地质公园和森林公园为代表的原生态、地质遗产旅游资源的独特性

六安市的原生态旅游资源品质优良,具有区域独特性,以榴辉岩为主打的地质遗产旅游资源特色鲜明,具有世界级意义。

六安市地质遗产旅游资源以大别山国家地质公园为代表。大别山(六安)国家地质公园地处大别山隆起的核心部位和北淮阳褶皱带的东段,复杂的地质背景形成各类地质遗迹,是我国为数不多的集花岗岩地貌、变质岩地

貌、丹霞地貌、构造地貌及火山岩地貌为一体的综合性园区。大别山碰撞造山带是世界上著名的超高压变质带之一，其中舒城境内范围达近千平方千米的超高压变质带榴辉岩属于全球罕见的地质遗迹，具有世界科考意义。此外，燕子河大峡谷出露的大别杂岩的最大地质年龄可达26.6亿年，各期地质运动在大别杂岩中留下了清晰的痕迹，具有很高的学术价值。皖西大裂谷是一处国内罕见的山裂奇观。

六安市原生态旅游资源以国家森林公园（国家级自然保护区）天堂寨为主要代表，它保存着完整的亚热带原始森林自然生态系统，可称为“华东地区最后一片原始森林”，同时也是一座天然的地质博物馆和大别山脉珍稀动植物资源宝库。

（三）以“刘邓大军千里跃进大别山”为代表的红色旅游资源的品牌性

六安市为“刘邓大军千里跃进大别山”事迹主要发生地，事迹的广泛流传使“大别山”在红色旅游市场上具有很高的知名度，从而能够以较强的感召力形成特有的品牌效应。六安市作为中国新民主主义革命摇篮之一，是鄂豫皖革命根据地的重要组成部分，同时也是安徽省革命文化最丰富、最集中的地区之一。全国九大将军县中，金寨、原六安县名列第二、第六位，共走出了108位共和国开国将军。以“千里跃进、将军故乡”主题形象的国家级红色旅游精品线路为主线，以大别山革命历史纪念园、金安区刘邓大军千里跃进大别山张家店战役纪念馆、裕安区独山苏维埃城、舒城县万佛湖新四军四支队指挥部旧址、霍山县安徽省红色区域中心纪念园、金寨县革命烈士陵园、金寨县红二十五军和红二十八军军政机构旧址、金寨县天堂寨刘邓大军千里跃进大别山前方指挥部旧址等9个六安市红色旅游经典景区为核心的六安市大别山红色旅游基地，形成了六安大别山红色旅游品牌。六安老区人民在艰苦卓绝的战争年代保留下来的纯朴民风，形成的艰苦奋斗、乐于奉献的大别山精神，同样成为一道别致的风景，构成了红色文化中的独特吸引力。

（四）以安丰塘、淠史杭等水利工程为代表的古代和现代水利文化资源的独具性

六安市集古代和现代水利工程于一体，既拥有以“天下第一人工塘”和“世界最古老的水塘”安丰塘为代表的古代水利工程，也有以“中国水利建设史上一颗璀璨明珠”淠史杭水利工程为代表的现代水利工程，作为淠史杭灌区主要水源的大别山六大水库也各有特色。其中:佛子岭水库具有“新中国第一坝”“远东第一坝”之称,万佛湖则是国家AAAA级旅游区、国家水利风景区、安徽省湖泊旅游的精品,安丰塘、水门塘、瓦埠湖的历史人文底蕴与淠史杭工程体现出的自立自强的民族精神则构成了六安市水利文化的独特风韵。

(五)以寿县古城、八公山为代表的历史人文旅游资源的珍稀性

六安市寿县为春秋时期蔡侯重邑和战国时期楚国都城,寿县古城墙为我国现存最完整的七大古城墙之一,博物馆稀世珍宝价值连城。寿春楚文化是淮夷文化与楚文化互相影响、渗透、融合而形成的独具一格的古文化,以其底蕴深厚、遗存丰富、特色鲜明而闻名遐迩,影响后世。围绕这座古城,发生过不少影响中国历史进程的重大历史事件,也广泛流传着众多传说和典故。“风声鹤唳,草木皆兵”“投鞭断流”“一人得道,鸡犬升天”“淮南鸡犬”“时苗留犊”等众多成语典故和传说家喻户晓,皋陶、英布、廉颇、周瑜等极知名的历史人物亦成为六安市人文资源中一笔宝贵财富。

(六)山岳、水利类旅游资源的同质性强

六安市综合自然旅游资源、红色旅游资源以及水利工程类旅游资源数量丰富,存在同质性强、景区特色不明显的问题。如综合自然旅游地就有天堂寨、铜锣寨、白马尖、八公山、万佛山等,六大水库旅游资源差异性较小,特色不明显,如果规划不当,易造成市内同质资源的恶性竞争。

(七)资源品牌的非独占性

由于大别山位于鄂豫皖三省交界处,各地都在争夺大别山品牌,天堂寨品牌也曾经被争抢注册。虽然有两大将军县,但均非独有且未得首席。湖北、河南两省凭借各自的区位条件和红色旅游资源对大别山品牌的竞争力很强,同样的问题也存在于八公山等综合自然旅游地。

(八)人物事件类资源的不可视性

六安市虽然历史悠久,文化底蕴深厚,拥有较多的历史事件人物和典故,但由于人物事件类旅游资源的赋存大多不具有可视性,有说头没有看头,若不能找到合适的赋存形式形成较为完善的旅游产品则很难拥有理想的发展空间。

四、基于新资源观视角下六安旅游资源评价

(一)生态环境即是旅游资源

把握新资源观,不依赖传统资源,环境即是资源。六安地区山川起伏,山清水秀,山体植被与自然村落结合完美,田园风光怡人,森林资源秀丽,南部大别山地区自然环境仍保留大量原生态品质,对游客吸引力较大。生态旅游资源类型丰富、种类繁多,有山体、水面、瀑布、泉,也有森林、湿地等。六安地区尤其是南部大别山区自然生态环境极其优越,森林密布,空气清新,被誉为“天然氧吧”,可使游客在游览中静心净肺,可发展高品质、高层次的生态旅游。

(二)生物多样性是打造旅游新业态的重要支撑

境内野生动植物资源分布广、藏量丰、观赏价值高:属国家二级保护植物有香果树,三级保护植物有楠木、花榈木、红椿;国家保护动物有大鲵、原麝、香獐、小灵猫、金钱豹、白冠长尾雉、白颈长尾雉等;更有大华山古枫、十八盘万亩竹海等独一无二无需人工雕琢的原生态植物资源。利用丰富的生物资源可生产丰富多样的旅游商品,有桂花、兰草、蔷薇、香附子、蒿本、白芷、独活等野生香料,还有野生猕猴桃、野山楂等野果,蕨菜、薇菜、荠菜、马齿苋菜等野菜。药用生物价值极大,便于开展养生旅游:拥有药用植物共203科、1 360种,有霍山石斛、安徽贝母、断血流、茯苓、天麻、灵芝等;药用动物144种,名贵动物类药材有麝香、灵猫香、全虫等。

(三)山水匹配优良为开发多样化旅游产品提供条件

六安山水匹配度高,旅游资源组合较好,总体上形成了“山与水组合”“自然与人文组合”“历史与红色组合”“冰雪与温泉组合”“环境与景观组合”等特点,对旅游资源的组合开发较为有利。如霍山县山地面积占80%以上,森林覆盖率达71.5%,又有佛子岭、磨子潭两大水域及众多河流,山水资源交相辉映,匹配度高。

(四)矿山、农林场及废旧遗址是新型的潜在旅游资源

六安市拥有众多矿山和农林场资源,如霍邱铁矿、国营茅山林场、国营佛子岭林场、国营马家河采育林场等,这些资源的开发既可丰富旅游资源,又有助于改善生态环境。此外,六安市遗产遗迹、地质遗迹、“三线厂”旧址、水利工程遗址、工矿企业遗址等资源丰富,依托此类资源可积极开展研学旅游,打造研学旅游基地,培育发展研学旅游产品。

【深度思考】

对旅游资源认识的反思[1]

资源的概念有着丰富的内涵，一般是指可以被人们利用来创造社会财富的一切有形和无形的客观存在。资源一般是与财富联系在一起的，因此有的词典干脆把资源定义为“社会财富的来源”。

《辞海》（上海辞书出版社1999年9月版，4 082页）中关于资源的解释有两种：一是指资财的来源，一般指天然的财源；二是指一国或一定地区内拥有的物力、财力、人力等物质要素的总称。在《辞海》中，资源被划分为自然资源和社会资源两大类，前者如阳光、空气、水、土地、森林、草原、动物、矿藏等，后者包括人力资源、信息资源以及劳动创造的物质财富等。

不同的学科与专业对资源的理解也不尽相同。如联合国环境规划署对资源的定义就是：在一定时间和技术条件下，能够产生经济价值、提高人类当前和未来福利的自然环境因素的总称。这是狭义资源概念，一般是指一切客观存在的自然物质，是指作为市场经济配置对象的资源，如水、矿藏、森林、草原资源等。而在现代管理学中，资源的概念被更加广义化，还包括存量丰富不需要配置的资源和潜在资源在内的所有资源，是各种自然因素及其他成分组成的各种经济自然环境，以及人类社会形成并不断增长的人口、劳动力、知识、技术、文化、管理等，凡是能进一步有利于经济生产和使用价值提高者，都可称为资源。它包括自然资源、经济资源和智力资源三个大部分。若从资源经济学角度理解，资源除自然资源外，还包括其他资源，如产品资源、再生资源、劳动力资源、资金资源、智力资源以及可以成为生产力现实要素和潜在要素的其他资源，包括自然界早已存在的以及经过人们加工、凝结着人类劳动的资源。

资源的存在形态主要包括自然资源、人力资源、信息资源（知识、情报、技术、管理经验、品牌等）、资本（实物与货币）、社会资源（关系）等五种。自然资源、资本（实物与货币）、人力资源属于有形资源，可以直接计量，信息资源、社会资源必须附着于某些载体，因此属于无形资源，但它们（诸如知识、技术、品牌等）也是客观存在，可以在经济生活中感受和捕捉到。

资源是产业发展的载体，是企业竞争力的基础。拥有资源和运用资源

[1] 本文部分内容以《西双版纳旅游业发展问题的反思》为题发表于《科技资讯》2008年第14期。

的能力构成了企业的核心竞争力,资源、能力和市场是决定企业发展前景的三大要素。在资源的差异能够产生收益差异的假定下,企业资源基础观认为企业之所以赢利,是因为企业内部的有形资源、无形资源以及积累的知识在企业间存在差异,资源优势会产生企业竞争优势,企业具有的有价值性、稀缺性、知识性和不可复制性以及以低于价值的价格获取的资源,可以产生成本低或差异化高的产品,是企业获得持续竞争优势以及成功的关键因素,企业竞争力就是这些特殊的资源。因此,企业的竞争优势来源于企业的内部,依赖于企业的异质性的、稀缺的、非常难于模仿的和高效的专有资源。企业有不断产生这种资源的内在动力,可保持企业竞争优势的不断形成和这些专有优势资源的不断使用。蒙哥马利和科利斯在《资源竞争:90年代的战略》中提出了价值资源的概念,认为有竞争价值的企业资源(有形、无形、能力)与基本市场力量的动态相互作用(表现为稀有性、专用性、需求性)决定某一资源的价值。他们认为,企业是各种资源的集合体,企业竞争优势归功于拥有价值资源的状况。而资源的价值取决于需求、稀缺性和独占性。资源可分为有形的物质资源,诸如品牌信誉或专有技术,以及体现在企业日常业务、工作流程和企业文化中的组织能力等无形资源。检验价值资源的标准是难以模仿、所带来的竞争优势较为持久、所带来的收益为组织而非个人所独占、难以被替代、相对竞争对手而言的价值等五个方面,这实际上就是核心竞争力的特征。此外,资源一般具有相对清晰的边界。根据资源的本质是"可利用"的属性,其价值可以根据利用目的、资源的稀缺性以及资源蕴涵的社会必要劳动时间三个方面,通过交易活动和市场法则在使用前客观的衡量和评估。同时,科技的进步和创新等还可以直接形成、开发和放大资源的边界。

旅游资源是旅游产业产生和发展的基本条件之一。区域旅游产业的兴旺与发达,在一定程度上取决于旅游资源的丰度和旅游资源开发价值的大小。就旅游资源的概念而言,旅游资源是一个发展的概念,对旅游资源的认识,是随着旅游业的兴起而出现和不断深化的。随着社会经济的发展、交通的现代化、高新技术成果的应用,以及人们生活水平的提高,人们的旅游需求也在不断发生变化,旅游资源的潜能将进一步得到发挥,人类对旅游资源的认识深度和利用程度也在不断发展变化。因此,对旅游资源的确切定义,目前国内外尚未形成统一的表述。

陈传康等认为,旅游资源是在现实条件下,能够吸引人们产生旅游动机并进行旅游活动的各种因素的总和,它是旅游业产生和发展的基础。孙文昌认为,旅游资源应指凡能激发旅游者旅游动机的,能为旅游业所能利用的,并由此而产生经济效益和社会效益的自然和社会的实在物。郭来喜认为,凡能为旅游者提供游览、观赏、知识、乐趣、度假、疗养、娱乐、休息、探险猎奇、考察研究以及友好往来的客体和劳务,均可称为旅游资源。傅文伟认为,凡是具有旅游吸引力的自然、社会景象和因素,统称为旅游资源。杨时进认为,凡是自然力和人类社会造成的,有可能被用来规划、开发成旅游消费对象的物质或精神的诸多因素,都可以视作旅游资源。杨振之认为,旅游资源是旅游地资源、旅游服务及其设施、旅游客源市场三大要素相互吸引、相互制约的有机系统,是有关这三大要素相互间吸引向性的总和。李天元认为,凡是能够造就对旅游者具有吸引力环境的自然因素、社会因素或其他任何因素,都能够构成旅游资源。苏联地理学家普列奥布拉曾斯基等从技术经济角度认为,旅游资源是在现有的技术和物质条件下,能够被用作组织旅游经济的自然的、技术的和社会经济的因素。国家旅游局和中国科学院地理研究所制定的《中国旅游资源普查规范(试行稿)》对旅游资源的定义比较确切和规范:"所谓旅游资源是指:自然界和人类社会,凡能对旅游者有吸引力、能激发旅游者的旅游动机,具备一定旅游功能和价值,可以为旅游业开发利用,并能产生经济效益、社会效益和环境效益的事物和因素。"总体看来,受学术理论背景、课题研究以及地方旅游开发实践等因素的影响,目前对旅游资源的定义更多是从为我所用、景观地理和旅游规划等角度来定义。

从产业经济学和旅游项目投资角度看,本书比较倾向保继刚的观点。保继刚认为,旅游资源是指对旅游者具有吸引力的自然存在和历史文化遗产,以及直接用于旅游目的的人工创造物。特别是他对旅游资源概念的内涵做了相关界定:(1)旅游资源存在于旅游目的地,这就排除了从客源地到目的地之间的其他因素。(2)"资源"的概念本身即意含着"有用",因而旅游资源应是形成从客源地到旅游地去的客流的促进("有用")因素,同时还必须是起促进作用的因素。(3)旅游资源应该是直接用于欣赏、消遣等的因素,而不包括为了达到这些目的必须使用的纯粹接待因素。(4)在不同的地方,旅游资源的构成不一样,一个地方只是纯粹属于接待的因素,在另一个地方可能就是旅游资源。

在旅游经济活动的具体实践中，对于旅游资源概念的理解，以下几个方面值得注意。

一是旅游资源的核心问题。资源的本质特点是实用性和稀缺性。旅游资源的实用性是指旅游资源具有现实或潜在的可以满足旅游者需求的效用。效用是和目的相联系的，资源的旅游效用就是指满足旅游目的的功能。旅游活动目的的多样性决定了旅游资源效用的多样性，这也就决定了旅游资源的多样性。A.格林斯坦认为，假日旅行的目的在于直接地或象征性地增强人们超现实的满足感，从而使这些人扩大他们的自我境界。D.E.兰德伯格认为，旅行动机取决于下列需要：变换环境、异国情调、教育、对力与美以及好奇心的感受、自我的强化或情欲的放纵、休养身心或寻求刺激。H.P.格雷指出，旅行仅有两个原因，即漫游欲（找寻新鲜、异样事物的向往）和日光欲（到比住处气候更宜人的地方去的向往）。L.L.塔皮亚通过对墨西哥旅游者所描述的旅行动机的研究认为旅游出于四类“动机”：(1)自然动机，如寻求温和气候；(2)文化动机，如对他乡异国的好奇心或对文化活动的兴趣；(3)人际关系动机，如结交新朋友的愿望；(4)地位和声望动机，如希望引起邻里朋友注意的愿望。塔皮亚注意到，这些动机并不是独立起作用，它们受经验以及由动机引起的满意程度的影响。因此，凡是能满足旅游者效用的资源都可以作为潜在或现实的旅游资源。同时，因为旅游资源具有相对稀缺性，且旅游资源的开发、维护和管理等需要人力、物力、财力的投入，因而人们在享受旅游资源带来效用的同时往往需要直接或间接地支付购买费用。

二是旅游资源开发问题。旅游资源能否开发受到很多条件的制约，其中技术上的可能性、经济上的合理性、法规政策许可以及社会认同等条件是潜在旅游资源能否开发的重要前提。

从技术条件看：旅游需求是个不断变化的过程，旅游资源也是个发展的概念。随着社会生产力水平的提高和科学技术的进步，旅游资源概念的内涵也在不断发生变化。那些在当前不能为人们利用而转化为旅游资源的因素，可能在今后随着人类生产力水平的提高和科学技术的进步而被人类利用，并转化为旅游资源。旅游产业发展过程也是一个不断发现和利用各种潜在的旅游因素，并逐步扩大旅游资源利用范畴的过程。例如，深海和太空过去都是人类生存的禁区，但随着深海潜水技术和航空航天技术的发展，潜艇深海观光和人类太空旅游已经成为现实。

从经济条件看：旅游资源能否成功开发不仅要考虑旅游资源本身的质量和布局，还要考虑资源开发经济上的合理性。旅游资源的规模越大，不同类型的资源布局和组合越合理，资源的垄断性越强，资源的经济开发价值就越大。但资源开发的经济价值最终能否在市场上得以实现，还要看游客的认同。因此，旅游资源开发的经济条件至关重要。经济条件影响旅游资源开发的先后次序和开发利用的成本及利用效率。交通条件便捷，距重要客源中心和区域经济中心近，当地经济基础好，有城镇依托和与交通干线相连的区域的旅游资源，就有可能优先实现开发利用，且开发利用的成本较低，资源的利用效率较高。如果地方经济落后，旅游产业及其交通基础设施配套服务滞后，不仅增加了旅游资源的开发成本，而且也加大了游客的旅游成本，降低了旅游产品的市场竞争力。

从社会条件看：社会需求是旅游资源开发的动力和前提，没有需求就没有市场，旅游资源开发的经济价值就难以实现。但是由于受不同国家或地区历史文化、民族宗教、风俗习惯等条件制约，旅游资源的开发必须综合考虑这些因素的影响。例如，博彩业在拉斯维加斯、中国澳门、大西洋城、蒙特卡罗、南非太阳城、澳洲、德国巴登、韩国华克山庄、马来西亚云顶山庄、越南涂山等地得到发展，色情旅游也在东南亚一些国家盛行，但是这些旅游项目在中国大陆地区被列入禁止项目。同时，出于国家安全考虑，尽管军事旅游越来越受到大众游客的青睐，即使很多军事要塞和战备基地目前不再使用，仍然禁止旅游开发。此外，受环境保护和可持续发展政策的影响，自然保护区的核心区禁止旅游开发，生态系统脆弱地区限制旅游开发。另外，受国家宏观调控政策的影响，对旅游资源开发的主体也有相应的限制。

目前太空旅游的发展充分体现了经济技术和社会条件对旅游资源开发的影响。自美国富翁蒂托和南非富翁马克·沙特尔沃思相继在2001年和2002年分别搭乘联盟号飞船升上太空，成为真正意义上的第一批太空游客以来，太空旅游开发有望向大众化、平民化方向发展。随着太空旅游业的发展，美国等国家为完善太空旅游安全，确保一般游客的安全性，已经率先推出了管理太空旅游的相关法规。美国政府2005年12月发布了长达120页的太空旅游管理规则，用来管理规范未来的太空旅游。2006年12月，美国航空航天局出台了第一部针对太空旅游业务的条例。由于太空旅游目前还处于起步阶段,该条例暂时没有强制要求太空旅游公司保证旅客人身安全,但太空旅游正逐步得到社会的认同和政策的许可。

太空旅游技术的进步是太空旅游大众化的基础。目前的太空旅游是轨道飞行,能实现轨道旅游的主要是国际空间站,可供游客往返空间站的"交通工具"主要是俄罗斯联盟号飞船和美国航天飞机。但是,这种旅游的单价在2 000万美元以上。美国亚特兰大太空工程公司总裁及首席执行官约翰·奥兹指出,太空旅游市场如果要达到一定的规模,每次价格必须降到5万到10万美元之间才能让大众接受。能够重复使用的宇宙飞船为向太空运送更多的平民拜访者开辟了一条在经济上切实可行的途径。2006年7月,首架专为太空旅游开发的可以重复使用的"火箭飞机"已由美国加州一家名叫XCOR的太空旅游公司研制出来,并试飞成功。美国航空航天工业前景研究委员会建议开发低成本的商用太空旅游飞船——太空巴士,每次可坐20人左右。这种设想中的太空巴士,属于能运送游客往返于国际空间站与地面之间的双程轨道运输机。而航天能力同样不凡的俄罗斯宇航局则在2004年2月宣布,他们准备用C-21型航天器进行有偿载人飞行活动,每人的旅费仅为10万美元。目前,太空旅游的业务都是由美国"太空冒险"公司完成,其他国家的一些商业机构也开始准备参与太空旅游业的竞争。日本"金城日本旅行社"已经成立了一个新的分社,专门开发太空旅游市场。未来的太空旅游有望向旅游者提供灵活的服务项目,包括从10分钟的低轨道飞行到为期一周的随所居住的太空旅馆在近地轨道上遨游等。更为诱人的是,他们将每个人的太空旅行费用降低到不超过2 000英镑。2004年9月,英国维珍集团董事长兼总裁理查德·布兰森也表示,他的公司将在未来几年内开通世界上第一条商业太空航线。

三是旅游资源优势问题。在目前旅游开发过程中,对旅游资源的理解要处理好四个优势问题,即文物资源优势、旅游资源优势、旅游产品优势和旅游市场优势。要处理好三种关系,即要认识到文物资源优势不等于旅游资源优势,旅游资源优势不等于旅游产品优势,旅游产品优势不等于旅游市场优势。

首先,文物资源不等于旅游资源。六安市和其他很多地区一样,具有悠久的人类活动历史,留下了丰富的文物资源,特别是六安市寿县有"地下博物馆”之称，这些珍贵文物具有重要的科学和考古价值。但是我们应该认识到，文物资源的价值不是以游客的偏好程度为标准的，文物的价值是以文物自身的内在价值为基础的，即使文物是以个体分布在偏僻的地点也不会影响其自身的价值。而旅游资源一般是指能够吸引旅游者前来旅游的人文或自然景观以及人工建造物，旅游资源的价值更多是旅游者对旅游资源价值的亲身体验和主观判断。尽管文物爱好者对文物旅游具有浓厚的兴趣，但这作为特殊形式的旅游在旅游市场中所占的份额是相当有限的。况且许多国家级的珍贵文物多分散在各地，受时间、交通和费用等因素的影响，特别是在当代旅游时间趋短的形势下，这些孤立的文物资源更难以构成旅游资源。因此，我们在评价旅游资源时，不但要重视文物资源的总量和珍贵度，更要关注有多少数量和多高级别的文物资源可转化为旅游资源，因为文物资源是否可转化为旅游资源不是靠文物内在价值或以文物专家的评价来决定，而是以游客的认同和消费为基础。因此，从这个意义上看，六安市一些珍贵的文物资源将难以成为规模开发的旅游资源。目前，在有关旅游对策或规划中，都或多或少存在这些问题，影响了对六安市旅游资源的客观评价。

其次，旅游资源优势不等于旅游产品优势。从旅游资源的赋存条件看，六安市具有一些国际级的旅游资源。但在旅游开发实践中，除一些主要以临近客源市场为基础的主题公园型的旅游资源有所开发外，其他旅游资源开发程度较低。一般来说，旅游资源只是旅游产业发展的载体，是旅游经营者用来吸引游客的依据。而旅游者对旅游产品优劣的评价，不仅仅在于旅游者对旅游产品自身价值的体验，还包括更多对旅游产品配套服务的体验。游客从旅游信息检索决策，而后从出发到旅游目的地，再返回原出发地的全部经历，是吃、住、行、游、购、娱的一整套服务的体验，正是在这个意义上，游客的体验才具有整体性。因此，旅游开发绝不是简单地对旅游景观的建设，它涉及各个部门和行业，这就使得政府的协调作用特别重要。通过相关部门、行业以及不同区域之间的协调，将与旅游相关的服务统一起来，才能将资源优势变为产品优势，才能真正实现旅游产业的“一业兴百业旺”的功能。目前六安市在旅游总体规划上力度较大，但在旅游产业规划方面还有待加强，只有这样才能将旅游资源优势转变为产品优势。

最后，旅游产品优势不等于旅游市场优势。六安市许多旅游资源具有较高的垄断性，这对提高六安市旅游产品的竞争力具有重要作用。但是要了解旅游产品和其他工业产品或农业产品有所不同：一是旅游产业难以像其他加工制造业那样发挥产业集群优势，实现规模经济或范围经济，除一些城郊型的主题公园等旅游开发外，旅游地必须与游客居住地距离适中，虽然“距离产生美”，但距离过远又会出现对旅游的阻隔作用。同时，随着距离的增加，旅游产业竞争问题也越显突出，其他旅游竞争者的市场分流作用也越来越明显。此外，旅游资源的不可移动性导致旅游经营者不可能将旅游产品像其他工业产品那样实现“上门服务”，把方便带给消费者，把问题留给自己。在旅游产品的消费中，游客必须“上门消费”，旅游经营者只能为游客减少不便，但在旅游产品消费过程中的旅途疲劳、环境不适等一些问题最终还是要游客自己克服，旅游经营者也只能“心有余而力不足”。因此，在旅游开发中，必须实现资源导向型向市场导向型的转变，要在开发旅游产品的同时，更注重研究如何吸引游客的市场问题，只有这样，旅游产品优势才会变为旅游市场优势，才能在区域旅游的合作和竞争过程中不断赢得游客市场。

第三章　六安市旅游市场分析

广义的旅游市场是旅游需求市场和旅游供给市场的总和，本章中的旅游市场指的是旅游客源市场。旅游客源市场是旅游区内某一特定旅游产品的现实购买者与潜在购买者。客源市场的需求具有多样性和可诱导性，市场具有季节性、敏感性以及竞争性等特点。

第一节　六安市旅游客源市场现状分析

近几年来，六安市游客总量不断上升，旅游业发展迅速。分析六安市客源市场，能够帮助我们掌握客源市场的特征。通过对目标市场和细分市场的了解，制定市场营销及开发策略，有利于对客源市场的各个环节进行谋划与设计，充分整合资源优势，促进六安市旅游业的开发与建设。

一、六安市游客总量分析

分析统计数据可以发现，六安市旅游业近年来发展迅速，取得了很大的成绩，2010—2013年国内游客总人数增长速度连续三年平均超过40%（表3.1），入境游客量自2010年开始迅猛上升，2013年趋于平稳。通过分析还发现，近年来六安市的游客接待量在安徽省所占的比重逐年增长，呈现良好的发展态势（表3.2）。

表3.1　2006—2014年六安市旅游人次和旅游总收入

年　份	2006	2007	2008	2009	2010	2011	2012	2013	2014
旅游人次（万人次）	305	387	464	579	700	1 000	1 500	2 000	2 400
旅游总收入（亿元）	15	19	25	32	40	65	95	130	163

表3.2　2009—2014年六安市游客接待量及在安徽省所占比重

年　份	2009	2010	2011	2012	2013	2014
六安市游客量(万人次)	579	700	1 000	1 500	2 000	2 400
安徽省游客量(万人次)	12 400	15 550	22 800	30 000	34 000	37 900
六安市在安徽省比重(%)	4.7	4.5	4.3	5	5.9	6.3

根据安徽省统计年鉴提供的数据,2013年六安市国内旅游人数全省排名第八,处于中等水平,入境旅游人数在全省排名第七,入境旅游市场发展前景较好。

二、六安市旅游客源市场特征分析

(一)六安市旅游市场客源特征分析

抽样调查显示,六安市旅游客源市场总体特征如表3.3所示。

表3.3　六安市旅游客源市场特征

市场因素	市场特征
客源群体	主要以中青年游客为主。随着六安交通条件的改善,老年游客逐步增多
客源区位	以周边地区为主、中远距离游客和入境游客逐步增长
旅行方式	主要以随团为主,但近年来自驾游发展迅速
旅行目的	以观光为主、农家休闲为辅,休闲度假开始增长

1. 基础市场

六安周边1.5小时内车程的区域是六安旅游的基础市场,主要包括六安本地、南京、武汉、合肥、蚌埠、淮南等。特别是随着上海至武汉高铁的开通,南京市场、以武汉为龙头的武汉都市圈,以及皖北城市群由于近年来经济快速发展,旅游消费需求旺盛,已经由过去的潜力市场变成基础市场。

基础市场需求特征主要表现为:一是从旅游方式上看,主要以休闲观光为主,多以个人或亲友组织形式开展旅游活动,自助游是最主要的出行方式;二是从旅游产品需求上看,观光旅游占较大的市场份额,商务会议、户外运动等也有一定的需求。

2. 潜力市场

六安周边1.5至4小时车程内的区域是六安旅游的潜力市场,包括京津冀、济南、郑州、上海、苏州、无锡、杭州、南昌、长沙、阜阳、信阳、镇江、徐州、宿州等。其中,上海、杭州、镇江、苏州、无锡等所在的长三角都市圈是我国目前经济发展速度最快、经济总量规模最大、最具有发展潜力的经济板块，是六安市旅游营销的重中之重。

潜力市场的需求特征：一是人口基数大，收入高，出游动机强烈，消费能力强，市场容量可观；二是对观光、康体、生态养生、美食、修学、科考等产品需求强烈。

3. 机会市场

珠三角、成渝城市群等经济发达且交通方便的省份，以及国内其他区域市场可作为六安的机会市场，应当予以重视。机会市场需求特征更多是商务、政务会议等专项旅游。

(二)六安市旅游目标市场开发策略分析

巩固基础市场。沪汉蓉高铁(上海—武汉段)沿线城市、沿淮地区客源市场是六安的核心旅游市场。应采用电视、广播等多种促销形式，推行合肥经济圈价格联盟制度，采取多种营销组合重点开拓，并通过地方政府之间的互动，由旅游部门牵头，为旅游市场开发营造良好的氛围。

拓宽潜力市场。京津冀地区、苏北、皖南、中原和浙江等重点地区及城市是六安的重点旅游市场，旅游市场潜力大。应在重点城市中借助电视、网络等加大宣传力度，举办旅游推介会等活动，鼓励旅行社在重点城市设立办事处。

争取机会市场。主要是指珠三角地区、成渝城市群和国内其他区域的客源市场和海外市场。这一部分市场属于机会市场，主要争取这一市场的商务考察市场，以及到合肥经济圈和南京都市圈等的中转市场。发挥与合肥新桥机场、南京、上海等地的交通优势，加强与航空公司合作，开拓港澳境外市场，启动韩国、日本旅游市场以及欧洲旅游市场，培育山地自行车和徒步旅游等国际旅游专业市场，积极争取合肥经济圈以及南京都市圈等的中转海外市场。

(三)六安市旅游细分客源市场开发策略分析

随着六安市旅游市场的快速发展，旅游需求出现了一些新的变化，主要表现为：其一，在旅游形式上，趋于自驾、自助旅游，“汽车+手机”的旅游形式越来越流行和普遍；其二，在旅游需求上，从观光逐步向休闲、度假、康体、体验上转变；其三，在旅游心理上，注重经历，渴望参与，获得体验。根据这些发展趋势，六安旅游细分目标市场群体可以采取的开发策略如表3.4所示。

表3.4 六安市旅游细分客源市场及产品开发导向

细分客源市场	市场特征	旅游需求	旅游产品开发
白领市场	有稳定的职业和较高的收入，旅游消费潜力大；网络、杂志和朋友推介为主要的信息渠道；对旅游服务设施质量要求高，自驾游、自助游成为旅游主要方式	休闲、度假、户外运动、文化体验、避暑	休闲度假产品、户外运动产品、文化旅游产品
学生市场	思维活跃、求知欲强；精力旺盛、热爱体验，偏向参与性强的活动；对旅游服务设施要求不高，青年旅舍、农家乐有较大的发展空间	求知、运动、体验	研学旅游产品、运动体验产品、文化体验产品
银发市场	时间较充裕，一般有着一定的经济基础，对生态环境、文化的物质表现形式要求高，青睐便捷、舒适的景区内部交通工具，跟团游仍然是主要旅游方式	度假、疗养、养生、避暑	休疗养产品、生态旅游产品、避暑旅游产品
家庭市场	寒暑假是家庭市场出游的重要时期，活动内容偏亲子、体验，自驾游为旅游主要方式	亲子、体验	亲子体验产品、生态观光产品、文化体验产品
高铁旅游市场	以上海、南京、武汉、长沙等重点城市为节点，希望在最短、最快的时间内到达旅游目的地，避免周末生活的单调，获得异地游玩的乐趣和便捷高铁停靠站周边城市是旅游目的地最佳选择	休闲、度假、运动、求知、养生	研学旅游产品、运动体验产品、休闲度假产品、周末旅游产品
个性化自助旅游市场	旅游经验丰富、休闲时间较多，对体验有较高的期望	体验、户外运动	文化体验产品、户外运动产品、房车旅游产品、探险旅游产品

第二节 六安市旅游客源市场潜力分析

一、六安市旅游客源市场时空距离与地域构成分析

以高铁为交通方式所构成的六安市旅游客源市场时间距离与地域构成，如表3.5所示。

表3.5　六安市旅游客源市场时间距离与地域构成

时间距离范围(小时)	地域范围
中心区	六安市
<1.5	南京、武汉、黄冈、合肥、蚌埠、淮南等
1.5~4	京津冀、济南、郑州、上海、苏州、无锡、杭州、南昌、长沙、阜阳、信阳、镇江、徐州、宿州等
>4	珠三角、成渝城市群等

六安市旅游客源市场空间距离与地域构成,如表3.6所示。

表3.6　六安市旅游客源市场空间距离与地域构成

空间距离范围(千米)	地域范围
中心区	六安市
<150	合肥、安庆、淮南、阜阳、信阳、黄冈
150~300	南京、武汉、九江、徐州、扬州、宿迁、周口、驻马店、随州、孝感、咸宁、瑞昌、景德镇、商丘、安徽其他地市(滁州、蚌埠、亳州、淮北、宿州、马鞍山、芜湖、宣城、铜陵、池州、黄山)
>300	上海、杭州、郑州、北京、广州、南昌、长沙

二、六安市旅游客源市场空间潜力结构分析

为进一步了解六安市旅游客源腹地的人口状况,我们分析了不同半径距离内六安市旅游辐射区域的人口数量状况。通过地理信息系统(GIS)分析发现,在不同半径距离内,六安市旅游辐射区域的人口数量状况不同。腹地人口主要集中在300~1 100千米范围内。其中500千米左右范围内的人口数量达到顶峰,对应为长三角地区以及武汉、郑州等大城市。通过距离半径的累计分析发现,在半径为300千米的范围内,六安市客源腹地累计人口数量接近1亿。在半径为1 000千米范围内,客源腹地累计人口数量接近10亿。由此可见,优越的区位条件和巨大的腹地出游市场,为六安市旅游发展提供了有利的支持条件。

为进一步分析六安旅游客源腹地的出游潜力,我们运用地理信息系统软件的潜力指数进行分析模拟。潜力指数计算方法为:工农总产值×人口/距离指数,其中潜力曲线1~5的距离指数分别为距离开方、距离1次方、距离1.5次方、距离1.8次方、距离2.0次方,即对距离的影响考虑越来越多。

通过研究不同的潜力曲线发现,除了近距离地区外,500千米左右范围内的出游潜力达到顶峰,其对应的长三角地区人口密度大,经济发展水平高,居民出游能力强,是六安市旅游发展的重要客源潜力市场;500千米左右范围内的武汉、郑州也是不可忽视的重要客源潜力市场。

第四章　六安市旅游产业集聚区研究

旅游产业集聚区属于城市功能区域范畴，强调的是旅游产业链上下游各个环节的业态完整聚集、是产业链系统完整的综合性区域。这种产业集聚区一般是以某块核心地带为主，依托其强大的旅游市场需求而形成的集聚区。研究六安市产业集聚区，能够调整旅游产业发展模式，有助于形成较为完整的产业链。

第一节　旅游产业集聚区相关概念

旅游产业集聚区一般指依托相应旅游资源，以旅游设施集聚为基础，以旅游要素集聚为核心，以旅游产业集聚为主体形成的促进旅游产业集群发展的规模型区域，是一种创新型的旅游产业形态。其特征是以旅游吸引物为核心，围绕旅游六大要素，旅游相关企业在某一特定区域内聚集，为获得规模经济与聚集效应，依据专业化分工和协作需求建立起正式与非正式的关系而形成的一种更具活力的新型企业组合形式，即依赖于旅游价值链所有参与者共同努力，形成某种“一揽子旅游产品”。

一、旅游产业集聚区的四种基本类型

（一）以旅游要素为中心的集聚区

这种类型的旅游产业集聚区是最普遍的，包括以旅游景区、便利交通、特色餐饮、住宿体验、娱乐购物等为核心的旅游要素形成的集聚区。吃、住、行、游、购、娱旅游六要素是旅游产业的基础，在实践中，这几种旅游要素形成的集聚区往往是相互交融的。以某一类旅游要素为中心的旅游产业，需要其他旅游要素相关产业的配合，才能提供让旅游者满意的综合配套的旅

游体验与服务。以景区集聚为例，观光旅游的核心是旅游景区，旅游提供的是体验服务，为满足旅游者的需求，需要在景区周围提供各种配套服务，形成餐饮、娱乐、购物、演艺等相关旅游产业，随着旅游规模的不断壮大，相配套的旅游产业不断完善，便形成了旅游产业集聚区。这方面的例子比较著名的如北京什刹海旅游区、杭州旅游区等。

（二）以市场为中心的集聚区

这种类型的旅游产业集聚区是指以某块核心地带为主，依托其强大的旅游市场需求而形成的集聚区，例如北京、上海等各大城市周边可供市民近郊短途旅游而形成的旅游集聚区或城市中的核心步行街、文化商业区、历史文化街区，集中了景观、饮食、娱乐、购物一条龙服务，便形成了旅游产业集聚区。这类集聚区的规模一般不大，但有强大的市场支撑，有显著的集聚效益，可依据当地市场需求，围绕旅游业发展多层次的相关产业集聚，共享资源，市场空间不断拓展，实现市场共赢。

（三）园区式集聚区

这种类型的集聚区主要指那些有相关企业主体专门规划与治理的旅游产业集聚区，是借鉴经济技术开发区发展经验而来的产物，有特定的治理主体，通过有目标有步骤的规划建设，有着特定的边界范围。相对而言，以旅游要素和市场为中心的集聚区是开放的、自发集聚形成的，其集聚区的边界并不是很明确。园区式的集聚区则是一种相对封闭、自觉集聚的旅游产业发展模式，具有相当的可复制性和可推广性，如美国的“迪斯尼”、中国的“欢乐谷”等旅游产业园。中国首个“国家旅游产业集聚区”广东南海西岸旅游产业园，将规划为“八区”，这个旅游产业集聚区就体现出企业主导的、有规划性的集聚区特点。

（四）行政区域集聚区

这种类型的集聚区是由政府主导的以行政区域为范围的旅游产业集聚区，体现国家对旅游产业的最新政策动向和战略指导，政府通过有序的规划和建设，重点引进旅游企业，激活区域经济，辐射和带动旅游产业的升级。海南国际旅游岛、桂林国家旅游综合改革试验区、武当山旅游经济特区等，都是适应国家对旅游业发展转型升级、产品建设、区域发展、改革创新等要求的深化和推进旅游经济带、旅游改革试验区的建设等应运而生的旅游产业集聚区。

二、旅游产业集聚区的集聚演变发展规律

旅游产业集聚区形成的根本原因在于集聚效益可以给区域内的企业带来较高的投资回报。资源禀赋是旅游产业集聚区形成的最初诱因，充分利用各地区的自然资源优势发展旅游经济是形成旅游产业集聚区的原始动力。旅游业对资源的依赖性很大，资源禀赋、区位优势、交通运输条件等是形成产业集聚区的重要因素。依据旅游产业集聚区的形成机制和管理主体，一般可将其分为三种：自发集聚、企业主导和政府主导。自发集聚的旅游产业集聚区是主流，主要依托良好的旅游资源集聚形成并发展起来，依据其集聚动因的不同，又可分为以旅游要素为中心的集聚区和以旅游市场为中心的集聚区；企业主导的集聚区主要是以旅游产业园区为代表的模式，此类旅游产业集聚区的形成主要借助当地经济与技术条件的发展背景；政府主导的集聚区一般是出现在政府有政策导向、产业大力扶持的区域，例如武当山旅游经济特区、桂林国家旅游综合改革试验区、海南国际旅游岛等。旅游产业集聚区基本上都呈现以下三方面的集聚演变规律。

（一）由资源依赖向产业集中、结构调整转变

因为众多旅游资源，无论是人文资源还是自然资源，都有不可再生性，并且各地对传统旅游资源依然存在争夺、急于开发等问题，所以旅游资源的现状限制了一些地区旅游产业集聚区的发展潜力与竞争力。要加快旅游产业集聚发展，需要通过提高产业集中度和优化旅游产业结构，才能改变旅游产业现状，提高区域的竞争力。

（二）由零散集聚向行业集中、垄断转变

旅游产业集聚的趋势逐渐明显，一部分旅游产业集聚区已经体现出了旅游龙头企业对集聚的重要作用，其行业领导作用有助于该区域集中精力发展成为具有优势特色的旅游产业集聚区，如深圳的华侨城。在旅游产业集聚区的发展过程中，其他集聚区的示范带动作用，以及当地龙头企业的配套功能，不断地推进着集聚区的发展。应该充分发挥这种作用，以优势和特色产业为方向，以旅游龙头企业为主体，集中力量发展旅游产业集聚区。

（三）由自发集聚向政策引导转变

在旅游产业集聚区的发展过程中，自发型集聚由于相关支持性、配套产业的作用不强，使集聚区的发展受到了很多制约。因此，要建立有竞争力、

吸引力的旅游产业集聚区，必须积极对旅游要素进行科学引导，避免自发型的无序性。因此，应充分利用政策资源，发挥政策和环境对旅游集聚的引导作用，加快各旅游要素和旅游产业向旅游中心区集聚，在加快旅游各行业合作发展的过程中培育良好的集聚区环境。同时，可以考虑通过完善旅游产业集聚区内的环境体系建设，在加大设施配套和服务环境的基础上，引导旅游产业集聚区走向分工明确、政策支持、环境配套的可持续发展之路。

三、旅游产业集聚区的动力机制

旅游产业集聚区的发展是多种驱动力综合作用的结果。

首先是利润驱动。集聚区内各类产业不同企业的主要集聚动力是利润的驱动，利润驱动的主体是旅游企业，包括旅行社、酒店、景区管理上市公司等。

其次是产业链驱动。旅游产业集聚区内的不同企业往往因其旅游产品或服务的供应商、代理商、中介商和客户的需求而集聚，因此供应链驱动的主体是上下游旅游企业。

第三是政策驱动。国家、地区的各种区域发展政策和产业政策对旅游产业集聚区的发展至关重要。同时，随着旅游产业向高级化发展，行业协会组织在旅游产业发展中的作用越来越突出。

四、旅游产业集聚区的空间结构特征

旅游产业集聚区的集中程度要相对低于工业和其他服务业的产业集聚区，面积相对较大，并且具有比较独特的空间结构。依据杨讯周等对河南省旅游产业集聚区发展的研究发现，旅游产业集聚区的空间结构一般由核心区、主体区、辐射区（点）组成。

（一）核心区

旅游产业集聚区是以旅游资源为核心的。因此，在一定区域内，培育龙头景区（核心景区），或者整合同类或互补的旅游资源以产生放大效应，带动整个旅游产业集聚区的发展，是核心区的主要任务。

（二）主体区

主体区是旅游产业集聚区行政管理的区域，是产生经济价值的核心，其中为旅游者提供吃、住、行、游、购、娱等需要的旅游企业，其供给物正是旅游者在整个旅游过程中所直接消费的。这些企业包括旅行社、饭店、宾馆、交通供应者、旅游商店、休闲娱乐设施等。构建涵盖旅游全要素的产业链是主体区的中心任务。

（三）辐射区（点）

辐射区则情况比较复杂，既存在具备一定旅游功能而旅游产业又不是主导产业的主体区辐射的近域区域，又有离主体区域相对较远但与主体区旅游产业联系密切的地区和点。辐射区主要有为目的地基础设施和前两个层次起支持作用的供应者和有关组织、团体、机构，如金融、保险、建筑、咨询、广告、通讯、中介、教育培训、公共管理等大量的企业和机构。它们对旅游者顺利完成游览过程和旅游产业集群稳定发展提供了保障，是旅游产业集聚区的重要参与者。这一层次在促进区域旅游发展方面具有巨大的潜力，但是其产业的发展依赖于核心区、主体区的需求增长。

五、旅游产业集聚区的空间演化发展规律

旅游产业集聚区空间发展演变一般要经历初期、中期、成熟期三个阶段，不同阶段呈现不同的产业集聚空间形态。从空间演化视角来看，发展初期的空间形态特征是形成“核心集群”；发展中期的空间形态特征是由“核心集群”带动“次级集群”的发展，且形成“发展轴”；成熟期的空间形态特征是各个集群之间联系紧密，产业链完善，形成“集聚线”，最终构成“集聚网络”。

（一）发展初期

初期发展阶段与“核心集群”的形成相适应。“核心集群”是整个产业集聚区的增长极和发展引擎，往往出现在旅游资源最集中、禀赋最好、交通条件最优越的地区。该阶段的主要任务有：一是培育龙头景区和主导产业，形成核心区，为集聚区其他地方的旅游企业作引导示范；二是在培育核心区的过程中，旅游产业结构趋向合理，主体服务层逐步得到完善；三是辐射区，即金融、保险、中介、人才培养、研究机构等初步配套完成。这一阶段主要任务的顺利完成能够为整个旅游产业集聚区的发展奠定良好的基础。

（二）发展中期

中期发展阶段与“次级集群”的形成相适应。在“核心集群”的积极影响和示范作用下，其他有特色和优势的区域参与旅游业发展的积极性高涨，沿交通要道（即发展轴）形成多个“次级集群”。 该阶段的主要任务是：各个“次

级集群”根据自己的特色模仿复制“核心集群”的发展历程,形成核心区、主体服务区和辐射延伸区。这一阶段主要任务的完成,将使产业集聚区的业务运行顺畅,企业运营成本继续降低,运营效率进一步提升,旅游竞争力明显增强。

(三)发展成熟期

发展成熟期与“集群网络”的形成相适应。在该阶段,产业链上的旅游企业联系频繁发生,集聚线密集,将整个区域的各个产业集群连接起来,形成网络,旅游产业集聚区最终形成。这一阶段有三大特征:一是各条产业链相互交叉,形成有层次的产业链网,产业链网上下游企业产业形成良好互动关系;二是集聚区内产业集群环境形成,企业分工明确、联系紧密、合作深化、风险共担、利益共享,区域内企业之间凝聚力增强;三是产业集聚区的吸引力增强,形成正效应,吸引更多资源(资本、企业、相关组织)向区域内集聚,实现区域旅游产业可持续发展。其中,构建涵盖旅游全要素的传统产业链和新型产业链是发展成熟期的核心任务。

六、六安市旅游产业集聚区的发展模式选择

旅游产业集聚区发展模式的选择主要受集聚区发展动力的制约,在不同的驱动力作用下,集聚区应选择与此相对应的发展模式。根据六安市资源赋存价值、区域交通条件、客源市场特征、产品供需模式、旅游经营管理模式等方面的差异,按照旅游项目集中、旅游产业要素集聚、旅游资源开发集约、旅游服务功能集成的要求,六安市旅游产业集聚区主要有景区依托型和城市—景区双依托型两种发展模式,具体如表4.1所示。

表4.1 六安市旅游产业集聚区发展模式选择

发展模式	基本特征	动力机制	典型代表
景区依托型	景区依托型是依托重点景区而发展的旅游产业集聚区。丰富的旅游资源禀赋是旅游业发展的物质基础,也是旅游产业集聚的始发诱因,更是区域旅游产业集聚的重要拉力	具有增长极的集聚特点,旅游要素的极化和扩散是景区依托型发展模式的主要动力机制	天堂寨旅游产业集聚区、白马尖旅游产业集聚区、万佛湖旅游产业集聚区、寿县古城暨八公山旅游产业集聚区

续表

发展模式	基本特征	动力机制	典型代表
城市—景区双依托型	城市—景区双依托型旅游产业集聚区模式通常是城市和景区之间相互依赖、互补合作的发展模式，发展动力兼具城市依托和景区依托两种类型，一般适用于城市内或城市郊区有著名景区的区域	客源市场、旅游资源和基础设施的相互促进、耦合发展是该模式发展的主要动力机制	六安中心城区及城郊旅游产业集聚区（主要包括金安区九十里山水画廊、裕安区六安茶谷和六安中心城区历史文化长廊三大板块）

第二节　天堂寨旅游产业集聚区

一、空间范围

主要以天堂寨国家AAAAA级旅游景区、马鬃岭国家森林公园、燕子河大峡谷、汤家汇红色名镇、西庄温泉、金寨红军广场等景区（点）为核心，南接大别山旅游扶贫快速通道，东至霍山县，北至六安茶谷，西至201省道。

二、旅游资源分布

天堂寨旅游产业集聚区主要旅游资源分布情况见表4.2。

表4.2　天堂寨旅游产业集聚区主要旅游资源分布情况

地　域	主要旅游资源
金寨县城梅山镇	全国100个红色旅游经典景区之一金寨县革命博物馆、国家AAAA级旅游景区金寨红军广场、国家水利风景区及国家AAAA级旅游景区梅山水库
汤家汇镇	全国红色旅游名镇汤家汇镇革命旧址群、大别山国家地质公园金刚台、国家重点文物保护单位中共鄂豫皖省委会议旧址汤家汇胡氏祠
斑竹园镇	红十一军三十二师成立旧址朱氏祠、长岭关
吴家店镇	立夏节起义总指挥部旧址穿石庙、西庄温泉度假村
天堂寨镇	大别山地质公园主园区和国家AAAAA级旅游景区天堂寨、国家森林公园马鬃岭、八湾古民居
燕子河镇	国家AAAA级旅游景区燕子河大峡谷、六安中心县委及六霍暴动总指挥部旧址东岳庙

三、旅游产业发展现状与存在问题

(一)以观光产业为主导,旅游产品的内涵与功能挖掘不足

目前天堂寨旅游产业集聚区的旅游产业多是利用资源的高禀赋与高观赏性进行资源型开发,观光和游憩活动是旅游产品的核心功能,而对旅游资源的内涵与功能的挖掘依旧存在不足,地方独具特色的体验活动也主要集中在农家乐和饮食等基础行业中,未能形成旅游发展的产业态势。目前的旅游产品中,除单纯以观光为主的景区(点)外,其他的景区(点),例如红色旅游、温泉度假旅游等旅游产品内容单一,难以满足现代游客的多元化需求。

(二)多为景点式开发,旅游产业带动性较弱

天堂寨旅游产业集聚区的旅游发展是以资源为依托,利用资源中的优势区域进行景点式的开发,没有能够与周边的环境和乡镇发展相融合,整体带动性局限于景点周边和沿线的部分核心村镇,所带动的产业也以食宿业为主,旅游产业要素之间没有形成配套发展,旅游产业和农业等相关产业之间没有得到很好地融合发展,严重制约了旅游产业带动作用。

四、发展思路与目标

天堂寨旅游产业集聚区是典型的依赖高禀赋和高观赏性的核心旅游资源进行开发建设的"景区依托型"集聚区。因此,要按照节点状分布、网络化体系、风景道串联的总体发展思路规划建设。在具体目标定位上,天堂寨旅游产业集聚区将发展成为一个集生态、休闲、文化、户外体验、度假等为一体的旅游区,将发展成为一个集山水度假、公路旅行、森林体验、徒步探险、农情感受、自然休闲、地质科普、康体养生为一体的综合性旅游目的地。

五、空间演化模式

(一)发展初期:培育一个核心集群——天堂寨旅游综合体

天堂寨旅游产业集聚区拥有天堂寨国家AAAAA级旅游景区,对整个区域旅游业发展具有统领作用。发展初期要以天堂寨景区为龙头,以度假产业作为区域发展的核心引擎来引领观光和休闲产业发展,促进天堂寨产品结构和产业结构的转型和升级,培育旅游产业的"核心集群",实现天堂寨景区从单一观光型到观光、休闲、度假三位一体的复合型旅游产品结构转变，打造天堂寨旅游综合体。

（二）发展中期：培育梅山县城、西庄温泉、马鬃岭三个次级旅游综合体

充分发挥金寨县城梅山镇的交通区域优势，整合梅山水库山水绿色旅游资源和县城红色旅游资源，完善合武高速公路和高速铁路至集聚区重要景点连接线的配套基础设施和服务设施建设，将梅山县城打造成天堂寨旅游集聚区的北部旅游综合服务中心和旅游集散中心。

加快马鬃岭旅游开发，重点发展健康养生、徒步旅游等高品质的原生态旅游产品，与天堂寨景区形成互补。

充分发挥西庄温泉交通区位优势和旅游资源的互补优势，将西庄温泉打造成天堂寨产业集聚区的温泉度假中心，进入天堂寨AAAAA级旅游主景区的门户以及大别山国家旅游风景道的西门户。

（三）发展成熟期：打造旅游产业链

1. 完善传统旅游产业链

依托休闲旅游产业集聚区的资源现状，根据旅游市场需要合理布局，满足游客在吃、住、行、游、购、娱等方面的需求，将其打造成为休闲游憩行业、旅游接待行业、旅游交通行业、旅游商品业全方位发展的文化旅游产业集聚区。

表4.3　天堂寨旅游产业集聚区传统产业链及空间布局

传统行业类别	传统行业内容	传统行业空间布局
休闲游憩行业	湖泊休闲观光、山岳休闲探险体验、河道休闲运动体验	梅山水库、马鬃岭、燕子河大峡谷等景区
旅游接待行业	旅行社、酒店、露营地、露营帐篷、“农家小院”连锁接待	金寨县城、汤家汇镇、西庄温泉、天堂寨镇及周边、燕子河镇
旅游交通行业	落地自驾设备工程、旅游车队和自驾游服务基地、自驾游服务驿站	一级为金寨县旅游集散地，二级为各核心旅游镇，三级为主要自驾交通途径的小景区与乡镇
旅游商品业	旅游商品购物店、旅游商品一条街	金寨县旅游集散点、各旅游景区、汤家汇镇及燕子河镇可设立旅游商品街

2. 培育新型旅游产业链

新型旅游产业链总体布局思路是多产合一，产业协调。其中，梅山镇以湖泊运动产业为主导，发展运动产业、观光产业和自驾游产业；金刚台以红色创意产业为主导,发展创意产业、教育产业和文化产业;汤家汇镇以古镇文化产业为主导,发展文化产业、商品产业和教育产业;西庄温泉以村居养生产业为主导,发展养生产业、爱情产业和生态产业;天堂寨、马鬃岭以山水民俗产业为主导,发展民俗产业、娱乐产业和户外产业;燕子河镇以峡谷生态产业为主导,发展生态产业、文艺产业和配套产业。

第三节　白马尖旅游产业集聚区

一、空间范围

白马尖旅游产业集聚区主要包括三大板块:一是以国家AAAA级旅游景区大别山主峰白马尖为核心,依托龙井河大峡谷的自然风光、四望山古城堡的人文景观以及磨子潭水库的高山湖泊景观,通过大别山旅游扶贫快速通道连接商景高速,形成一个有山有水有古迹的休闲度假和探险目的地;二是以国家AAAA级旅游景区佛子岭为核心,依托六万寨、小南岳、迎驾酒业集团等景点优越的自然生态环境和完善的旅游基础设施与服务设施,打造佛子岭商务和政务旅游目的地;三是以国家AAAA级旅游景区铜锣寨为核心,依托铜锣寨大峡谷、殷氏寨、陡沙河温泉,形成有山有峡谷有温泉的旅游休闲观光度假目的地。

二、旅游资源分布

(一)山水旅游资源类型众多

白马尖旅游产业集聚区囊括了大别山最高峰等重要景区(点),其中山水资源的类型众多,既有大型人工湖泊,也有各类自然条件优越的天然河流,河段、湖泊、悬瀑等资源丰富。

(二)人文旅游资源底蕴深厚

白马尖旅游产业集聚区不仅拥有丰富多样的山水旅游资源,还包含众多具有深厚文化历史底蕴的人文旅游资源。其中有安徽省境内规模最大、保存最完整的古代文庙建筑群,有汉武帝敕封为“副衡”的小南岳,以及蕴含时代特征与奋斗故事的“新中国第一坝”佛子岭水库大坝,等等。

（三）乡村旅游资源丰富

区内乡村旅游资源种类丰富，类型比较齐全，既有乡村自然旅游资源，又有乡村人文旅游资源。乡村自然旅游资源中以乡村自然生态景观类旅游资源居多，尤以山岳旅游地、水域风光突出，这些都为发展观光旅游、休闲度假旅游、探险旅游、生态旅游提供了良好的基础。

表4.4　白马尖旅游产业集聚区主要旅游资源分布情况

产业集聚区	资源分布情况
霍山县城衡山镇	安徽省红色区域中心纪念园、霍山文庙、国家AAAA级旅游景区小南岳
佛子岭镇	国家AAAA级旅游景区佛子岭水库、大林竹海、迎驾博物馆、霍山黄牙原产地乌米尖
磨子潭镇	国家水利风景区磨子潭水库
太阳乡	大别山最高峰、国家AAAA级旅游景区、大别山国家地质公园白马尖景区
上土市镇	国家AAAA级旅游景区铜锣寨、陡沙河温泉
漫水河镇	全国100个红色旅游经典景区之一西镇暴动旧址
落儿岭镇	霍山石斛原产地六万寨、孔雀河漂流

三、发展思路与目标

白马尖旅游产业集聚区山水旅游资源类型众多、人文旅游资源底蕴深厚、乡村旅游资源丰富多彩，应选择“景区依托型”的集聚区发展模式，按照节点带动、面状扩散、水陆联通总体发展思路，突出节点辐射，以主要节点发展为核心，通过核心节点的产业发展来推动产业空间接触扩散。要充分发挥区域优越的生态环境和完善的交通设施，坚持全域旅游的发展理念，规划建设全时间、全空间、全产业、全领域的旅游产业集聚区。

四、空间演化模式

（一）发展初期：推进佛子岭旅游产业集群发展

佛子岭镇与霍山县城衡山镇已经连成一体，临近商景高速霍山县城出口，区域交通优势明显，旅游基础设施和服务设施完善，旅游产业发展已经有了一定的基础。2014年10月9日—10日，国务院发展研究中心、欧盟委员会、亚利桑那州立大学、全球气候论坛等机构的相关绿色发展研究单位联合主办了一次“绿色发展跨洲视频研讨会”，三个会场分别设在霍山县佛子岭镇、欧盟总部所在地布鲁塞尔和美国亚利桑那州立大学所在地凤凰城。佛子岭镇正在努力打造绿色发展论坛中国永久会址。同时,佛子岭也是六安茶谷的核心节点,培育佛子岭旅游产业集群具有得天独厚的优势。

(二)发展中期:加快发展白马尖和铜锣寨两个产业集群

随着大别山旅游扶贫快速通道的全面通车,特殊的主峰品牌优势和丰富的高山、湖泊、瀑布以及古城堡等资源优势,必将使白马尖成为大别山主峰产业集聚区的核心和龙头,带动整个霍山旅游产业品质的提升和转型发展。

此外,位于大别山旅游扶贫快速通道上的铜锣寨景区,拥有马曹河大峡谷、殷氏寨、陡沙河温泉资源,且临近白马尖主峰景区,其温泉旅游产品弥补了白马尖休闲度假旅游产品的不足。同时,铜锣寨景区地处连接天堂寨和白马尖两大旅游集聚区的中间地带,特殊的区位优势必将加速铜锣寨旅游产业集群的快速发展。

(三)成熟期:打造完整旅游产业链

1. 传统旅游产业链

依托山水度假旅游产业集聚区的资源现状,根据旅游市场需要合理布局,满足游客在吃、住、行、游、购、娱等方面的需求,打造休闲游憩行业、旅游接待行业、旅游交通行业和旅游商品业全方位发展的旅游产业集聚区。

表4.5 白马尖旅游产业集聚区传统产业链及空间布局

传统行业类别	传统行业内容	传统行业空间布局
休闲游憩行业	湖泊休闲观光,山岳休闲度假	佛子岭水库、磨子潭水库、白马尖
旅游接待行业	旅行社、酒店、露营地、露营帐篷、“农家小院”连锁接待	霍山县城、佛子岭镇、磨子潭镇、铜锣寨、白马尖、六万寨
旅游交通行业	落地自驾设备工程、旅游车队和自驾游服务基地、自驾游服务驿站	一级旅游集散中心为佛子岭镇和单龙寺乡,二级为太阳乡、磨子潭镇等核心旅游镇,三级为主要自驾交通途径的小景区与乡镇
旅游商品业	旅游商品购物店、旅游商品一条街	霍山县旅游集散点、各旅游景区和文庙及周边可设立旅游商品街

2. 新型旅游产业链

新型产业链布局总体思路为度假主导,多产融合。其中,佛子岭镇以迎驾贡酒文娱产业为主导，积极发展文娱产业、教育产业和演艺产业；上土市镇铜锣寨以古寨节事产业为主导，积极发展节事产业、演艺产业和户外产业；落儿岭镇以古隘户外产业为主导，积极发展户外产业、娱乐产业和生态产业；佛子岭水库和磨子潭水库沿岸乡镇以湖泊体育产业为主导，积极发展体育产业、运训产业和康体产业；霍山县城衡山镇以文庙文创产业为主导，积极发展文创产业、节事产业和教育产业；白马尖所在地太阳乡以山地康体产业为主导，积极发展康体产业、科教产业和生态产业。

第四节　万佛湖旅游产业集聚区

一、空间范围

以国家AAAA级旅游景区万佛湖为核心，主要包括万佛湖、万佛山、汤池和周瑜城遗址，即“一山一湖一城一泉”所在区域。

二、旅游资源分布

万佛湖旅游产业集聚区的主要旅游资源分布情况见表4.6。

表4.6　万佛湖旅游产业集聚区主要旅游资源分布情况

地　域	核心资源	具体情况
万佛湖镇	万佛湖	国家AAAA级旅游景区、国家水利风景区、大别山国家地质公园、安徽省级旅游度假区、安徽省旅游十大度假基地之一
干汊河镇	七门堰	中国古代著名水利工程，距今有2 000多年的历史，为汉高祖刘邦侄儿刘信修建。“三堰余泽”被誉为“龙舒古八景之一”
	周瑜城遗址	位于舒城县城西南10千米处的干汊河镇周瑜城村，为周瑜24岁之前在家练兵习武及驻军之地，距今已有1 700多年的历史。周瑜城及练三墩古称“牧马旧市”，为“龙舒古八景”之一
晓天镇	万佛山	国家AAAA级旅游景区、国家森林公园、大别山国家地质公园、国家级自然保护区

续表

地　域	核心资源	具体情况
舒茶镇	“九一六”茶园暨毛主席视察舒茶人民公社纪念馆	1958年9月16日，毛泽东主席从武汉来安徽视察途中参观了舒茶人民公社，并指示“以后山坡上要多多开辟茶园”。舒茶人民将毛主席眺望的青岗岭开辟成梯式茶园，命名为“九一六”茶园，并建成毛主席视察舒茶人民公社纪念馆，作为永久性纪念
汤池镇	汤池温泉	汤池温泉水量丰富，水质优良，常年水温在65℃左右，富含氡、钙、钾、硫磺等16种微量元素，属典型高热氡矿泉，具有很高的理疗价值，尤其对心血管、高血压、动脉硬化、关节炎和皮肤病有明显的理疗效果
	龙眠山	因北宋著名国画白描大师李公麟在此隐居而得名，“龙眠毓秀”是“龙舒古八景”之一

三、旅游发展现状与存在问题

(一)旅游产品单一，旅游精品不足

目前在旅游环境改善、旅游基础设施和服务设施上投入较多，但旅游产品开发力度相对滞后。总体看来，旅游资源的开发层次较低，总体上仍处于游览观光层次，参与项目少且缺乏深度，形成“看得多、参与少”的局面，旅游产品品位有待提高，景区品牌有待于进一步提升。

(二)旅游要素配套不足，旅游产业带动作用较弱

吃、住、行、游、购、娱旅游六大要素的配套不足，特别是在餐饮、购物等方面没有形成团队接待能力。丰富的农林渔土特产资源没有得到充分开发，旅游商品品种稀少、设计包装粗糙、购物环境简陋。

(三)旅游资源整合不够，旅游淡旺季反差较大

总体上看，该区域交通便捷，自然和人文旅游资源丰富：有碧波万顷的万佛湖，有绿荫蔽日的万佛山，有厚重底蕴的周瑜古城、七门堰，有国内罕见的保健型温泉西汤池。春夏秋冬四季皆宜游玩，但由于不同类型旅游资源的开发没有充分整合，导致各景区(点)分散、旅游产品单一、景区(点)游客接待量季节性波动大。应该进一步整合资源，围绕万佛湖品牌形象，推进旅游资源的联动开发，加快养生保健、体育健康、体验参与、文化演艺、夜游娱乐等旅游新业态产品建设。

四、发展思路

在发展思路上，一是遴选特色资源，打造集聚区旅游发展核心竞争力。体现休闲度假产业集聚和温泉养生特色，突出比较优势和资源个性的原则，在旅游开发中应强调旅游休闲度假和温泉养生等具有核心竞争力的旅游产品。二要营造特色空间，完善功能布局。要彰显集聚区个性特色，形成旅游功能强、结构完善的旅游公共空间体系，将集聚区内部按照功能分为不同的主题区片，通过功能和特色塑造，凸现片区内涵。三是突出“旗舰”旅游项目的“触蝶”效应，增强集聚区发展动力。一般而言，“旗舰”项目具有四方面内涵：(1)功能具有一定的复合性，能满足集聚区的整体需求；(2)引入新概念和推进集聚区进程，促进区域更新；(3)满足多阶层人群的服务需求，公平分配利益；(4)与城市功能布局相协调，适应社会需求。万佛湖集聚区目前已经开始整合资源，着重引入一些“旗舰”项目，通过“旗舰”项目 的“触蝶”效应带动周边地块的发展，在形成片区特色的同时逐步增强集聚区的综合实力，进一步提高区域的知名度和美誉度。

在发展目标定位上，要以万佛湖和万佛山休闲养生度假区为核心基地，以汤池温泉度假区为特色支撑，周瑜古城遗址为补充，发展休闲、养生、度假综合型旅游产业，将集聚区建设成为集湖泊度假、森林体验、文化教育、徒步探险、自然休闲、地质科普、温泉养生于一体的国家级休闲度假旅游区。

五、空间演化模式

(一)发展初期：培育核心集群万佛湖旅游综合体

万佛湖及周边区域是舒城县旅游资源最富集的地区，目前已经形成以湖泊资源为核心的观光、休闲、度假等旅游产业，是整个集聚区旅游发展的龙头和核心。随着万佛湖景区至商景高速、合界高速、六安城区三个方向的旅游快速通道的建成运行，以及万佛湖创建国家AAAAA级旅游景区工作的开展，万佛湖、汤池温泉、万佛山等与周边旅游资源的整合力度将进一步加大，万佛湖旅游将成功实现二次创业，将万佛湖景区打造成大别山湖泊旅游的精品，成为万佛湖旅游产业集聚区的“核心集群”。

(二)发展中期：培育万佛山、汤池温泉两大“次级集群”

万佛山景区和汤池温泉度假区旅游资源丰富，但目前旅游基础设施和服务设施滞后。随着105国道至万佛山景区旅游公路的拓宽改造和万佛山索道的规划建设,以及汤池温泉重大旅游项目的投资建设,位于万佛湖东西两翼的汤池温泉度假村和万佛山景区将迎来新的发展机遇,并与万佛湖湖泊旅游产品形成互补,成为集聚区的两个重要"次级集群"。

(三)发展成熟期:打造完整旅游产业链

新型旅游布局总体思路是核心领导,协调发展。具体为:万佛湖以湖泊休闲产业为主导,积极发展休闲产业、度假产业和娱乐产业;万佛山以地质科普产业为主导,积极发展户外产业、休闲产业和科普产业;汤池镇以康体养生产业为主导,积极发展娱乐产业、商品产业和养生产业;舒茶镇和高峰乡以红色创意产业为主导,积极发展文化产业、创意产业和教育产业;晓天镇等以生态茶园产业为主导,积极发展生态产业、茶艺产业和民俗产业。

第五节　寿县古城暨八公山旅游产业集聚区

一、空间范围

寿县古城暨八公山旅游产业集聚区主要包括寿县古城暨八公山景区、安丰塘—瓦埠湖—新桥机场沿线区域。

二、旅游资源分布

寿县古城暨八公山旅游产业集聚区人文历史厚重,与自然景观相得益彰,拥有国家历史文化名城寿县古城、历史文化名山八公山、"天下第一塘"安丰塘以及瓦埠湖。这里是淝水之战的古战场、天下美食豆腐的发源地以及"风声鹤唳、草木皆兵"等众多成语典故的起源地。随着合肥新桥国际机场的建成运行,依托机场空港和临近瓦埠湖旖旎湖泊风光的区域优势而规划建设的新桥阳光半岛必将成为集中展示楚文化旅游新业态产品的集聚区。

表4.7　寿县古城暨八公山旅游产业集聚区主要旅游资源分布情况

地　域	核心资源	旅游资源分布
寿县县城寿春镇	清真寺	全国重点文物保护单位，始建于明代
	古城墙	全国七大古城墙中唯一保存较完好的一座宋代城墙、全国重点文物保护单位、国家AAAA级旅游景区
	报恩寺	座落在城内东北隅，千年古刹
	楚文化博物馆	寿县博物馆在文博界享有很高声誉，国家重点博物馆
	淮南王刘安墓	省级文物保护单位
	寿州孔庙	全省现存建筑体量最大的孔庙，全国重点文物保护单位
安丰塘镇	安丰塘	我国古代著名的四大水利工程（安丰塘、漳河渠、都江堰、郑国渠）之一，被誉为“神州第一塘”，全国重点文物保护单位
瓦埠镇	瓦埠湖风景区	省级国家森林公园，以毛竹、溪谷、竹海等自然景观为主
八公山乡	八公山	国家森林公园、国家AAAA级旅游景区、国家地质公园，“一人得道，鸡犬升天”“风声鹤唳，草木皆兵”的动人故事和神话传说起源地，豆腐发源地
	廉颇墓	省级文物保护单位，廉颇墓周围的万亩果园
炎刘镇	新桥阳光半岛文化旅游综合体	依托合肥新桥国际机场，集五星级酒店、阳光半岛会所、文化演艺剧院、新桥国际文化广场、奥特莱斯商业中心、滨水休闲酒吧风情商业街等为一体的旅游综合体

三、旅游发展现状与存在的问题

（一）旅游资源在空间上呈现集聚性，但整合度低

寿县旅游资源在空间上呈现出集聚的特征。旅游资源集聚为旅游产业集聚区的发展提供了条件，使旅游产业内部资源共享、信息交流、客源输送、利益共享、风险共担的合作关系增强。但目前对旅游资源的整合度低，各个景区没有联合发展，影响了旅游产业集聚区的总体竞争力。

（二）旅游目的地形象主题鲜明，但品牌效应低

寿县围绕寿县古城暨八公山、安丰塘等特色古文化旅游资源发展旅游，具有鲜明的形象主题，但由于宣传营销不够，目前仍然没有形成具有较强市场竞争力的古文化旅游品牌，旅游吸引力半径小，旅游整体形象品牌效应较低。

（三）旅游企业不断发展壮大，但缺乏竞合关系

近年来寿县旅游产业进入快速发展阶段，旅游企业如雨后春笋般发展

壮大，但是旅游企业间缺乏统一的竞争规范和行为准则，尚未形成良性的企业间的竞合关系。

(四)旅游产业发展初具规模，但旅游产业链短

寿县旅游产业发展速度较快，初步拥有了满足旅游者旅游需求的游览、住宿、餐饮、交通等各类企业，但是总的看来，还是以游为主，其他要素所占的比重较小，不能满足游客多样化需求，旅游产业链各行业的纵向链需要进一步拓展，旅游相关行业（如农业、建筑业、商贸业等）之间的拉动和推动作用需要进一步发挥。

(五)旅游发展规模逐渐扩大，但基础设施配套不完善

寿县景区（点）已有一定的接待规模，但随着自助游、自驾游的深入发展，景区解说系统、咨询服务系统等仍不完善，景区内部和周边的环境有待改善，旅游服务质量有待提高。寿县城区集散中心功能尚未发挥，与其他旅游集散地的交通通达度、舒适度有待提升，集交易、展示、集散、购物、咨询等多功能为一体的集散中心有待建设。

四、发展思路与目标

按照“景区依托型”发展模式，整合寿县古城暨八公山、安丰塘、瓦埠湖、寿县楚文化博物馆等旅游资源，挖掘古城文化内涵，充分体现文物保护和文化旅游相互促进和协调发展的思路，确立文化、旅游、城市和民生的发展路径；按照政府主导、市场运作、企业协同、群众参与、和谐共赢的建设模式，进一步加大对寿县古城及八公山景区环境综合整治，推进新桥阳光半岛、瓦埠湖和安丰塘旅游项目建设，加快文化旅游创意等旅游新业态产品开发，提高文化旅游产品的体验性和参与性，全力打造古城楚文化旅游新形象，将寿县旅游产业集聚区打造成以楚文化和豆腐美食为品牌的具有国际影响力的世界遗产文化旅游体验区。

五、空间演化模式

(一)发展初期：培育寿县古城旅游综合体和八公山农家乐集聚区

寿县古城及城郊八公山集中了该产业集聚区的优质资源，区域交通便捷，综合经济实力较强，旅游基础设施和服务设施发展较快，又临近淮南和合肥两大重要短途客源市场，具备了作为产业集聚区发展的“核心集群”建设的条件。

寿县古城旅游综合体主要以楚文化为主题，以寿县古城等古文化建筑和历史遗迹为载体，综合体建设的主要任务是维修和整治古城墙和护城河环城景观带、古城景区外围缓冲景观带、古城中心景观带，完善旅游基础设施配套建设，树立楚文化主题鲜明的寿县古城旅游新形象。

八公山农家乐集聚区以豆腐美食文化为品牌，深度挖掘和传承千年豆腐文化，以豆腐产业衍生豆制品产业链，建设八公山豆腐文化美食街和豆腐主题酒店，打造豆腐农家乐集聚群，满足游客在寿县古城暨八公山旅游时美食购物的需求。

（二）发展中期：推进安丰塘—瓦埠湖—新桥阳光半岛旅游资源一体化开发建设

规划将瓦埠湖旅游综合体、安丰塘旅游综合体、新桥阳光半岛旅游综合体打造成为“次级集群”。提升“天下第一塘”安丰塘的历史文化品牌，依托淮河中游面积最大的淡水湖泊瓦埠湖丰富的水产品和优美的湖泊水域风光优势，以及合肥新桥空港的信息交通等优势，推进资源一体化开发建设，打造瓦埠湖—新桥阳光半岛旅游产业综合体。

（三）发展成熟期：打造八大旅游产业链

1. 完善四大传统旅游产业链

表4.8　寿县古城暨八公山旅游产业集聚区传统产业及空间布局

传统行业类别	传统行业布局内容	传统行业空间布局
游憩行业	观光、休闲	寿县古城、八公山森林公园、瓦埠湖景区、安丰塘景区、新桥阳光半岛国际文化旅游区等
旅游接待	旅行社、酒店、露营地、露营帐篷、八公山豆腐农家乐（农家小院）集聚群	瓦埠湖、安丰塘、八公山、新桥阳光半岛等景区
旅游交通	落地自驾设备工程、旅游车队和自驾游服务基地、自驾游服务驿站	寿县南部新桥阳光半岛国际文化旅游区、城区集散中心、瓦埠湖景区、八公山森林公园
旅游购物	旅游商品购物店、旅游商品一条街	城区旅游集散中心、八公山森林公园、寿县古城景区周围、新桥阳光半岛国际文化旅游区

2. 培育四大新型旅游产业链

（1）农旅双链发展模式。

寿县是农业大县，应促进生态农业、农产品加工、特色餐饮等优势产业与旅游业相融合，发展具有寿县特色的农业观光、休闲度假、美食与现代农业等相关旅游业态。一方面，要开发农业休闲旅游产品，塑造农业旅游目的地品牌，充分展示寿县特有的农林产品，提高农产品的附加值和产出效益；另一方面，要有效利用外来引进的农业高科技技术，与自有产品相结合，形成独具特色的农旅结合目的地品牌，促进农业与旅游业的协同发展。具体的项目类型分为农家乐类、休闲农业公司类、高科技农业博览园类、休闲旅游度假区类等。

空间布局。按照农旅发展模式，根据寿县农业发展产业现状，促进农旅融合，合理布局农旅融合产业，延伸农业产业链。

表4.9　寿县古城暨八公山旅游产业集聚区农旅产业链及空间布局

	第一产业		第二产业	第三产业	第四产业
	原料生产环节	收采环节	加工环节	销售环节	农业文化
代表性产业	稻田、畜牧经济区、瓜果种植地、瓦埠湖养殖基地	收割、捕捞、采摘	清洗、包装、保鲜处理、鲜花烘干	订单销售、市场批发、实体店零售	侧重发展休闲生态旅游、延伸发展文化创意产业
旅游产业融合	农业旅游、农耕体验旅游、绿色农业观光	瓜果采摘、水产捕捞体验	参与农产品加工制作，亲身体验特色农产品制作	农家乐、农家餐饮、购物旅游	
空间布局	利用寿县大片农田资源与万亩果园，选取集聚区内瓦埠镇等乡镇以及八公山景区的万亩果园等建设创意农园和生态教育农场；依托寿县乡村旅游示范点八公山豆腐村，建立豆腐博览园和豆腐主题酒店				

(2)旅游与健康服务业产业链及空间布局。

发展思路。健康服务产业是指与人类健康相关的产业的统称，主要包括和健康相关产品的制造业以及和健康相关的服务业。其中制造业涉及医药、医疗器械制造等行业，服务业则包括医疗卫生、康复疗养等行业。健康产业、养生养老产业与旅游业相融合，形成健康旅游、养生旅游产业。利用寿县八公山豆腐、瓦埠湖野生鱼养生和古文化底蕴资源优势，发展豆腐、野生鱼养生产业；建设养老基地，将康体养生产业与休闲旅游产业相结合，打造养生品牌目的地，拓宽寿县养生旅游市场。

空间布局。利用豆腐、野生鱼、乡村旅游环境等养生资源，将养生养老与文化产业结合，打造具有文化底蕴的养生养老基地，主要分布在瓦埠湖景区、八公山森林公园以及寿县瓦埠镇、涧沟镇等具有特色资源的乡镇。

(3)旅游与手工制造业产业链及空间布局。

发展思路。依托寿县南部的工业园区,积极发展自助游(自驾游与徒步游)的装备制造业,实现工旅融合发展;发挥寿县深厚的文化底蕴,充分利用寿县的草编工艺、仿古文物的手工艺品、豆腐手工制造、紫金砚制作技艺以及寿县瓷窑制造,实现文化旅游与手工制造业的融合,延伸工旅产业链。

空间布局。在城区集散中心处创建旅游购物区,并设立古文化创意街和民间手工艺制作区;在八公山景区设豆腐手工制作坊,作为豆腐饮食文化研学基地。

(4)旅游与文化产业链及空间布局。

发展思路。寿县是国家历史文化名城,加强文化与旅游业的融合,充分发挥文化底蕴深厚的优势,将大型文化项目和文化旅游产业相结合,打造文化旅游创意产业;利用寿县古城大环境,在城区打造楚文化研学旅游基地,作为楚文化研学旅游目的地。

空间布局。在寿县古城打造以楚文化为主题的楚都影视基地,精心推出以正阳关三阁、寿州锣鼓、民间唢呐、大鼓书为代表的特色旅游表演项目,鼓励和支持创办各类旅游文化演出企业。

第五章　六安市旅游主题线路研究

按照景区、城市和乡村旅游相统筹，绿色、红色、蓝色、古色及特色旅游相融合，观光度假与休闲旅游相促进，旅游业吃、住、行、游、购、娱六要素相互配套协作的要求，根据不同类型游客的出游方式和产品需求特点，加快旅游资源整合，优化道路景观配置，完善公共服务设施，突出主题，注重特色，重点培育具有市场竞争力的旅游精品线路：一是以大别山旅游扶贫快速通道为依托，连接天堂寨—白马尖—万佛湖等景区的大别山北坡自驾车旅游景观走廊线路；二是以赛诸路为依托，连接横排头—独山革命旧址群—响洪甸—佛子岭等景区的六安茶文化景观遗产旅游线路(即六安茶谷)；三是以六毛路为依托，连接悠然南山—皖西大裂谷—毛坦厂—万佛湖等景区的大别山"九十里山水画廊"线路；四是以寿霍沿淮公路和淮河水道为依托，连接新桥空港—瓦埠湖—寿县古城暨八公山—霍邱县临淮岗水利枢纽工程—霍邱县城东(西)湖等景区的楚文化观光体验旅游线路；五是以六安城区双墩王陵区—皋陶文化园—东城都遗址为核心的六安城区历史文化长廊线路。

第一节　大别山北坡自驾车旅游景观走廊

大别山北坡自驾车旅游景观走廊主要依托大别山旅游扶贫快速通道而发展。该快速通道是加快老区群众致富奔小康的惠民工程，对完善大别山区腹地交通网络，促进大别山区旅游资源开发，方便沿线群众生产生活，促进区域经济社会发展具有重要和深远意义。

一、线路概况

大别山旅游扶贫快速通道横贯金寨、霍山两县的大别山腹地，起点位于金寨县南溪镇李集，经关庙、沙河至斑竹园，沿054乡道经吴家店、天堂寨，在燕子河接209省道至霍山县太阳乡，沿071乡道至终点磨子潭，接济广高速单龙寺互通立交。通道全长259.02千米，其中主线193.1千米，12条连接线总长65.92千米（其中，金寨县境内主线120.93千米，景区连接线29.87千米；霍山县境内主线72.17千米，景区连接线36.05千米）。按照山区二级公路标准设计，总投资29.97亿元。项目于2012年12月30日正式开工建设。目前，金寨县境内斑竹园至天堂寨主线段建成通车，预计2015年年底主线全面建成通车。扶贫快速通道沟通沪蓉和济广两大高速，连接金寨和霍山两县共计14个乡镇，沿线覆盖受益群众达50多万。

二、沿线旅游资源分布状况

大别山北坡自驾车旅游景观走廊沿线旅游资源丰富，种类多样。红色旅游资源方面有霍山县安徽省红色区域中心纪念园、金寨县革命烈士陵园、金寨县红二十五军和红二十八军军政机构旧址、金寨县天堂寨刘邓大军千里跃进大别山前方指挥部旧址，绿色旅游资源方面有天堂寨、大别山主峰白马尖、铜锣寨、燕子河大峡谷等优质景区，蓝色旅游资源方面有磨子潭水库、西庄温泉、陡沙河温泉、别山湖等。

表5.1　大别山北坡自驾车旅游景观走廊沿线旅游资源情况

沿线旅游资源	景区级别	旅游景区特色
天堂寨	国家AAAAA级旅游景区	被誉为“华东地区最后一片原始森林”
白马尖	国家AAAA级旅游景区、大别山国家地质公园	海拔1 774米，系大别山最高峰
铜锣寨	国家AAAA级旅游景区、大别山国家地质公园	铜锣寨景区素有“江北小黄山”之美誉
燕子河大峡谷	国家AAAA级旅游景区、大别山国家地质公园	燕子河大峡谷奇峡绵延，以险崖、奇石、幽谷、秀水而著称
佛子岭景区	国家AAAA级风景区、国家水利风景区、大别山国家地质公园	有“新中国第一坝”“远东第一坝”之美誉
西庄温泉		地下150米左右有丰富的地热水，井口水温54℃以上，井底水温64℃以上

续表

沿线旅游资源	景区级别	旅游景区特色
马鬃岭自然保护区	国家级自然保护区	森林覆盖率95.9%,有高等植物1 576种、动物185种,珍稀动植物42种遍布全区,自然条件得天独厚,是一块原始、古老、完美的绿色宝库
刘邓大军千里跃进大别山前方指挥部旧址		再现刘邓大军千里跃进大别山的光辉历史和艰苦历程,进一步挖掘红色文化,与天堂寨绿色资源相呼应
陡沙河温泉		已探明的日出水量可达2 000吨,温度在52℃~62℃

三、与临近区域骨干交通网络连接情况

大别山旅游扶贫快速通道连接济广高速和合武高速,不仅提高了游客进入大别山腹地的可进入性,还使大别山旅游景区的客源市场得到进一步扩大和巩固,如武汉、成都、济南等地的游客可沿着高速公路直接到达大别山腹地景区,缩短了进入旅游景区的时间。原来通过济广高速的黄尾出入口到达大别山主峰景区白马尖的路程是80千米左右,要走4个小时左右的山路。现在从济广高速单龙寺道口下高速,只需半个小时就能到达白马尖景区。同时,大别山旅游扶贫快速通道还使大别山腹地内的景区(点)之间联系更加便捷,连接了白马尖、燕子河、天堂寨等众多知名景区(点),有助于大别山景区的整体性开发。

四、开发思路

依托大别山旅游扶贫快速通道连接济广高速和沪蓉高速的交通优势,提高大别山的可进入性,拓宽客源市场,加强资源整合,共同维护和打造“生态大别山”的品牌,重点发展自驾车旅游,多样化发展自行车旅游和风景道路旅游系统。

(一)进一步完善基础设施配套,打造无障碍旅游快速通道

大别山旅游扶贫快速通道沿途分布天堂寨、燕子河、白马尖、铜锣寨、佛子岭、万佛山、万佛湖等众多红色和绿色旅游景区(点),旅游资源类型丰富,品质优良。过去因受交通制约,许多景区(点)难以组合成具有市场竞争力

的旅游精品线路，而大别山旅游扶贫快速通道的建成将彻底改变六安市旅游景区（点）的交通格局，形成许多新的旅游线路组合。然而这些线路组合如今也面临一些问题，特别是很多外地自驾游游客反映，通往景区（点）的道路标牌标识引导系统设置不规范，一些新开放的景区（点）没有引导标识。如从济广高速霍山出口到皖西大裂谷景区经常走错到万佛湖方向。此外，随着干道的建成运行，如何实现连接线畅通成为突出问题。如天堂寨镇马石村三岔口至景区大门的关键路段路面只有4米宽，高峰期经常堵车，1千米不到的路程，往往需要近两小时。为此，一是要完善AAA级以上旅游景区（点）、特色景观名镇、沿途旅游服务网点的交通引导标牌标识配套建设；二是进一步加快主干道与旅游景区（点）连接线建设，加快改善“最后一千米”的瓶颈道路，打造无障碍旅游快速通道。

（二）进一步完善服务设施配套，建设绿色生态旅游景观廊道

随着经济的快速发展、城市化进程的加速、交通基础设施的不断完善以及消费需求结构的变化，自驾游越来越成为国内旅游消费的主流。六安市地处大别山北麓，生态环境优越，特别是大别山旅游扶贫快速通道沿线山清水秀、空气清新、景色宜人，特别适合自驾游。据统计，2014年六安市旅游小长假期间自驾游游客占90%以上，平时也在60%以上。特别是每逢旅游旺季周末或小长假，吸引了众多自驾游爱好者驾车前来旅游休闲。大别山旅游扶贫快速通道的建成运行，必将使这条通道成为周边省市游客最受欢迎的自驾游线路之一。但从目前来看，快速通道旅游服务功能缺乏，沿线尽管规划众多观景平台，但观景平台面积小，卫生服务设施普遍缺乏。为此，一是要尽快科学合理地规划建设观景平台，完善配套公共服务设施，确保观景平台持续投入使用；二是为减轻旅游旺季和小长假游客接待压力，适应自驾游发展需求，应加快自驾车营地和房车营地规划建设；三是加强对沿途景观的控制，通道重要节点或路段景观尽量保持沿线周边的田野、村庄、山地、河流湖泊等自然风景，部分重要地段则利用植物做生态沿线特色绿化，在整体景观形象上着力打造一条大别山生态可持续发展的风景带，展现大别山地域风光和生态建设的绿色生态旅游的新概念、新思路。

（三）进一步强化产业融合发展，培育形成乡村旅游扶贫致富示范路

长期以来，一方面大别山旅游扶贫通道所在乡镇由于地处偏远，导致道路等级较低，交通不便，生产和生活条件较差，居民人均收入较低，但另一方面，这里植被丰富，景观优美，景点众多，盛产茶叶、蕨菜等土特产品，是休闲、度假、养生和户外探险的理想场所。吴邦国委员长来六安视察时就强调要把发展特色旅游作为脱贫致富的一条路子，丰富旅游产品，打造精品线路，让更多的老区群众吃上旅游饭。为此，近年来一是结合美好乡村建设和乡村旅游发展，改善基础设施，较好地解决了村民生产生活和旅游发展面临的交通瓶颈问题；二是通过“三边三线”环境综合治理，沿途和村民点生活环境得到改善；三是通过发展乡村旅游，村民致富步伐加快。

但在目前看来也存在一些问题：一是乡村旅游发展不均衡，基本上为农家乐的初级阶段，乡村旅游布点分散，整合不够；二是景区依托型产品形式单一，对文化内涵的挖掘不够，乡村旅游产品主要以餐饮或住宿接待为主，对本地传统的农业资源和民俗文化资源挖掘不够，使乡村旅游活动主要停留在传统的观光、采摘、垂钓等项目上，产品结构雷同，特色不明显，缺乏精品；三是城市近郊型乡村旅游的经营主体是当地居民，从业人员服务意识有待提高；四是基础设施建设亟待加强，特别是一些农家客房、餐厅、茶楼等主要住宿餐饮接待设施条件差，安全、卫生等设施有待加强。

因此，应结合浙江、江苏等地美好乡村建设和乡村旅游发展的成功经验和做法，一是治标治本结合，加快美好乡村建设；二是注重环境基础设施建设，学习先进地区成功经验，采取灵活务实的技术手段和管理办法，彻底解决乡村旅游集聚区的污水处理和垃圾分类处理工作，真正实现生产、生活和生态的统一，实现生态环境保护的可持续性；三是注重美好乡村建设成果转化，实现新农村建设健康持续发展。

五、本地居民参与式旅游开发途径

大别山北坡自驾车旅游景观走廊的首要功能是扶贫。随着大别山旅游通道的建成运行，相关旅游项目的启动势必会产生巨大的人员需求，从而推动当地老百姓直接或间接从事旅游服务业，从旅游产业中受益，增加收入，提高大别山地区的经济活力。同时，当地居民对大别山区的地形、线路、气候等情况比较熟悉，这是从事旅游服务工作的优势。促进当地居民参与到大别山自助旅游规划项目中，可以更好地推动旅游服务工作的开展。

大别山区居民参与旅游发展的方式主要有销售土特产品、手工艺品，歌舞表演，做向导，经营小商铺，保洁服务，抬轿等服务性岗位，自主经营的旅游业态有农家乐、家庭旅馆、农家小院等，以及参与政府组织的人才培训等，如表5.2所示。

表5.2　大别山北坡自驾车旅游景观走廊沿线居民等参与旅游的方式和内容

参与方式	参与内容	参与主体
土特产品	包括霍山黄芽、霍山石斛、百合、茯苓、野生茶油、野猪等农副土特产，聘请专家重新包装，并注入现代生活理念，不断对外宣传推广，形成品牌，经营土特产购物超市，推出以土特产品为主题的旅游节或美食节等新的乡村旅游产品	企业、当地居民
手工艺品	销售民间手工艺品，如根雕、毛竹制品、真丝藏画扇、手工纸等	当地居民
歌舞戏剧	主要有京戏、倒七戏、皮影戏、民歌、山歌、小调、花灯舞蹈等	当地居民
向　导	向游客提供景区交通、游览、购物、美食等信息	当地居民
旅游业态	农家乐、农家小院、采摘园等	当地居民、企业
培　训	政府应该承担起对当地居民培训的主要责任，包括提供游客接待、游客安全、指导经营旅游业态、食品安全卫生、语言等方面知识，提高当地居民参与旅游接待的技能 在观念上对居民进行培训，如培训居民对可持续发展的理解，培训居民生态旅游及经营管理等方面的知识 组织居民到比较成功的景区参观学习，亲身体验 政府应该建立对当地居民的激励机制，给予愿意提高自己经营文化水平的人以奖励 企业应对员工进行培训，提高服务水平	政府、企业、当地居民
其　他	保洁服务、抬轿、经营小商铺、投资入股景区经营	当地居民

第二节　九十里山水画廊

一、线路概况

“九十里山水画廊”以六安市金安区内南北走向的“六毛路”(六安市区—毛坦厂镇)为主线，涵盖六安市金安区东石笋、皖西大裂谷、大别山石窟以及悠然南山度假区四个国家AAAA级旅游景区，大华山和昭庆寺两个国家AAA级旅游景区，以及三个大别山国家地质公园园区和一个国家历史文化名镇毛坦厂镇。这条线是长江与淮河的分水岭之一，山川起伏，山清水秀，山体植被与自然村落完美结合，田园风光怡人，三个大型现代农业生态园已实现与现代休闲旅游的完美结合，两个省级乡村旅游示范村引领越来越多的农民从事旅游业。目前，“九十里山水画廊”沿途已经拥有几十家规模不等的农家乐，以及九月生态园、亿盛农业合作社、晶鑫葡萄园、九棵松生态园等规模农业观光旅游项目。

二、沿线旅游资源分布状况

“九十里山水画廊”沿线旅游资源丰富，种类多样。红色旅游资源方面有刘邓大军千里跃进大别山张家店战役纪念馆（涂公祠），绿色旅游资源方面有悠然南山度假区、大别山石窟、皖西大裂谷、东石笋、大华山、昭庆寺等，蓝色旅游资源方面有万佛湖景区，古色旅游资源方面有国家级历史名镇毛坦厂镇、省重点文物保护单位——毛坦厂明清老街等。

表5.3 九十里山水画廊沿线旅游资源情况

沿线旅游资源	景区级别	旅游景区特色
悠然南山度假区	国家AAAA级旅游景区	安徽省“861”项目，集旅游休闲度假、省小球训练基地、生态农业观光、高端商务活动、景观地产等为一体的生态旅游度假景区
昭庆寺	全省重点寺庙，国家AAA级旅游景区	始建于唐贞观年间，系唐太宗李世民敕建的皇家“四大昭庆”之一，亦是其中仅存的皇家寺庙。1956年被定为“安徽省第一批重点文物古迹保护单位”
刘大圩庄园	“江淮第一水圩”	淮军著名将领、台湾首任巡抚刘铭传和浙江按察使刘子务共同投资修建，是江淮地区规模最大、规格最高的一方名圩，其中的绣花楼更是闻名遐迩
大别山风情谷景区	国家AAAA级旅游景区	十余平方千米的范围内散落着山涧、裂谷、崖洞、奇石、泥棺、洞屋、岩画、金丝楠木林、太平寨岩居遗址、云台峰、奇石天井门、花戏楼等自然景观和历史遗迹
大别山石窟景区	国家AAAA级旅游景区	内有千姿百态的怪石和巧夺天工的石窟群，幽谷之中还有香气袭人的百花园
皖西大裂谷景区	国家AAAA级旅游景区，国家地质公园	大别山裂谷奇观
大华山景区	国家AAA级旅游景区	江南十大道教名山之一，号称“江南绝顶三雄”。状如莲花宝盖，因而得名为“华盖山”。每逢春秋二季，大华山都有朝神拜仙祭祀活动

续表

沿线旅游资源	景区级别	旅游景区特色
嵩寮岩景区	大别山国家地质公园	汉武帝刘彻封嵩嶚崖为“江南第一崖”。有岩洞、单面山等丹霞地貌景观，最为典型的当数双蟾石及可容纳数百人的岩洞
毛坦厂明清老街	省级重点文物保护单位，国家历史文化名镇	皖西地区迄今保存最为完整的一处古民居群。南京街、牌坊街、油坊街，还有廓然大观的涂氏宗祠，近乎完整地保留着明清时代的建筑、文化
涂公祠	省级重点文物保护单位	涂氏祠堂为清末名臣涂宗瀛所建，为刘邓大军千里跃进大别山张家店战役的三纵指挥部旧址
东石笋景区	国家AAAA级旅游景区	有“七座古寨八座庵，九大悬岩十大弯，南有天台北有潭，东西石笋共擎天”的美称
万佛湖景区	国家AAAA级旅游景区	中国首批国家水利风景区，有“安徽千岛湖”之誉。中国农民因手挖肩挑方式筑成千米大坝，堪称世界之最

三、开发思路

针对南部山区旅游优质资源丰富的实际，本着着力打造九十里画廊，全力加速金安旅游发展，促进金安与舒城旅游联动的目标，建设“九十里山水画廊”，努力将六毛路公路及105国道、317省道沿线区域发展成为优美的景观画廊、休闲画廊、生态画廊、民俗画廊，从而满足自驾游、养生休闲游、民俗体验游等多种市场需求，成为六安市旅游的独特风景线。

（一）完善服务设施，培育大别山乡村旅游第一路

“九十里山水画廊”北连繁华都市，南接宁静乡村，纵承合六高速和312国道，横连105国道至六潜高速，纵横近百余里串联起悠然南山度假村、皖西大裂谷、大别山石窟、大华山、嵩寮岩、毛坦厂古镇和东石笋。东连万佛湖、三河古镇，西接佛子岭、彩虹瀑布等旅游景区，沿线自然环境优美，沿途处处呈现皖西大别山乡村风貌，已经被众多自驾游和驴友称为“大别山乡村旅游第一路”。

（二）推进绿道建设，打造城郊休闲旅游大道

“九十里山水画廊”位于六安城郊，交通便利，地势较为平坦，沿途旅游服务设施相对完善，便于城市居民户外休闲游览。因此，要充分利用“九十里山水画廊”沿线山体、水系、森林、自然保护区、风景名胜区、历史古迹等自

然和人文资源，挖掘和突出地方特色，强化对历史文化遗迹的有效保护，注重历史文化风貌的传承和对自然生态环境的保护，更好地展现沿途村镇文化，将"九十里山水画廊"建设成为具有观光旅游、文化体验、生态保育功能的大别山城郊示范绿道。

四、本地居民参与式旅游开发途径

"九十里山水画廊"在稳步推进现有景区品位提升的同时，要促进沿途集镇、乡村面貌的改变，按照旅游需求发展各具特色的农家乐。引进农业大户，实现沿线农田的集约化经营，大力开发可供旅客参与体验的农业项目（如采摘园）。抓农副产品、土特产品的商品化，开发系列旅游商品，重点抓好茶、竹、水资源的开发。抓服务配套设施建设，开发好温泉度假、农家特色客栈。抓民俗文化的融入，将民俗文化自然穿插在各种游览活动中，将"九十里山水画廊"打造成乐山亲水游、农业观光游、养生休闲游、民俗体验游的集聚带。

（一）加快农业生态园建设

发展中店生态园（桃园）、张店亿盛生态园（果园、经济林、养殖）、张店金冲良种西瓜园（西瓜）、九棵松生态园（观赏林木、养殖）、张店九月生态园（果园、蔬菜园、花卉）、东河口牡丹园（芍药、牡丹、中药材）、晶鑫葡萄园（葡萄、采摘）等数十个规模农业生态园，增加生态园的旅游体验功能和游乐设施，如农家体验、奇特果树园、DIY水果吧、特色作坊、农家大舞台、农家游乐园等项目。

（二）推进乡村旅游示范村建设

加快沿线太平桥、洪山和东石笋乡村旅游示范村建设，完善张店镇太平桥村农家乐一条街和万佛湖农家乐一条街建设，重点开发山里人家、茶香人家、稻草农场、水上人家和竹海人家等五大系列农家乐。

（三）规划建设张店大别山生态旅游示范区

结合"三线三边"环境整治和美好乡村建设的原则，充分发挥张店镇独特的区位优势和丰富的乡村旅游资源，规划建设张店大别山生态旅游示范区。

（四）加强地方特色餐饮和旅游商品的研发生产

适应游客饮食观念转变，创新大别山菜肴制作工艺，以特色菜为招牌，通过主题定位，把各种小吃、土家菜、山货、水产汇集在一起，培养成特色街区，引领餐饮消费，吸引游客，弘扬“九十里山水画廊”旅游餐饮文化。

表5.4　九十里山水画廊旅游特色餐饮

重点景区	旅游特色餐饮和旅游商品
沿线农家	农家副食（蒿子粑粑、锅巴、南瓜、玉米）
万佛湖	小瓦罐汤（一炉一罐，小火慢熬）、万佛湖鱼头、全鱼宴
东石笋、明清老街、农业生态园、张店镇境内农家乐	农家特色小菜（蜜制大蒜、清泡刀豆、泡辣椒、洋姜、泡豆角、酱汁萝卜）
东石笋、大华山、大别山石窟、皖西大裂谷	木炭野味火锅
毛坦厂老街、皖西大裂谷	周家臭干（安徽名小吃）
农业生态园、皖农鹅业科技园	霍尔多巴吉鹅、皖西鹅汤、鹅火锅
昭庆寺、大华山云峰寺	佛教素食斋
张店镇	张老头粉丝等
大华山	华山银毫（“极品名茶”、世界吉尼斯之最）
东石笋	石笋翠芽（野茶）等

表5.5　九十里山水画廊特色购物产品一览

产品类别	特色购物产品
茶类商品	华山银毫、石笋翠芽、茶叶食品（茶味糖果、茶叶冷冻制品、茶果冻和茶羊羹）、茶化学医药品、速溶茶、茶酒
果蔬类商品	蓝莓、油桃、黄秋葵、荷叶茶
水产商品	万佛湖鱼头、鱼干、全鱼宴
农家食品	张老头粉丝、张店米酒、蒿子粑粑、山货
工艺美术品	大红伞、东石笋根雕、假山盆景、竹制工艺品
佛教旅游商品	香火、手链、佛像、佛书、佛斋
旅游纪念品及日用品	九十里山水画廊系列明信片、台历、画册、摄影与写生作品集

第三节 淮河楚文化观光体验旅游线路

一、线路概况

主要包括寿县古城暨八公山、瓦埠湖、安丰塘和霍邱临淮岗水利风景区，延伸至安阳山以及李家圩庄园以及跨寿县、霍邱两县的沿淮地区。

二、沿线旅游资源分布情况

淮河楚文化观光体验旅游线路沿线人文资源与自然资源组合较好，拥有世界级资源、国家级资源和唯一性资源。其中，世界级旅游资源有国家历史文化名城寿县古城，国家级旅游资源有八公山、寿县博物馆，以及霍邱临淮岗水利风景区、水门塘景区、李家圩地主庄园、霍邱城东和城西两湖等，唯一性资源有八公山豆腐发源地以及景观资源瓦埠湖、安阳山等。

表5.6 淮河楚文化观光体验旅游线沿线旅游资源情况

沿线旅游资源	景区级别	旅游景区特色
古城墙景区	国家AAAA级旅游景区、全国重点文物保护单位	寿春古城墙是全国保存最为完好的宋代城墙，现存城墙为北宋熙宁年间重建，历史上有“铁打寿州城”之说，是凝聚了古代劳动人民智慧与力量结晶的标志性建筑
八公山	国家AAAA级旅游景区、省级森林公园	有11座山峰相连，主峰海拔241.2米。这里有世界最早的古生物化石，曾是古代多个著名战役的战场。现有淮南王刘安墓、廉颇墓、淮王丹井、珍珠泉、玛瑙泉、升仙阁等景点
寿县博物馆	国家AAAA级旅游景区、国家重点博物馆	以收藏寿县境内出土的历史文物为主，侧重收藏楚文化体系文物，同时亦兼藏近、现代传世文物和革命文物的地方综合性博物馆，较全面地展示了寿州大地悠久历史和灿烂文化
瓦埠湖		瓦埠湖流域面积4 200平方千米，经东淝河与淮河相通，为天然蓄水库，盛产鱼类、蟹虾，尤以银鱼著称
安丰塘	全国重点文物保护单位	我国古代四大水利工程之一，创建于春秋楚庄王时期，距今已有2 500多年的历史，为楚相孙叔敖所建。它的创建为后起的大型水利工程提供了宝贵的经验

续表

沿线旅游资源	景区级别	旅游景区特色
临淮岗水利枢纽工程	国家AAAA级旅游景区	国家治淮19项骨干工程之一，主体工程由主坝、南北副坝、引河、船闸、进泄洪闸等建筑物组成。工程全长78千米，堪称淮河上的“三峡工程”和“小浪底工程”
水门塘景区	国家水利风景区	被誉为“天下第一古塘”。蓄水面积万余亩，堤长10余千米，四周筑堤，塘内蓄水，塘内有46个防浪岛屿，被称为皖西“千岛湖”。岛上树木葱茏，白鹭争飞；水面烟波浩淼，鱼翔浅底，形成“十里长堤十里树，千亩水面万顷波”的美景
安阳山		拥有三座山峰、三大庙院等十大景点。每年农历十月十五庙会，吸引鄂豫皖三省数十万人来此进香
李家圩地主庄园	全国重点文物保护单位	建于清咸丰六年(1856)，是全国四大地主庄园之一。庄园集中反映了封建社会末期的地主庄园经济史，具有较高的历史价值、科学价值和艺术价值
城东湖和城西湖		地处淮河右岸，分别位于霍邱县城东部和西部。湖区有鱼类40余种，盛产虾蟹、银鱼，是安徽省重点发展养殖基地之一，具有蓄洪、灌溉、水产等效能

三、开发思路

以淮河为纽带，以“古城、水利”为特色资源，打造集生态旅游、文化体验、休闲度假、湖鲜美食、运动娱乐等功能于一体的具有国际影响力的复合型旅游线路。

(一)以寿县古城暨八公山为载体，打造世界文化遗产之旅

一城人文典故，千年魅力楚都。寿县是楚文化的故乡，是中国豆腐的发祥地，是“淝水之战”的古战场；以楚文化为底蕴形成了自己独特的乡土文化，尤以正阳肘阁、寿州锣鼓等广受欢迎。寿县胜迹宏博，现存的古建筑有始建于唐贞观年间的报恩寺、宋嘉定时期的古城墙、元代的黉学、明朝时期华东最大的清真寺、典雅肃穆的孙公祠等。多名人古墓，主要有蔡侯墓、楚王墓、淮南王墓、廉颇墓、宓子墓等。古遗址有古郢都遗址、安丰城遗址、淝水之战古战场等。其他还有春申坊、时公祠、斗鸡台、吕蒙正寒窑、陈玉成囚室、状元府、淮王丹井，以及早在清代就载于方志的寿州内八景和外八景等。目前，全县存有古迹160多处，其中唐、宋、明、清建筑10多处，古墓葬80

多座，古遗址29处。寿县文物众多，有全国重点文物保护单位6处，省级文物保护单位9处，县博物馆珍藏国家一级文物160多件，二、三级文物2 000多件，寿县大地有“地下博物馆”之称。

寿县人文荟萃。寿县是世界管状射击武器、垂体激素药物、豆腐的发源地，“天下第一塘”安丰塘所在地，因而又被称为“四个世界之最”。特别是豆腐文化的始祖淮南王刘安及其宾客共同撰著的宏篇巨著《淮南子》，集自然科学、哲学、史学、文学价值于一体，博大精深，在亚洲和世界上都广有影响，现今许多国家和地区都有专门研究《淮南子》的学术团体。“时苗留犊”的典故早在唐代就被作为儿童启蒙教育的典范，“投鞭断流”“风声鹤唳，草木皆兵”“一人得道，鸡犬升天”等成语脍炙人口，国人皆知。2011年4月，寿县古城墙与江苏南京、陕西西安、浙江临海、湖北荆州等八处地方明清城墙共同列入中国世界文化遗产预备名单，计划将于2015年年底前完成申报前的各项准备工作，2016年3月底前正式向国家文物局递交申报材料，2017年1月10日前正式上报世界遗产中心评审，2017年8月底前迎接国内外权威专家的最终考察，2018年6月底前接待最终考察与世遗评审，迎接世界遗产大会的召开。

（二）以豆腐文化为核心，打造舌尖上的美食之旅

沿淮地区湖群资源丰富，主要湖泊有城西湖、城东湖、瓦埠湖等，湖中鱼类、虾蟹类水产资源丰富，寿县八公山更是豆腐的发祥地。因此，应围绕“豆腐类餐饮”为主题，设计豆腐宴菜谱，继续巩固八公山豆腐美食品牌；挖掘淮河沿岸美食资源，建设农家乐、渔家乐、星级饭店、豆腐主题酒店等不同类型的餐饮设施，满足游客多样化的需求。与此同时，依托寿县八公山和临淮岗水利风景区等景区（点），挖掘土特产资源，让更多当地居民参与旅游开发，如经营小商铺、土特产超市、手工艺品专卖店等，向游客销售银鱼干、廷龙瓜子、板桥草席等，继续巩固特色品牌旅游商品。深入挖掘独具特色的淮河文化、水利文化、豆腐文化和古文化等，展示淮河流域的人文历史和沿岸自然风光，体验古战场历史烟云和霍邱两湖、八公山、安丰塘等山光水影、草丰鱼肥、田园农家、民俗风情的情趣。

表5.7　淮河楚文化观光体验旅游线沿线旅游餐饮

类　型	位　置	内　容
农家乐	金三角农家乐、聚红盛农庄、霍邱两湖周边	以地方野味、特色小吃和土特产为主，如寿州锅贴、寿州绿豆丸子、豆腐脑等
渔家乐	瓦埠湖周边	以瓦埠湖水产品为主，如瓦埠湖银鱼等
豆腐主题酒店	八公山	注入现代养生理念，开发豆腐宴食品
星级饭店	展业大酒店、豪爵国际大酒店、永发大酒店、水门塘大酒店、龙潭湖国际大酒店	以中高档消费为主，推出本地特色菜，比如豆腐系列、传统糕点大救驾特色名点系列餐饮

表5.8　淮河楚文化观光体验旅游线沿线旅游商品

类　型	名　称	特　色
土特产	银鱼干	银鱼肉质细嫩，鲜美可口，营养丰富，每百克含蛋白质8.2克，脂肪0.3克。由于出水鲜银鱼易死易腐烂，捕捞后多立即曝晒成干银鱼。银鱼可做炒莱、烩菜、汤菜等几十种佳肴，清代被列为贡品
	郝圩酥梨	产于八公乡郝圩村，梨园面积万余亩，有二百多年历史。郝圩酥梨香甜、酥脆、细嫩、汁多、无渣，受八公山气候和土壤影响，口感极好，具有极高的营养价值
	廷龙瓜子	选料精细，个匀肉厚，配方独特，无任何色素添加剂，风味独特。主要特点是香、酥、脆，且咸淡适中，南北适宜，长期食用对健胃、戒烟有独特功效
手工艺品	霍邱柳编	柳编的品种由传统工艺几十种的家庭日常用具发展到精编、细编、透花编、套色编、染色编、混合编（柳竹混、柳麻混、柳木混、柳草木混）等几十种编织技巧。翻新创新样品达2 000多个种类，不但继承了传统手工技术，而且还发扬光大，形成了独树一帜的柳编新型工艺技术。霍邱柳编被批准为国家地理标志产品，其传统工艺被列入第三批国家级非物质文化遗产名录
	板桥草席	板桥草席是以水生植物为主要原料，通过机械编织而成。其中，麻经席是以本草为原料、麻经为辅助材料编织而成的草席
	紫金砚	紫金砚可称得上是具有千年历史的文化瑰宝。宋朝研究名石名砚的学者杜绾所著《云林石谱》中载有“寿春府寿春县紫金山土中，色紫，琢为砚，甚发墨。扣之有声”之说，《云林石谱》所说砚即为紫金砚

（三）以沿淮民风民俗为依托，培育沿淮非物质文化遗产体验之旅

寿县和霍邱沿淮地区人民在长期的劳动和生活中，形成了种类繁多、风格独特、丰富多彩的非物质文化遗产，包括口头文学、民间音乐、民间舞蹈、民间戏曲、民间手工技艺、人生礼俗、岁时节令、民间信仰和民间知识等方

面，这些丰富的非物质文化遗产是地方群众智慧的结晶，也是地方历史发展的有力佐证，是淮河楚文化的根脉和重要组成部分。其中，最具代表性的有“八公山豆腐”“寿春紫金砚”“大救驾”“霍邱柳编”等传统制作技艺，“寿州锣鼓”等民间音乐，“寿州大鼓书”“淮词”“宝卷”等曲艺，“正阳关抬搁、肘搁”“花鼓灯”等民间舞蹈，“三月十五四顶山古庙会”“安阳山古庙会”“正月十九正阳关玄帝庙会”等传统庙会，“一人得道，鸡犬升天”“赵匡胤困南塘”等故事传说。目前，这条线路人文旅游资源丰富，但开发较滞后。未来应当以非物质文化遗产的挖掘和传承为突破口，促进楚文化、豆腐文化、淮河水利文化等特色文化旅游品牌建设，打造淮河楚文化风情带。

第四节　六安茶谷

一、线路概况

“六安茶谷”分东、西茶谷：东茶谷从六安市裕安区分路口镇、金寨县麻埠镇至霍山县佛子岭镇一线，西茶谷从金寨县油坊店乡至青山镇一线。六安茶谷核心区范围涉及佛子岭水库、响洪甸水库、麻埠镇、油坊店乡、青山镇、诸佛庵镇、落儿岭镇、黑石渡镇、佛子岭镇、分路口镇、狮子岗乡、独山镇、西河口乡、石婆店镇、大化坪镇沿线区域。辐射区范围除核心区范围外，还包括霍山县城、金寨县城、江家店镇、韩摆渡镇、苏埠镇、石板冲乡、青山乡、下浮桥镇、单龙寺乡、磨子潭镇、太阳乡、漫水河镇、燕子河镇、张畈乡、张冲乡、古碑镇、槐树湾乡、白塔畈镇等乡镇。

二、沿线旅游资源分布情况

六安茶谷拥有良好的自然生态环境、丰富的地方物产资源和多样的地域历史文化。众多品质优良、类型丰富、分布集聚的国家级旅游资源、唯一性旅游资源以及具有景观价值的地域资源共同构成了六安茶谷旅游资源的个性特征。其中国家级遗产资源主要有国家非物质文化遗产六安瓜片传统制作工艺、大别山国家地质公园红石谷景区、国家级重点文物保护单位独山革命旧址群，唯一性资源主要有六安瓜片、“新中国第一坝”佛子岭水库、九大仙草之首的霍山石斛、淠史杭精神，其他景观资源主要有响洪甸水库（国家AAAA级旅游景区、国家水利风景区）、佛子岭水库（国家AAAA级旅游景区、国家水利风景区）、横排头枢纽（国家AAAA级旅游景区、国家水利风景区）、九公寨景区（国家AAAA级旅游景区）、龙井沟景区（国家AAAA级旅游景区）、黄巢尖景区（国家AAAA级旅游景区）、许继慎纪念园（国家AAA级旅游景区）、黄莲寺（国家AAA级旅游景区），以及横排头湿地景观、六安瓜片茶园景观、六万寨石斛景观、独山革命旧址遗迹景观、十八盘竹海景观、响洪甸和佛子岭优质水体景观、红石谷与齐头山独特的丹霞地质地貌景观、爱国主义教育和国防教育基地独山军用机场等。

三、开发思路

（一）大别山国家生态旅游示范区

以可持续发展战略为依据，以独特的自然生态、自然景观和与之共生的人文生态为依托，以促进旅游者对自然、生态的理解与学习为重要内容，提高对生态环境与社区发展的责任感，实现区域内生态环境和旅游产业的协调发展，为我国生态旅游区的规划、建设、经营管理与服务提供示范。

（二）国家绿色产业扶贫试验区

发挥生态环境和资源优势，创新生态建设理念，以农业增产、农民增收为目标，落实国家主体功能区战略，探索绿色生态扶贫途径，以基础设施建设和改善民生为重点，以改善和提高地方群众生产环境和生活水平为出发点和落脚点，重点加快构建以特色景观镇为中心、精品旅游景区（点）和重点产业集聚区为依托、新型生态社区和美丽乡村为基础的区域空间格局，构建大别山绿色产业扶贫试验区。

第五节　六安城区历史文化旅游线路

一、线路概况

六安城区历史文化旅游线路是以双墩王陵区、皋陶文化园和东城都遗址为核心的六安城区历史文化长廊，经皖西博物馆、中央森林公园，延伸至市区大别山革命历史纪念园、皋城双塔、六安古城墙及淠河风景带的地区。

二、沿线旅游资源分布情况

六安城区历史文化旅游线路资源分布情况见表5.9。

表5.9 六安城区历史文化旅游线沿线旅游资源情况

沿线旅游资源	资源质量等级	资源特色
六安双墩汉墓	全国重点文物保护单位	位于六安市三十铺镇双墩村境内，为并列两座大墓，此外还有三座陪葬墓，为安徽省境内第一次发现的诸侯王陵，墓主为西汉六安国第一代诸侯王刘庆
中华皋陶文化园		以皋陶墓为核心，包括祭祀区、中国司法博物馆以及皋陶文化广场。与汉文化博览园、白鹭洲生态湿地公园、淠史杭水利文化观光休闲走廊等项目，共同打造成"皖西汉王古城旅游度假区"
东城都遗址	省级文物保护单位	位于六安市城东9千米，距皋陶墓北约2千米，北傍淠史杭总干渠南侧的河套地带。六安古称"六国"，"东城都"即是4 000多年前古"六国"城池遗址，遗址的古城墙、跑马埂等保存完好
皖西博物馆	国家AAAA级旅游景区、全国重点博物馆	坐落于六安市政务新区市行政中心东侧，有9个展厅，6 800平方米，现馆藏文物标本近万件，馆藏量位居安徽省博物馆第二
中央森林公园		为城区中心绿岛，占地面积60公顷，外围全长2.5千米，是集休闲观光、防灾避险、娱乐健身、科普教育为一体的城市综合性公园
皖西烈士陵园	全国重点烈士纪念建筑物保护单位、全国爱国主义教育基地、全国100个重点红色旅游经典景区	位于六安市中心九墩塘畔，始建于1953年。烈士塔、许继慎将军塑像、主体雕塑、纪念石刻等纪念设施掩映其中，园内烈士纪念塔建于1957年
六安古城墙		为古六国皋陶后裔的封地城墙。现保存较为完整的一段古城墙位于市区云路桥北淠河东岸，全长140米
皋城双塔	安徽省重点保护文物	素有"双塔摩青"美誉的两座千年古塔：北门多宝庵塔位于六安市北外街东侧的多宝庵庙内，俗称北门锥子；南门观音寺塔位于六安市黄大街观音寺内，俗称南门锥子

续表

沿线旅游资源	资源质量等级	资源特色
月亮岛		四周是被老淠河环绕的沙洲，面积2 250亩，为“桃坞晴霞”“淠津晓渡”“龙爪映月”“赤壁渔歌”等六安城区古八景所在地。月亮岛环岛公路景观带与对岸的北塔公园、淠河历史文化墙隔河相望
淠河国家水利风景区	世界七大人工水利工程之一的淠史杭灌区重要组成部分	呈现“一岛两岸”的生态景观格局，集水利工程、历史人文、城市休闲等元素和功能于一体，为富有浓郁现代气息的城市滨水型带状生态景区

三、开发思路

六安城区历史文化旅游线路融合了六安城区大部分历史文化遗迹及景区，如六安古城墙、皋城双塔、皖西博物馆等，更有以古皋陶墓、中华皋陶文化园为代表的六安古皋陶文化，以双墩汉墓、王陵为代表的汉文化，是六安城区最具标志性和代表性的历史文化大道。在空间布局上，构建了六安城区三大板块的历史文化走廊，即东部墓葬遗址寻踪区（双墩王陵—中华皋陶文化园—东城都遗址）、中部馆藏参观休闲区（皖西博物馆—中央森林公园）、西部滨水怀古游览区（大别山革命历史纪念园—六安古城墙—皋城双塔—月亮岛—淠河国家水利风景区）。

（一）以皋陶文化园建设为载体，构建中华上古文明之旅

六安市历史悠久。早在4 000多年前，中国司法鼻祖、“上古四圣”之一的皋陶后裔就封于此，故六安市又称“皋城”。皋陶墓位于六安市城区东部。皋陶是舜帝和夏朝初期的一位贤臣，与尧、禹并称为“上古四圣”，被后世奉为“司法鼻祖”。皋陶主要贡献之一是制典。传说我国第一部《狱典》就由皋陶制定。《狱典》归纳了多项犯罪的轻重，给予不同的量刑。皋陶主要贡献之二是执法。传说皋陶使用一种叫獬豸的独角兽来决狱。皋陶主要贡献之三是文化。皋陶文化的内容主要是兴“五教”、定“五礼”、创“五刑”、立“九德”、亲“九族”。“五教”即“父义、母慈、兄友、弟共（恭）、子孝”。“五礼”即“吉、凶、宾、军、嘉”。五刑即“甲兵、斧钺、刀锯、钻笮、鞭扑”。皋陶在习惯法的基础上整合为“五刑”，创我国刑法之始。“九德”即宽而栗（即秉性宽宏而有原则）、柔而立（即性情温良而能立事）、愿而恭（即质朴而能尊贤）、乱而敬（即

有才而能敬事)、扰而毅(即谦和而有主见)、直而温(即正直而不傲慢)、简而廉(即具大略而能务实)、刚而塞(即果敢而不鲁莽)、强而义(即刚强而不任性违理)。皋陶制订的"九德",内涵包括人的禀赋、气质、品德、才干等许多方面,是目前所知的我国历史上最早考察、选拔公职人员的标准。"九族"即部落联盟核心的亲属部落。皋陶文化的核心是"法治"与"德治"相结合的治国安邦之道。皋陶主要贡献之四是德政。皋陶提出为官者要具备三、六、九德,以三德要求于卿大夫,以六德要求于诸侯,以九德要求于天子。皋陶主要贡献之五是作耒耜。耒耜,象形字,古代的一种翻土农具,形如木叉,上有曲柄,下面是犁头,用以松土,可看作犁的前身。皋陶作耒耜,为发展农业生产作出了巨大贡献,耒耜的发明促进了中国农耕文化的发展。

皋陶生活的年代是我国由原始社会向阶级社会过渡的最后阶段,正处于跨入文明时代的门槛时期。皋陶对联盟制度和文化方面的改革做出了重大的贡献,皋陶思想是儒家学术思想的重要源头之一。为了纪念皋陶,后人修建了皋陶墓和皋陶祠。皋陶墓为省级重点文物保护单位,位于六安城东,顶有黄栗树一株,形若伞盖,前有石碑一方,上有清安徽布政使吴坤修书"古皋陶墓"。唐代诗人皮日休和宋代大文豪欧阳修、苏轼等曾为皋陶墓赋诗、撰文。皋陶文化的文明之光从这里播向华夏,传向世界。

(二)以双墩王陵区和东城都遗址为载体,构建楚汉古文化之旅

六安古称"六国",历史悠久,文化灿烂。东城都遗址位于六安市城东9千米处,距皋陶墓北约2千米,北傍淠史杭总干渠南侧的河套地带。遗址原为长方形,现南北长310米,东西宽220米,遗址的古城墙、跑马埂等保存完好。史学界有关机构、专家根据史籍所载和考古遗物判断,东城都遗址年代较早,应当在新石器时代末至西周时代,可能是《史记·夏本纪》记载帝禹"封皋陶之后于英、六"的始封地,即"六国"的遗址。此外,作为"2006年全国十大考古发现"之一的安徽六安王汉墓堪比著名的马王堆汉墓。该墓位于六安市金安区三十铺镇双墩行政村长岗自然村境内,为一南北并列双冢墓。墓室形制为"黄肠题凑"木结构,保存完整。墓葬周围还发现了3座陪葬墓、1座车马坑和2座陪葬坑。经调查,在双墩汉墓周围南北长约5千米、东西宽约3千米的范围内,现存有大小墓葬30多座,其中包括双墩在内的南北并列巨型双冢墓共有4处,这些墓葬封土保存完好,俗称"八大墩"。双墩一号汉墓和六安国王陵区的发现,揭开了西汉六安国的神秘面纱,对研究六安国历史、汉代诸侯王陵制度和当时的政治、经济、文化等，具有重要的科学、历史和艺术价值。此外，城区还分布千年古塔皋城双塔、明清城墙等众多历史遗迹。

（三）以大别山革命历史纪念园为载体，构建大别山红色经典之旅

六安是全国著名的革命老区，是红军的故乡、将军的摇篮。在长期的革命斗争中，六安走出了数以万计的红军战士，涌现了洪学智等108位共和国高级将领，他们在六安留下了光辉的革命足迹，也给后人留下了丰富的追忆历史、缅怀先烈的红色旅游资源。2004年年底，中共中央办公厅、国务院办公厅印发了《2004—2010年全国红色旅游发展规划纲要》，以“千里跃进、将军故乡”为主题形象的“大别山红色旅游区”被列入国家重点培育的12个重点红色旅游区，“合肥—六安—金寨—霍山—岳西—安庆”线被列入全国30条配套完善的红色旅游精品线路，位于六安市城区中心的皖西烈士陵园（即大别山革命历史纪念园）等景区（点）被列入全国100个红色旅游经典景区名录。

六安大别山革命烈士纪念园始建于1953年，是国家为纪念鄂豫皖革命根据地、红四方面军发源地、刘邓大军千里跃进大别山等重大历史事件和革命先烈而建造的重要纪念园，占地面积85亩，纪念馆建筑面积2 700平方米，经过三次较大规模的整修改建，园区现已修建10多项纪念设施，先后征集收藏知名烈士档案、遗物、文献等2 500余件，其中国家一级文物13件。1989年陵园被国务院批准为全国重点烈士纪念建筑物保护单位，1995年被民政部、安徽省委等数十个党政领导机关确定为全国爱国主义教育基地，2004年被国家列为全国100个红色旅游经典景区之一，2009年被中宣部命名为全国爱国主义教育基地，被中央军委授予中国人民解放军国防教育基地。纪念馆采用现代化高科技手段，宣传展示了大别山区特别是皖西地区优秀儿女在革命战争年代的丰功伟绩和革命精神。园内建有大型浮雕墙“将星璀璨”和雕塑“八月桂花遍地开”“千里跃进大别山”，纪念文化石刻20余块。60多年以来，大别山革命历史纪念园已经成为本市乃至全国名副其实的爱国主义教育基地，实现了新形势下烈士褒扬工作由封闭式向开放式、单一化向多功能方向的跨越式发展。纪念园既是瞻仰先烈、启迪后人的教育基地，又是思想和文化建设相结合的人文景观。

第六章　高速交通设施对六安市旅游空间格局的影响分析[1]

随着经济的发展和技术的进步，现代旅游者更加重视交通设备的安全性、交通运行的快捷性和交通环境的舒适性。以高速公路和高速铁路为代表的新一代快速交通设施正迅速成为旅游业发展的主要载体，极大地拓展了游客出行距离和产业发展空间，影响了游客的消费行为，也给旅游目的地竞争格局和旅游服务组织方式等带来革命性的变革。本文主要从空间的视角深度分析高速交通设施对六安市区域旅游空间格局的影响，试图为六安大别山区域旅游提升提供理论依据和决策参考。

旅游交通作为旅游业三大支柱产业之一，对旅游业的发展有着至关重要的影响。目前，国外学者关于交通对旅游业影响的研究主要集中在五个方面[2-10]：(1)交通对旅游目的地发展的影响，主要研究旅游目的地成长和旅游交通之间的关系；(2)交通对旅游者时间和空间行为的影响，主要研究交通对旅游者时空行为模式选择的影响；(3)交通对旅游者感知质量的影响，

[1] 原文发表于《皖西学院学报》2012年第5期，作为本书一部分时有删改。

[2] OPPERMANN M. A model of travel itineraries [J].Journal of Travel Research，1995，33(Spr)：57–61.

[3] STEWART S I，VOGT C A. Multi–destination trip patterns [J]. Annals of Tourism Research，1997，24(2)：458–461.

[4] LUE C，CROMPTON J L，FESENMAIER D R. Conceptualization of multi–destination pleasure trips [J]. Annals of Tourism Research，1993，20(2)：289–301.

[5] LEW A A，MCKERCHER B. Trip destinations，gateways and itineraries：the example of Hong Kong [J]. Tourism Management，2002，23(6)：609–621.

[6] LEW A A，MCKERCHER B. Modeling tourist movements：alocal destination analysis [J]. Annals of Tourism Research，2006，33(2)：403–423.

[7] MCKERCHER B. A comparison of main destinationvisitors and through travelers at a dual–purpose destination [J]. Journal of Travel Research，2001，39：433–441.

[8] HWANG Y H，GRETZEL U，FESENMAIER D R. Multicitytrip patterns：tourists to the United States [J]. Annals of Tourism Research，2006，33(4)：1 057–1 078.

[9] TOURIST ROUTES：A time–geographical approach on German car–tourists in Sweden [J]. Tourism Geographies，2007，9(1)：64–83.

[10] DREDGE D. Destination place planning and design [J]. Annals of Tourism Research，1999，26(4)：772–791.

主要研究旅游地交通模式和交通有效性对游客感知质量的影响；(4)交通对区域旅游可持续发展的影响，主要从能源消费和环境保护的视角研究旅游交通方式选择与区域旅游可持续发展之间的关系；(5)交通对旅游业发展的影响，主要从旅游需求和供给方面研究交通对旅游者旅游需求的影响和对旅游地旅游业发展的影响。

国内关于交通对旅游业影响的研究起步较晚，主要集中在[1-9]：(1)交通与旅游的相关性分析，主要从理论层面和实证角度研究交通与旅游之间的关系；(2)特定交通方式和交通设施对区域旅游的影响，主要集中在京九铁路和青藏铁路重大交通工程建设对沿线及区域旅游开发的影响研究；(3)交通对旅游者行为的影响；(4)交通对旅游业的影响，重点研究交通对旅游资源开发和旅游地旅游业发展影响的研究。随着经济发展和技术进步，现代旅游者更加重视交通设备的安全性、交通运行的快捷性、交通环境的舒适性。以高速公路、高速铁路为代表的新一代快速交通设施正迅速成为旅游业发展的主要媒介，极大地拓展了游客出行距离和产业发展空间，影响了游客的消费行为，也给旅游目的地竞争格局和旅游服务组织方式等带来革命性的转变。

目前，国内外研究主要基于传统的“低速时代”，更多是从经济的角度研究交通对旅游业的影响，而从空间的视角研究交通对区域旅游的影响，特别是从高速交通视角来研究区域旅游空间格局演变的还比较少。为此，本文以六安市为重点，深入分析高速交通设施对六安区域旅游目的地空间格局的影响，试图为大别山区域旅游提升提供理论依据和和决策参考。

---

[1] 杨瑞霞. 交通与旅游发展的关系分析[J]. 商业经济，2004(5)：127-129.

[2] 张建春，陆林. 芜湖长江大桥与安徽旅游交通条件的改善[J]. 人文地理，2002，17(4)：75-79.

[3] 邓世文. 京九铁路与井冈山旅游发展[J]. 经济地理，1999，19(2)：116-120.

[4] 朱竑，谢涤湘，刘迎华. 青藏铁路对西藏旅游业可持续发展的影响及其对策[J]. 经济地理，2005，25(6)：910-914.

[5] 冯立新，杨效忠，姚慧，等. 骨干交通设施对区域旅游空间格局的影响——以渤海海峡跨海通道为例[J]. 经济地理，2011，31(2)：189-194.

[6] 卢松. 旅游交通研究进展及启示[J]. 热带地理，2009，29(4)：394-399.

[7] 史春云，朱传耿，赵玉宗，等. 国外旅游线路空间模式研究进展[J]. 人文地理，2010(4)：31-35.

[8] 袁欣，史春云，朱明，等. 长三角区域旅游线路模式及目的地类型研究[J]. 旅游科学，2010，24(6)：55-63.

[9] 黄柯，祝建军，蒲索. 我国旅游交通发展现状及研究述评[J]. 人文地理，2007(1)：23-27.

第一节　六安市高速交通设施和旅游目的地空间格局概况

六安市地处安徽西部，大别山北麓。现辖寿县、霍邱、金寨、霍山、舒城五县以及金安区、裕安区。全市国土总面积17 976万平方千米，总人口716.7万人。六安是皋陶文化的发源地和楚汉文化的厚积地，是红四方面军主要诞生地和鄂豫皖革命根据地的核心区，为大别山生态环境和景观资源最为富集的地区。

近年来，随着合六叶、合武和商景高速公路，特别是2009年合武动车等快速交通设施相继投入运行后，六安区域交通条件发生了根本性的变化，六安市已经被国家交通部门确定为陆路交通枢纽城市。六安与以上海、南京为核心的长三角地区和以武汉为核心的华中地区的时间距离均在3个小时左右，方便快捷的现代化交通为六安旅游业的发展注入了强劲动力。截至2011年年底，六安市已经拥有国家AAAA级旅游景区17家，位居安徽省第二位。2011年全市共接待游客1 000万人次，实现旅游业总收入65亿元，旅游业已经成为六安市国民经济的重要产业。按照六安市旅游业"十二五"规划，六安市将以大别山为品牌，以绿色山水为骨架、红色资源为主线、古文化为底蕴、地质遗产及民俗文化为特色，着力构建"大别山锦绣山湖多彩之旅"，重点实施"1365"工程：创建一个国家优秀旅游城市目的地，构建南部大别山红色生态与地质遗产型、中部现代滨水城市休闲型、北部古文化体验型三大旅游板块，规划建设六安中心城区及城郊休闲旅游带、寿县楚文化观光体验旅游园区、临淮岗水利文化观光体验旅游园区、天堂寨生态红色旅游园区、万佛湖休闲度假旅游园区、大别山主峰白马尖休闲度假旅游园区等六大旅游产业园区，围绕合武高速公路、商景高速公路、六毛公路、沿淮水路和公路、六安大别山北坡公路构建五大旅游发展轴[1-2]。

[1] 六安市人民政府：六安市旅游业发展"十二五"规划[R].2011.
[2] 六安市旅游局：六安市旅游业发展总体规划(2008—2020)[R].2011.

第二节　高速交通设施对六安市旅游目的地空间格局的影响分析

目前，六安市旅游客源地主要包括五大片区，即以武汉都市圈为核心的华中地区，以上海和苏锡常为核心的上海地区，以南京为核心的南京地区，以合肥、淮南、滁州为核心的合肥经济圈，以及以徐州、阜阳等为核心的北方地区。

为分析区域高速交通设施投入运行对六安市旅游目的地空间格局的影响，论文主要从四个方面收集相关资料：一是五大重点客源市场旅行社对六安市的旅游推介线路，二是六安市本地旅行社对外推介的地接旅游线路，三是六安市重点景区自驾车游客旅游线路抽样调查，四是在六安市举办的各种政务商务旅游考察线路。在对收集资料的整理分析上，论文主要参考了Lue、Cormpton和Fesenmaier在1993年提出的五种旅行模式（LCF模式）[1]、Lew和Mckercher在2002年对香港国际游客实证研究后提出的旅游目的地五种类型[2]，以及Oppermann在1994年对新西兰国际游客实证研究后提出的关于旅游目的地功能等级划分[3]。

一、高速交通设施对游客旅行空间模式的影响分析

高速交通设施投入运行后，因高速交通设施走向、旅游景区（点）和游客集散中心分布以及城镇空间分布格局等方面相互空间位置关系的不同，五大客源地游客来六安市旅行空间模式均有不同的变化，如表6.1所示。

[1] LUE C, CROMPTON J L, FESENMAIER D R. Conceptualization of multi-destination pleasure trips [J]. Annals of Tourism Research, 1993, 20(2): 289–301.

[2] LEW A, MCKERCHER B. Trip destinations, gateways and itineraries: the example of Hong Kong [J]. Tourism Management, 2002, 23(6): 609–621.

[3] OPPERMANN M. Length of stay and spatial distribution [J]. Annals of Tourism Research, 1994, 21(4): 834–836.

表6.1　高速交通设施投入运行前后六安市主要客源地游客来六安旅行空间模式变化情况

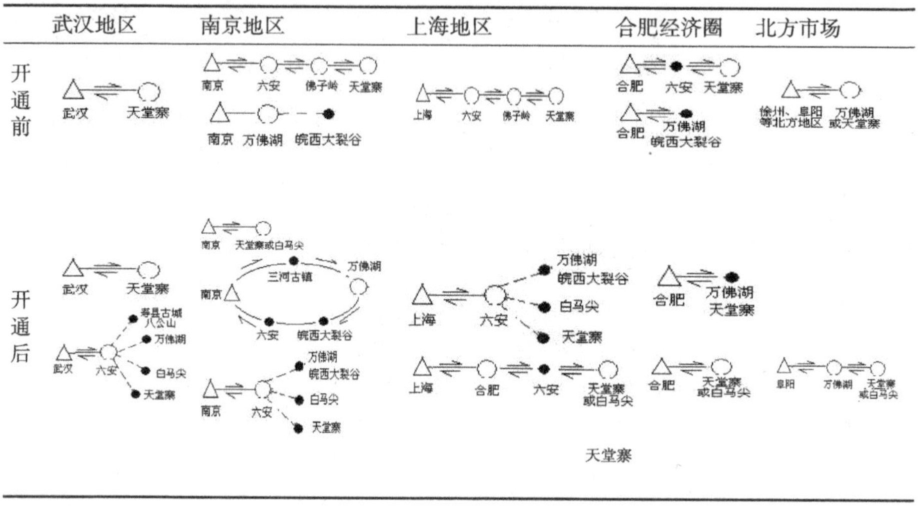

注：△代表游客日常居住地，○代表过夜游目的地，●代表一日游目的地

（一）武汉地区

武汉地区游客来六安旅行模式主要受合武高速公路和合武动车影响，高速公路或动车至六安城区的时间分别为1.5小时和3小时。在高速交通设施开通以前，武汉游客主要通过国道乘坐旅游大巴到天堂寨景区，旅行模式为单一目的地模式，天堂寨为过夜目的地，多以二日游为主。合武高速公路开通以后，武汉至天堂寨景区或六安城区车程均为3小时，在旅行模式上，除乘坐高速公路大巴由武汉直接到天堂寨景区的单一目的地二日游以外，还出现武汉先至六安城区，再赴寿县古城暨八公山、万佛湖等景区的营区基地模式，六安城区为过夜目的地，其他景区多为一日游目的地。

特别值得注意的是，尽管六安至武汉每天往返动车近20对，但由于六安城区和金寨县梅山两动车停靠站均在天堂寨景区以北，以天堂寨景区为主要目的地的武汉游客乘动车游还要走回头路，再加上动车停靠站与主要景区（点）没有实现无缝对接，交通不便捷以及换乘成本增加等因素，除了政务商务旅游以及部分背包客以外，武汉来六安的旅游团队仍然以高速公路大巴为首选交通工具。

（二）南京地区

高速交通设施开通以前，南京游客主要通过312国道乘坐旅游大巴从南京—六安城区—霍山县佛子岭景区—天堂寨景区三日游的途径模式，或者从南京—舒城县万佛湖—皖西大裂谷的营区基地模式，万佛湖为过夜目的地。

高速交通设施开通后，南京游客旅行模式第一种为单一目的地的模式，即直接通过合武高速公路乘坐大巴到天堂寨景区，或由合武高速公路转入商景高速公路赴霍山县大别山主峰白马尖景区；第二种为目的地区域环游模式，即南京—肥西三河古镇—舒城县万佛湖—皖西大裂谷—六安城区—南京；第三种为营区基地模式，即从南京乘坐动车到六安站，然后再赴六安其他景区。对南京游客来说，六安城区是门户枢纽城市，南京至六安的动车仅1.5小时，高速公路也仅3小时行程，所以南京至六安的高速公路大巴游和动车游均得到快速发展，自驾游发展更为迅速。

（三）上海地区

高速交通设施开通前，上海至六安公路大巴有7个多小时行程，游客主要选择从上海—六安城区—霍山佛子岭—天堂寨景区的途径模式，其中六安城区（或霍山县城）、天堂寨基本上为过夜目的地。

上海至武汉的动车开通以后，上海到合肥和六安的时间分别为3.5小时和4小时。受交通运输比较成本、游客消费能力以及旅途舒适性等因素综合影响，上海至六安游客基本选择动车游。其中一部分是营区基地模式，六安城区为过夜游目的地；另一部分类似途径模式，合肥和天堂寨为过夜目的地，六安城区仅为过境目的地。

（四）合肥经济圈

高速交通设施开通前，游客旅行模式一种是由合肥—万佛湖（或皖西大裂谷）等景区的一日游单一目的地模式，另一种是合肥—六安—天堂寨的二日游单一目的地旅行模式，天堂寨为过夜目的地。

高速公路和动车开通以后，由于交通的方便快捷，合肥—万佛湖（或皖西大裂谷）等景区的一日游单一目的地模式得到迅速发展，而过去到天堂寨的二日游也更多变成一日游单一目的地模式。此外，受合肥经济圈同城化影响，合肥到六安大别山的自驾游发展迅速，尤其以周末二日自驾游更为突出。

（五）北方市场

高速交通设施开通以前，徐州和阜阳等北方地区的游客到六安城区基本上有5小时左右的公路行程。受消费能力和旅行舒适度影响，北方游客一般选择单一目的地旅行模式，万佛湖或天堂寨为旅游目的地。

商景高速公路开通以后，北方地区游客到六安的行程在3小时以内，游客多选择途径模式：北方城市—万佛湖—白马尖（或天堂寨）。受自然条件和景观差异化影响，北方游客一般选择游览一水（万佛湖）—山（天堂寨或白马尖），万佛湖和天堂寨（或白马尖）为过夜目的地。

二、高速交通设施对六安旅游目的地空间格局的影响分析

（一）高速交通的"时空压缩"效应加快旅游同城化和区域旅游一体化发展，加速六安旅游目的地空间网络化发展

高速交通使时间成本压缩，心理距离拉近，扩大了旅游目的地吸引力空间范围，使传统旅游客源市场结构、旅游者消费行为特征、旅游产品结构发生改变，推动若干"1～3小时旅游圈"形成，特别是南京、合肥和武汉到六安旅游出现同城旅游和近城旅游的效应。一方面，六安旅游目的地将从原来的"点—轴"发展到"点—轴—网"结构，六安旅游目的地正从孤岛型向集群化和内聚化发展；另一方面，六安作为大别山重要区域旅游板块正逐步实现区际的外拓化发展，高速交通加速六安与其他区域旅游产品联动和旅游市场联合进程，六安正成为连接长三角和华中两大区域旅游网络中一个重要节点。

（二）高速交通引发的"快旅慢游"旅游方式将进一步推动旅游景区（点）的转型升级，加快六安旅游空间格局的分化和演变

高速交通缩短旅行时间，提高旅行舒适度，减少交通负面影响，使现代旅游从走马观花式的"苦行游"到现代休闲度假与体验相结合的"快旅慢游"旅游方式转变。六安拥有大别山优质生态环境，高速交通使昔日长途游变为短途游，为六安发展休闲度假等"快旅慢游"式的旅游产品创造了前所未有的机遇。其中，以生态养生游为主的天堂寨、度假探险游为主的白马尖、休闲度假游为主的万佛湖、以文化体验游为主的寿县古城暨八公山等旅游目的地将迎来新一轮的发展。这些旅游目的地将从单纯的观光游逐步向休闲度假和体验参与等新业态旅游发展，景区基础设施和服务设施将进一步完善，天堂寨、磨子潭、万佛湖、寿县古城等旅游目的地的作用将更加突出，并与六安城区目的地共同构成六安旅游目的地骨干网络和重要节点。与此同时，像皖西大裂谷、大别山石窟、红石谷等景区多以观光型门票经济为主，旅游产品内容单调、类

型单一,这些单纯依靠门票收入的观光型旅游目的地将极有可能成为高速交通旅游的中转站,景区发展将更多依赖六安中心城区或万佛湖等周边临近重点景区的辐射,游客停留“片刻”即离开,以致无法分享高速交通条件下游客增加所带来的更大效益,从而成为单纯的“人气景区”。

(三)游客不同的高速交通设施选择将进一步加快旅游目的地服务功能的分化

受社会分层和消费文化等因素的影响,不同社会群体对高速交通引起的“时空压缩”效应的感知不同,从而选择不同类型的交通工具,并对相应的旅游目的地功能提出不同的要求[1]。调查发现,政务商务旅游消费能力最强,对价格敏感度低,重复使用率高,选择的忠诚度高,且人群规模不断扩大。上海—武汉动车的开通使六安城区高端政务商务旅游产品成为新秀,六安城区正成为合肥经济圈和长三角地区重要的政务商务旅游目的地。来自长三角等经济发达地区的游客对高端产品的需求十分旺盛,以往提供六安城市内部消费需求的产业供给获得外来消费支持,六安中心城区的文化产业、商业零售、餐饮购物、会议会展等休闲需求将会进一步扩张,并带动城郊旅游的快速发展。

与此同时,对于旅行社团队或普通游客而言,目前动车的票价相对较高,加上乘坐动车达到六安城区后仍需换乘旅游大巴抵达景区,导致交通换乘成本增加,因而南京和武汉等高速公路行程在3~4小时以内的旅行一般以选择高速公路交通为主。同时,这些游客对旅游目的地选择更加偏好景观的异质化和差异化,高速公路开通将进一步加强旅行社团队与天堂寨、万佛湖等过夜型旅游目的地的直接对接,进一步强化这些旅游目的地服务大众旅游和团队旅游的基础设施和服务设施的发展。

三、高速交通设施对六安中心城区旅游的影响分析

随着快速交通设施的投入运行,六安中心城区作为六安大别山旅游集散中心和重要旅游目的地在迎接发展机遇的同时,也面临严峻的挑战,甚至有被边缘化的危险。

[1] 张杨波.高铁时代下的时空压缩与社会分化——以武广客运线开通事件为例[J].湖北行政学院学报,2011(2):59-64.

（一）区域快速交通设施投入运行加强了旅游客源地和旅游景区景（点）之间的直接联系，六安中心城区作为大别山旅游集散中心的功能逐步被弱化

快速交通设施投入运行前，六安市客源市场主要是以上海、苏锡常和南京为主的长三角地区、徐州和以阜阳为主的北方地区，以及合肥经济圈，受交通设施条件和旅途乘车时间的制约，六安中心城区是长三角和北方游客来六安大别山旅游的门户和枢纽，是进入六安大别山旅游的必经之地。但随着交通设施条件的改善和高速交通网络的完善，长三角和华中地区游客更多通过高速公路和动车直接抵达景区，北方市场也随着商景高速全线开通而与景区直接对接。特别是随着天堂寨景区连接合武高速的十八盘隧道、白马尖景区连接商景高速的磨子潭出入口等快速连接线的规划建设，以及连接寿县古城暨八公山景区、合肥新桥国际机场和万佛湖景区的济祁高速公路和商杭高铁建成运行，六安主要旅游客源地与六安旅游景区之间的直接联系进一步强化，六安中心城区旅游集散中心的作用将越来越边缘化，六安城区作为旅游过境地越来越明显。

（二）合肥大都市建设对六安中心城区旅游发展的“屏蔽作用”日益显现

六安是合肥经济圈的重要组成部分，更是合肥经济圈旅游资源最为丰富的地区。但近年来，随着合肥现代化大都市建设步伐的进一步加快，以及区域快速交通设施的投入运行，合肥市充分利用自身的旅游产业规模优势，特别是宾馆酒店、旅行社、旅游交通、旅游人才，以及旅游要素配套等方面的优势，极力将合肥市培育成大别山区域旅游的集散中心，将合肥市打造成大别山旅游的门户和枢纽。例如，仅就住宿成本看[1]，2010年合肥市和六安市星级饭店平均房价分别为287.87元和209.95元（六安城区星级酒店平均约300元），但合肥作为省会城市，众多服务大众市场的连锁型有限服务饭店，即所谓经济型饭店发展特别迅速，如国际经济饭店品牌“速8”“快捷假日”，国内品牌“如家”“锦江之星”“莫泰168”“7天旅馆”，以及安徽本省品牌“城市之家”“e家快捷”在合肥发展快速，但在六安城区数量极少。这些品牌酒店干净卫生、设施便利，特别是价格比较成本优势深受游客偏好，更是旅行社团队住宿的首选，长三角地区游客越来越多把合肥作为进入六安旅游的门

[1]安徽省旅游局.安徽省旅游饭店业发展蓝皮书(2010)[R].2011.

户目的地。

(三)六安中心城区旅游服务功能滞后严重制约着旅游集散中心和城市旅游目的地功能的发挥

六安中心城区拥有丰厚的历史文化、旖旎的滨水景观,以及作为国家陆路交通枢纽的交通优势,六安市“十二五”旅游业发展规划提出要提升六安中心城区的旅游功能,推行“旅游即城市”的理念,将六安中心城区建设成为大别山区域重要的旅游目的地和大别山区域旅游主要集散中心。但《安徽省六安市城市总体规划(2008—2030)》对六安市的城市性质定义为:六安城区是南京、武汉两大都市圈重要节点城市,合肥经济圈副中心城市,安徽省加工制造业的重要基地之一,皖江城市带承接产业转移示范区产业链承接基地,具有滨水园林特色的现代化宜居城市。六安自2000年撤地建市以来,中心城区的城市基础设施和服务设施发展迅速,但受城市规划性质制约,六安中心城区的城市建设更多注重满足本地居民的需求,没有将六安城区作为旅游目的地来规划建设,城市旅游服务功能明显滞后于城市自身的发展。中心城区目前仍然缺乏旅游集散中心、大型旅游专门购物场所,城区文化旅游演艺产品基本空白,旅游美食缺乏特色。

与此同时,与天堂寨、白马尖、万佛湖等重点景区及其所在的县城相比,六安中心城区在旅游接待条件、旅游成本价格等方面无明显优势可比。

此外,六安中心城区及城郊缺乏品牌旅游项目,中心城区至城郊旅游交通不畅,导致游客和旅行社在旅游线路安排上难以将中心城区和六安市其他重点景区进行组合。

第三节　对策建议

一、加快六安大别山北坡旅游快速通道建设

六安市旅游资源,特别是绿色和红色旅游资源主要分布在的大别山北坡的金寨、霍山、舒城等县区。六安大别山北坡目前拥有天堂寨、白马尖、佛子岭、万佛湖、金寨红军广场等14个国家AAAA及以上级旅游景区,旅游资源类型丰富,旅游产品种类较全,空间布局相对集中。但从旅游线路组合上

看，合武动车和合武高速公路、商景高速公路和合界高速公路分别在金寨县、霍山县和舒城县南北方向纵穿大别山，由于在大别山北坡缺乏东西方向的交通干道将上述三条南北方向高速交通线路串联一起构建一个方便快捷的旅游交通网络，众多景区虽然临近高速交通线，但不同景区只能沿南北方向高速交通线进行旅游线路组合，严重制约了大别山北坡旅游资源的整合和产品开发。

必须加快建设连接天堂寨—燕子河—铜锣寨—白马尖—万佛湖，横贯合武动车以及合武、商景和合界三大高速公路的大别山北坡重点旅游景区的高速交通线路，以进一步加快大别山北坡旅游资源密集区的资源整合，提高产品市场竞争力。

二、构建等级秩序鲜明的旅游目的地空间格局

研究表明[1]，依托垄断资源和优势品牌规划建设的旅游目的地，有利于树立旅游地的品牌和形象，增强旅游产业竞争力。从旅游资源的赋存价值和旅游开发现状看，旅游目的地大致可分为世界级、国家级、区域级和地方级四个层次，旅游目的地层次开发有利于旅游市场的细分和旅游产品的定位，有利于引导地方旅游目的地合理开发和有序竞争。不同等级的旅游目的地在资源赋存价值、客源市场特征、旅游产品供需特征、经营管理模式等方面有明显差异。世界级和国家级旅游目的地的客源市场、服务标准、产品供给和需求，以及旅游相关配套设施更具国际化。区域级旅游目的地主要是由于距离障碍、时间制约，以及区域竞争等因素引起国内客源市场的区域性分割所致，而地方级旅游目的地一般具有城郊型周末游或一日游性质。

目前，六安旅游目的地建设现状可以称之“满天星星，没有月亮”。六安市在旅游目的地规划建设上，要重点突出打造以大别山原生态文化和红色文化为主题的“华东地区最后一片原始森林”天堂寨景区、以大别山第一高峰白马尖和大别山（六安）国家地质公园特色地质遗迹为品牌的大别山主峰景区，以及以楚文化厚积地、豆腐文化发祥地和众多成语典故发源地的寿县古城—八公山景区作为世界级或国家级旅游目的地。这三个景区均融人文和自然景观为一体，旅游资源的品位和组合条件达到世界级或国家级旅游

[1] 梁修存，安虎森，郑炳熊，等.中国旅游资源国际合作开发问题研究[J].开发研究，2004(5)：79－83.

目的地标准，旅游产品文化内涵也具有明显的国际性，初步具备世界级和国家级旅游目的地建设的基本条件。同时，要丰富完善万佛湖、皖西大裂谷、大别山石窟、“新中国第一坝”佛子岭、六安瓜片原产地红石谷等区域级旅游目的地建设，抓好六安中心城区和金安、裕安城郊旅游带等地方级旅游目的地建设。

三、推进六安中心城区旅游建设

（一）加快六安中心城区旅游资源整合

中心城区内的博物馆、城市园林、烈士陵园、河西滨水带等均是六安中心城区优质旅游资源，但均隶属于不同的行政管理部门。由于管理分散，各自为政，规模集聚效应难以发挥，优质旅游资源也难以形成品牌产品。要创新旅游资源与管理的体制机制，成立城市旅游投资管理公司，统一管理经营城市核心旅游资源，实现中心城区旅游资源与管理一体化，加快六安中心城区旅游目的地的建设。

（二）配套完善六安中心城区旅游基础设施和服务设施

一方面，要加快六安中心城区及城郊休闲旅游带建设。加快中心城区至城郊大别山石窟、皖西大裂谷、东石笋、红石谷、横排头等景区旅游快速通道建设，推进合肥至六安南通道建设和312国道的升级改造，实现六安中心城区到城郊半小时旅游带、到六安大别山重点旅游景区1小时旅游圈建设，积极应对高速交通时代，打造“高速交通+公共交通”“高速交通+租车”“高速交通+集散中心”等多种旅行模式，推动区域内旅游交通与高速交通的无障碍对接，提升六安中心城区的旅游辐射力，将六安中心城区培育成大别山旅游的重要旅游目的地和集散中心。

另一方面，要进一步完善中心城区旅游服务设施和旅游要素配套。目前，中心城区旅游星级酒店数量严重不足，规模偏小，旅游企业经营成本居高不下，旅游业“六要素”，特别是餐饮、购物和娱乐等发展滞后，酒店、餐饮娱乐和购物点仍然是卖方市场，旅行社不能在竞争中获得较好的协议价格，获利空间较小。而旅游企业，特别是酒店企业均是长线投资，投资成本高，回报周期长。要出台专门扶持旅游星级酒店、旅游购物中心等旅游服务产业的政策，将旅游服务业招商引资与工业项目招商引资同等待遇，降低旅游投资用地成本，提升中心城区的旅游服务水平和质量，进一步促进旅游及其相关产业的竞争发展。

(三)丰富提升六安中心城区旅游产品的内涵和品位

文化是旅游的灵魂,旅游是文化的利用方式。要深入挖掘提炼六安红色文化、皋陶文化、楚汉文化、水利文化,深刻把握六安文化的内核所在、特质所在,培育六安城市主题旅游文化演艺产品,以现代形式、大众方式来诠释和表达,努力打造特色鲜明的六安文化品牌项目和品牌活动。此外,要充分发挥六安城区特有的地形地貌和特色资源等优势,通过连续举办大别山山水文化旅游节、国际羽绒节和国际大型体育赛事等活动,培育六安中心城区新的旅游消费热点。

第七章　六安市乡村旅游研究[1]

乡村旅游是以乡村空间环境为依托，以农民（包括牧民、渔民、林场职工等）为主体，以乡村独特的自然资源、田园风光、生产经营形态、民俗风情、乡村聚落等为主要吸引物，满足旅游者观光、休闲、度假、餐饮、体验、健身、娱乐和购物等要求的一种旅游方式。随着城市化进程的加快和人民生活水平的提高，乡村旅游越来越成为众多居民一个新的消费需求和一种新的生活方式。本文就以六安市为例，在对六安市乡村旅游发展现状和问题进行分析评价的基础上，提出乡村旅游发展的基本原则和对策建议。

乡村旅游是指以各种类型的乡村为背景，以乡村文化、乡村生活和乡村风光为旅游吸引物而进行的兼有观光、休闲、体验性质的旅游活动。随着城市化进程的加快和人民生活水平的提高，人们的消费结构快速升级，休闲旅游已经成为城市居民一个新的消费需求和一种新的生活方式，越来越多的城市居民开始崇尚回归自然，乡村旅游就是在这种背景下快速兴起和发展的。

2006年国家旅游局将年度旅游主题定为“中国乡村旅游年”，确定了“新农村、新旅游、新体验、新风尚”的乡村旅游宣传口号。2007年国家旅游局又将年度旅游主题定为“2007中国和谐城乡游”，确定了“魅力乡村、活力城市、和谐中国”的宣传口号。2009年国务院出台的《关于加快发展旅游业的意见》（国发〔2009〕41号）中明确提出，要“把旅游业培育成国民经济的战略性支柱产业和人民群众更加满意的现代服务业”，并提出“实施乡村旅游富民工程。开展各具特色的农业观光和体验性旅游活动。在妥善保护自然生态、原居环境和历史文化遗存的前提下，合理利用民族村寨、古村古镇，建设特色景观旅游村镇，规范发展‘农家乐’、休闲农庄等旅游产品”。2010年5

---

[1]本文部分内容以《乡村旅游开发问题初探——以安徽省六安市为例》为题发表于《中国商贸》2012年第33期。

月国务院参事室关于《加快发展我国休闲农业和乡村旅游的若干建议》中也指出，发展休闲农业和乡村旅游是建设现代农业、推进社会主义新农村建设、构建和谐社会的重要途径。2010年7月农业部与国家旅游局签署合作框架协议，计划从2010年开始，通过三到五年的努力，推出一批乡村休闲度假示范县（镇）、示范村（企业），以此来共同推进我国休闲农业与乡村旅游发展。

六安市地处大别山北麓，横跨江淮，为大别山生态环境和景观资源最为富集的地区，乡村旅游资源得天独厚，乡村旅游正成为全市农村经济发展的新兴产业、美好乡村建设的有效载体、农民增收及脱贫致富的重要财源。截至2014年年末，全市已经拥有国家AAAA及以上旅游景区22个，优秀旅游乡镇40个，省旅游星级农家乐126个，全市乡村旅游正逐步向利用农业、民俗文化和乡村生态等特色资源，为游客提供观光、体验、娱乐、休闲等综合服务型方向发展。

第一节　六安市乡村旅游发展现状分析

一、六安市乡村旅游发展总体特征

（一）乡村旅游发展初具规模

六安市乡村旅游发展已初具规模，农家乐经营户不断增多，观光型景区、观光农业园不断投入运营，农民收入持续增加，一批较高规格的乡村旅游示范点不断涌现，如金寨县天堂寨南河村农家乐、燕子河树林村农家乐、梅山新河村农家乐等。

（二）乡村旅游发展类型多样

六安市乡村旅游发展本着因地制宜的原则，在依托主要旅游景区（点）的同时，挖掘乡村自然生态、乡村风情和乡村文化民俗等旅游资源，逐渐形成了多种具有地方特色的乡村旅游开发模式，并取得了显著的经济、社会和环境效益。主要类型包括：

（1）景区依托型。为大型景区的辅助旅游产品，拥有独特的景观资源或是浓郁的乡村特色，强调乡村文化品位，旅游项目具有鲜明的民俗风味、农业特色，旅游活动以餐饮和娱乐活动为主，游客主要为大型景区的一次性客源，范围较广，停留时间较短，不易形成品牌。

(2)城市近郊型。特点是以农村、农园为特色，自然性、科学性较突出。作为城市居民的第二个家，从吃、住、游、购、娱等方面满足游客周末休闲度假的需求。依托城市，交通便利，乡村植被景观保存较好，与城市反差较大。具有稳定的城区客源市场，回头率高，停留时间较长，易于形成品牌效应。

(3)交通沿线型。特点是交通便利，但不是主要旅游目的地，往往分布于交通要道、道路交叉口等区域。

(4)主题乡村型。特点是主题鲜明，有特色乡村资源，易于形成品牌，可以相对独立发展。

表7.1　六安市乡村旅游类型及特点

类 型	特 点	类别与实例
景区依托型	以天堂寨国家AAAAA级和白马尖、万佛湖、佛子岭等国家AAAA级重点旅游景区为依托，主要以民俗风味、特色鲜明农业旅游项目、餐饮和娱乐活动为主	农家乐：天堂寨、白马尖、万佛山、大别山石窟和皖西大裂谷等景区周边的山里人家农家乐 渔家乐：万佛湖、佛子岭、临淮岗、瓦埠湖等景区的渔家乐 生态观光：舒茶“九一六”茶园、独山苏维埃城、红石谷等景区的茶园生态观光体验游 休闲延伸：旅游商品、旅游节庆、休闲茶馆
城市近郊型	以六安市区和县城稳定的客源市场和城郊便利的区域交通为依托的城市近郊型乡村旅游，主要以城郊农家乐、城郊垂钓、生态观光等活动为主	寿县瓦埠湖君湖刘老根生态农庄、霍邱县淮河风情园、霍山县幽芳谷、裕安区皖润山庄、金安区木南现代农业示范园等特色乡村旅游示范点
交通沿线型	以交通要道、道路交叉口等交通枢纽为依托的交通沿线型乡村旅游，以特色餐饮为主	寿县安丰、霍邱姚李、金寨斑竹园、霍山道士冲和陡沙河、舒城桃溪、金安区三十铺、裕安区青山等特色旅游乡镇
主题乡村型	以主题鲜明的乡村旅游资源为依托的特色主题型乡村旅游	寿县八公山豆腐村、临淮岗渔村、霍山堆谷山、万佛湖渔村、叶集羊肉村、天堂寨吊锅村等特色旅游村

(三)乡村旅游分布点多面广

六安市乡村旅游发展的空间特点，主要表现在以天堂寨等大的景区周边以及市县城郊较成规模，这里的旅游点和接待设施的数量明显多于其他乡镇。这说明六安市的乡村旅游主要是依赖原有的景区(点)，并在原有景区基础上延伸拓展了乡村性较强的旅游项目。除了以上这些地方,其他乡镇乡村旅游的发展,布点比较分散,主要是一些农家乐的餐饮点。总之,目前六安市乡村旅游发展的空间格局呈现出三个发展的梯次:天堂寨、铜锣寨、万佛湖等景区较为成熟,其次是市县城郊,再次是其他地区。这种状况产生的原因有多方面,有交通原因,也有同质竞争等方面原因。

二、六安市乡村旅游发展存在的问题

通过对六安市各乡镇乡村旅游发展状况的实地调研分析,六安市乡村旅游发展存在的问题主要表现在以下几个方面:

(一)乡村旅游布点分散,整合不够

通观整个六安市乡村旅游重点区域分布状况,可以发现六安市的乡村旅游地分布较为分散,区域特色不明显,主题不鲜明,集聚效应较差。

(二)景区依托型产品形式单一,文化内涵挖掘不够

六安市乡村旅游在很大程度上依赖大型景区(点),景区依托型的乡村旅游产品是景区的辅助旅游产品,这样就造成了乡村旅游产品主要以餐饮或住宿接待为主,对本地传统的农业资源和民俗文化资源挖掘不够,使得乡村旅游活动主要停留在传统的观光、采摘、垂钓等项目上,产品结构雷同,特色不明显,缺乏精品,旅游“六要素”功能不够匹配。这种形式单一的乡村旅游产品已很难适应现代旅游市场的需求。

(三)城市近郊型从业人员服务意识有待提高

城市近郊型乡村旅游的经营主体是当地居民,他们的文化素质决定了服务意识、服务质量、服务水平,从而决定了游客对六安市乡村旅游的意向。应当对这些服务人员进行一些必要的卫生与服务培训,同时也需要广大从业人员端正认识,诚信经营,不断在实践中学习提高,以增强文明意识和开放意识,培养文明的生活方式和行为方式,营造文明、和谐、有序的旅游环境。

(四)主题乡村型品牌形象模糊

乡村旅游的目标市场主要是城市居民,研究城市居民的市场需求、规模及变化,是乡村旅游发展的关键问题。因此,针对城市居民的全面调查和分析城市游客来源、客源类型、市场规模、客流规律、游客消费能力和消费需求等情况,然后有针对性地进行区域乡村旅游品牌形象宣传,是吸引客源的有

效手段。但是六安市乡村旅游特别是主题乡村型乡村旅游产品还未能形成独有的品牌效应，没有很好地用好大别山以及六安瓜片等极具特色的品牌形象，对于游客的重游吸引不大，客源市场稳定性较差。

（五）基础设施建设亟待加强

六安市的乡村旅游虽有了一定的发展，但仍处在较低的发展阶段，且受大别山区这种特定的自然地理条件以及资金投入不足等主客观因素制约，使得与旅游配套的道路、给排水、供电、停车场、医疗卫生等公共设施较简陋，一些农家客房、餐厅、茶楼等主要住宿餐饮接待设施条件差，水电供应不稳定，安全、卫生等设施有待完善。

第二节　六安市乡村旅游发展战略途径及运营模式

随着闲暇时间的增多，人们的旅游热情日渐高涨，人们对旅游产品质量的要求也逐渐提高，传统的初级观光产品内容单一，已经远远不能满足广大游客的需求。因此，六安市乡村旅游开发要设计成为集观光性、参与性、休闲性、求知性、康体性等多种需求为一体的现代乡村旅游发展模式。

一、六安市乡村旅游未来发展趋势

当前国内旅游主体逐渐趋于理性，人们对度假的选择更加多元，参加文化节、音乐会等活动成为城市居民度假消费的选择，长线旅游也渐渐转向短途长时的休闲度假游。乡村旅游的发展恰好顺应了这一趋势，将休闲经济元素注入旅游中去，积极探索各种类型的休闲活动，将城市居民的这类休闲需求引导到乡村。从全国范围来看，乡村旅游业趋于休闲化是一种必然的长期趋势。

一是乡村旅游休闲化发展。六安市的乡村广泛蕴藏着各类民俗、古建筑、古村落、山光水色、文物胜迹、革命遗址等优势资源，具有独特的人文风貌、重要的历史价值和特有的乡土情怀。六安市乡村旅游发展要在依托资源优势的基础上，突出多个休闲主题，投资开发多种类型的休闲项目。

二是乡村旅游高文化含量。乡村旅游产业的培育要以这些乡村特色文化为灵魂。六安市乡村除了怡人的自然旅游资源以外，还要深度挖掘区域文化资源，包括乡村民俗文化、乡村文化遗迹以及乡村各行各业的行业文化。

三是旅行方式趋向自助化、散客化、个性化。乡村旅游产品体系趋向完善，由普遍的大众化旅游产品逐渐转变为大众化旅游产品和中高端旅游产品并存，乡村旅游品牌形象日臻鲜明。

四是空间整合成为一种必然趋势。乡村旅游发展将不再是一种限于一村一镇的小范围的旅游，它要求各村各镇甚至各县之间跨地区的大联合，彼此之间扬长避短，开发各自的优势资源，最终形成整体优势，提高整体竞争力。

二、六安市乡村旅游发展战略途径

（一）景区依托型发展——六安市乡村旅游发展的必然选择

以乡村特有的景观资源和区域性特征极强的民俗文化为依托，强调乡村的文化内涵，由此开发作为大型景区的辅助旅游产品，以民俗风味、农业特色鲜明的旅游项目和餐饮以及娱乐活动为主，乡村旅游以城市居民为目标市场。六安市地处安徽省皖西山区，周围大城市均距离较远，中小城市体系也不完善，难以形成大规模的都市客源市场。但六安市可以借大别山这一优势品牌，依托天堂寨、万佛湖、白马尖等景区，吸引游客体验乡村田野风光、感受回归自然的田园乐趣。六安市乡村旅游开发模式必然以景区依托型为主。利用临近大别山的优势，依托大别山内景区的辐射作用，实行资源互补、客源共享的联动开发模式。

（二）乡村特色旅游产业发展——六安市乡村旅游发展的理性选择

鉴于六安市的区位优势、资源优势、市场优势，整个六安市乡村旅游开发的最大特色就是可作为大别山国家地质公园的有益补充。乡村景观、名茶故里等都是本区区别于周边旅游地所特有的。所以，在乡村旅游发展上要突出这个“特”字，在不破坏乡村旅游资源和乡野环境的前提下，应充分利用现有的资源开发特色旅游，走地方特色旅游产业发展模式。

（三）乡村旅游体验化发展——六安市乡村旅游发展的时代要求

现代社会随着生活节奏的加快，人们回归自然的愿望也日渐强烈，游客不仅需要在自然环境中览尽美景，更渴望在生态优美的环境中亲身参与体验旅游休闲的快意，参与体验型旅游、乡村度假休闲日渐成为旅游业发展的一大趋势。旅游体验化发展、闲暇化发展、休闲化发展模式已经逐步成为中国旅游业发展的主流模式之一。从六安市乡村旅游发展条件出发，考虑旅游业的发展现状，六安市乡村旅游区走休闲度假、乡风乡俗体验发展之路，是六安市乡村旅游业稳步发展并迅速提升的时代要求。

（四）政府引导市场化运作——六安市乡村旅游发展的最佳选择

六安市现有乡村旅游产业基础较为薄弱，且发展阶段各异，相关政府部门的旅游投入能力有限，建议政府部门组建乡村旅游发展协调机构，营造良好的投资舆论，营造优越的乡村旅游投资环境，密切与相关投资企业合作，为企业发展提供便利条件。同时积极鼓励和扶持广大乡村居民参与乡村旅游开发，以此推动六安市乡村旅游的发展。因此，实施政府引导、市场运作、企业经营的现代旅游发展战略，是六安市乡村旅游业发展的最佳选择。

三、六安市乡村旅游发展运营模式

乡村旅游经营管理模式是根据旅游资源和客源市场确定的，不同的资源禀赋和地域客源市场，经营管理的模式也不一样。模式是否科学合理，决定着旅游资源与客源市场的对接度，直接影响着乡村旅游可持续发展。

（一）"农户+农户"模式

这是乡村旅游初期阶段的经营模式。在农家乐发展过程中，农民对乡村旅游开发普遍有一定的顾虑，担心风险，他们更相信那些"示范户"。通常是"开拓户"首先开发乡村旅游获得了成功，在他们的示范带动下，农户们纷纷加入旅游接待的行列，并从中学习经验和技术，在短暂的磨合后，形成"农户+农户"的乡村旅游开发模式。这种模式具有短平快优势，投入较少，接待量有限，但乡村文化保留得最真实，游客花费少，还能体验到最真的本地习俗和文化。受管理水平和资金投入的影响，这种旅游带动效应有限。

（二）"公司+农户"模式

这一模式通过吸纳当地农民参与乡村旅游经营与管理，同时通过引进旅游公司的管理，规范农户的接待服务，避免因不良竞争而损害游客的利益。这一模式中有些需要注意的问题：首先，公司或投资商与农户的合作是建立在一定的经济基础上的，受投资商实力的影响较大；其次，农户的知识层次、素质、服务意识等还有待于进一步提高；第三，在内部经营管理中，如何进行游客的分流与分配，是能否顺利实施的关键之一。

（三）“公司+社区+农户”模式

这一模式应是“公司+农户”模式的延伸。社区（如村委会）搭起桥梁，公司先与当地社区进行合作，再通过社区组织农户参与乡村旅游。公司一般不与农户直接合作，所接触的是社区，但农户接待服务、参与旅游开发则要经过公司的专业培训，并制定相关的规定，以规范农户的行为，保证接待服务质量，保障公司、农户和游客的利益。此模式通过社区链接，便于公司与农户协调、沟通，利于克服公司与农户因利益分配产生的矛盾。同时，社区还可对公司起到一定的监督作用，保证乡村旅游正规、有序发展。

（四）“股份制”模式

这一模式主要是通过采取合作的形式开发旅游资源，按照各自的股份获得相应的收益。根据旅游资源的产权，可以界定为国家产权、乡村集体产权、村民小组产权和农户个人产权四种产权主体。在开发上，可采取国家、集体和农户个体合作的方式进行，这样把旅游资源、特殊技术、劳动量转化成股本，收益一般按股份分红与按劳分红相结合。对于乡村旅游生态环境保护与恢复、旅游设施的建设与维护以及乡村旅游扩大再生产等公益机制的运行，企业可通过公益金的形式投入完成。这种模式有利于乡村旅游上规模、上档次。特别是通过股份形式，扩大了乡村集体和农民的经营份额，有利于实现农民参与的深层次转变，从而引导居民自觉参与他们赖以生存的生态资源的保护。

（五）“政府+公司+农村旅游协会+旅行社”模式

这一模式的特点是充分发挥旅游产业链中各环节的优势，即通过合理分享利益，避免了过度商业化，保护了本土文化，增强了当地居民的自豪感，从而为旅游可持续发展奠定基础。此模式各级职责分明，有利于激发各自潜能，形成“一盘棋”思想。具体来讲，政府负责乡村旅游的规划和基础设施建设，优化发展环境；旅游公司负责经营管理和商业运作；农民旅游协会负责组织村民参与地方戏的表演、导游、工艺品的制作、提供住宿餐饮等，并负责维护传统民俗的原真性，协调公司与农民的利益；旅行社负责开拓市场，组织客源。

（六）“政府+公司+农户”模式

从目前一些地区乡村旅游发展现状来看，这一模式其实质是政府引导下的“企业+农户”，即在乡村旅游开发中，由县、乡政府和旅游主管部门按市场需求和全县旅游总体规划，确定开发地点、内容和时间，开发过程中政府和旅游部门进行必要的指导和引导。引进外来投资者开发乡村旅游资源，旅游经营管理按企业运作，社区村民参与，利润由村民（乡村旅游资源所有者）和外来投资者按一定比例分成。除此以外，村民们还可以通过为游客提供住宿、餐饮等服务而获取收益。这个模式一是减少了政府对旅游开发的投入，二是使当地居民真正得到了实惠，三是减少了旅游管理部门的管理难度，因而是一种切实可行的乡村旅游经营模式。

表7.2　六安市乡村旅游发展模式选择

产品类型	发展模式	案　例
农户型	"农户 + 农户""公司 + 农户""政府+公司+农户"	各种农家乐、农事参与等
村落型	"公司 + 社区 + 农户""股份制""政府 + 公司 + 农户""政府+公司+农村旅游协会+旅行社"	主题文化村、乡村博物馆、民俗村、生态养生农庄等
农场型	"公司制""公司+社区+农户""股份制""政府+公司+农户""个体农庄"	观光农园、乡村营地等
企业庄园型	"公司制""公司+社区+农户""股份制"	乡村俱乐部、企业庄园等
产业庄园型	"公司制""公司+社区+农户""政府 + 公司 + 农户""股份制"	有机茶等各种产业庄园等

【案例研究】

六安市景区依托型乡村旅游调研报告[1]

为深入了解六安市乡村旅游和重点景区之间的互动关系，充分发挥乡村旅游在缓解黄金周期间重点景区接待压力等问题，我们对六安市景区依托型乡村旅游集中分布区国家AAAA级旅游景区万佛湖、国家AAAAA级旅游景区天堂寨（含燕子河景区）、国家AAAA级旅游景区大别山主峰白马尖进行实地调研。其中万佛湖景区主要涉及万佛湖镇、阙店乡、高峰乡和舒茶镇临近万佛湖景区的乡村，天堂寨景区主要涉及燕子河镇大峡谷村、天堂寨镇前畈村等，白马尖主峰景区主要涉及堆谷山村等。

[1] 本文部分内容以《天堂寨景区乡村旅游发展若干问题探讨》为题发表于《皖西学院学报》2014年第3期。

一、基本情况与存在问题

（一）万佛湖景区调研情况

万佛湖景区2013年"十一"黄金周共接待游客11万人次，其中70%为自驾游游客。游客主要来自长三角地区、北方阜阳、信阳以及合肥经济圈。此外，武汉客源市场大幅度增加。万佛湖景区共有一个四星级酒店（金水湾度假村），日均可接待600人住宿和1 000人餐饮。20个标间以上规模的乡村旅游或农家乐（凤凰度假村、在水一方、小木屋、徽翠山庄）日均可接待700人住宿和餐饮。其他20个标间以下小规模农家乐目前主要集中在万佛大道沿线以及景区内部。其中，白鹿村集中连片就有60多户，基本上为家庭式农家乐，平均每户拥有8~10个标间，每户日均可接待100人就餐。总体上看，万佛湖景区内部和临近地区已经建成经营的乡村旅游或农家乐日均能满足6 000~8 000人的住宿和餐饮。

目前，万佛湖景区乡村旅游（农家乐）发展呈现以下几个特征：

（1）乡村旅游（农家乐）发展渐成体系。万佛湖景区已经初步形成星级酒店—快捷式酒店—乡村旅游示范点—农家乐金字塔式旅游接待能力，高级酒店和农家乐功能互补，错位竞争，满足了不同层次游客的需求，形成了良性发展态势。特别是随着美好乡村建设的推进，景区周边农户充分利用美好乡村建设带来的基础设施和服务设施逐步完善的优势，加快住宿和餐饮条件的改善，积极兴办乡村旅游和农家乐，把农业生产和乡村旅游有机结合起来，获得了很好的旅游收入，同时也极大地缓解了黄金周期间景区星级酒店接待能力不足问题。

（2）景区住宿和餐饮价格波动很小。景区平时和旅游黄金周期间餐饮价格波动很小，住宿价格上涨幅度小于20%。其主要因素有两个：一是景区乡村旅游（农家乐）接待能力强，万佛湖过夜游客相对较少，景区黄金周期间接待压力主要集中在餐饮上，而餐饮正是乡村旅游和农家乐的优势所在；二是万佛湖交通便捷，距离舒城县城仅半小时行程，通往周边乡镇交通也很便捷，在很大程度上缓解了万佛湖景区黄金周住宿和餐饮压力。

（3）景区农家乐正经历升级换代。随着万佛湖景区创建AAAAA工作的推进，景区环湖路内侧规划建设高星级酒店，而外侧主要发展乡村旅游和农家乐。尤其是阙店乡的管岭、牛角冲、何店和峰岭四个村，充分利用其区位优势，把乡村旅游和农业种养殖经营、林业花卉苗圃、农林产品加工等结合起来，推动乡村旅游规模化、特色化、体验式发展，逐步形成了一村一特色的乡村旅游发展模式。

(二)天堂寨景区调研情况

天堂寨景区2013年“十一”黄金周共接待游客7万人次，其中80%为自驾游游客。游客主要来自长三角地区、武汉、北方阜阳、信阳以及合肥经济圈。截至目前，天堂寨景区共有旅游经营户200多家，日均可接待9 000人住宿和餐饮。其中，三星级以上星级酒店5家，日均可接待3 000~4 000人住宿和餐饮；农家乐和快捷宾馆日均接待5 000人住宿餐饮。除黄金周期间外，非周末景区游客日平均500~1 500人，周末日平均5 000~7 000人。此外，临近的燕子河大峡谷景区日均可接待1 000人住宿和餐饮。

目前，天堂寨景区乡村旅游(农家乐)发展呈现以下几个特征：

(1)黄金周期间景区接待压力巨大，超负荷运行。无论星级酒店还是农家乐，黄金周期间和旅游旺季周末期间景区“一房难求”，游客排队就餐，而非周末或旅游淡季(每年11月至次年3月)景区冷冷清清。游客量大幅度波动，导致以接待团队游客为主的星级酒店和小规模农家乐餐饮经营户居多，而规模化的乡村旅游或农家乐受经营成本、游客量巨大波动以及团队游客一般偏好选择三星级以上酒店住宿的影响发展缓慢。

(2)以餐饮为主的农家乐正逐步失去地方特色。以天堂寨吊锅、农家十大海为品牌，以原生态、绿色无污染原材料为特色的餐饮正逐渐消失，取而代之的是农家快餐店。其原因是景区游客近年来成倍增加，景区内食材供不应求，周边乡镇与天堂寨景区还没有建立稳定的特色农产品生产销售关系，零散的农产品生产难以满足大规模游客的需求。加上景区交通不便，游客难以到临近乡镇和县城就餐，导致旅游高峰期间游客在景区排队就餐，食材基本依赖景区外配送，景区特色餐饮“挂羊头卖狗肉”。

(3)景区住宿和餐饮价格波动很大。黄金周和旅游旺季周末期间，景区餐饮和住宿，特别是住宿价格大幅度上涨。星级以上酒店住宿价格基本上定位在挂牌价，普通标间基本上在400~500元。农家乐或快捷酒店更是随意涨价，平时标间80~100元上涨到300~400元。更有甚者，囤积空房，专门出售给那些没有预订房间的自驾车散客，按每人几百元住宿价格获取高额利润。部分游客或团队只得取消在景区过夜而赴县城等地方住宿，景区推出的各种吸引游客的优惠基本上被景区住宿和餐饮价格的上涨所抵消。但是，这种情况将随着大别山旅游快速通道的建成逐步得到改善。

(4)景区农家乐正向专业化和规模化方向发展。受景区区位、交通制约，天堂寨景区过夜游客居多。过去农家乐基本上能同时经营住宿和餐饮，户均接待20~50人住宿或餐饮。但随着景区发展和游客需求升级，游客对服务质量提出更高的要求，过去那种同时经营住宿和餐饮的农家乐难以提升服务质量，经营成本也居高不下。目前，景区农家乐正逐步向专业化和规模化方向发展，形成特色餐饮经营户、农家乐住宿专门经营户，农家乐集中分布，规模经营，专业发展，形成规模经济，农家乐的服务质量、服务技能以及经营管理的规范化和标准化均得到极大的提高。

(三)大别山主峰白马尖景区堆谷山村调研情况

堆谷山村坐落在大别山主峰白马尖南坡。一方面，长期以来，由于该村地处偏远，交通不便，村级经济十分薄弱，为霍山县26个贫困村之一；另一方面，该村植被丰富，景观优美，拥有白马尖、龙井河大峡谷等景点，盛产茶叶、蕨菜等土特产品，是休闲、度假和户外探险的理想选择。鉴于此，霍山县旅游部门被定为该村整村旅游推进工作的牵头帮扶单位，通过鼓励支持兴办农家乐，有力促进乡村旅游发展，进一步推动美好乡村建设。一是基础设施明显改善。结合美好乡村建设和乡村旅游发展，县里先后整合资金200万元修建了胡家河至堆谷山乡村旅游道路，路面宽度由村村通道路的3.5米增加到6米，较好解决了村民生产生活和旅游发展面临的交通瓶颈问题。二是村民生产生活环境得到改善。为发展乡村旅游，县里结合美好乡村建设，邀请专家对占地30亩的安家岭农家乐示范点进行统一规划建设，积极推进农村卫生改厕，新建卫生公厕，全面清理村庄内乱堆乱放、乱搭乱建。在农家乐集中区，加大河道沟渠整治疏浚力度，形成“水清、流畅、岸绿”的生态环境。三是村民致富步伐加快。堆谷山农家乐发展吸引了安徽省内外众多的登山、探险爱好者前来，自驾车旅游成为当地一景。堆谷山农家乐相继被安徽旅游局评为“我最喜爱的农家乐”“安徽省十大户外徒步旅游线路之一”，被安徽省旅游局、省农委授予“全省乡村旅游农家乐示范点”称号，已经成为全国20多家户外活动协会基地，全村直接或间接从事旅游业人口达500多人，村民收入大幅度增加。但从目前看，也面临很多问题，主要包括：

(1)村干部带头致富思想包袱重。通过与村干部座谈交流发现，在环境整治、公共基础设施建设等美好乡村建设过程中，村党员干部都能全身心投入,充分发挥了党员干部先进模范带头作用,村务公开透明,村民也给予充分信任和支持。但对乡村旅游发展,村干部基本上为旁观者,虽然对普通村民兴办农家乐也给予积极支持并出谋划策,但没有一位村干部自己成为乡村旅游和农家乐经营户。究其原因,一是认为村干部是为村民服务,不能自家去经营;二是如果村干部自己经营农家乐,即使合法经营致富,也会受到村民质疑,认为村干部自家经营肯定以权谋私;三是"面子""威信"问题,旅游业属于服务业,村干部认为自己经营服务业自然影响自己在村民中的威信。

(2)公共基础设施管理滞后。通过推进美好乡村建设,村容村貌焕然一新。但由于在前期建设中,基本上采取政府包揽一切的办法,道路修建、河道整治、卫生公厕以及房屋立面改造基本为政府投入,用的是"公家钱",村民基本上是被动接受,难以积极热心参与公共基础设施和服务设施的管理和维护。由于村民缺乏参与性,环境卫生以及公共基础设施管理维护目前只能临时由政府少量补助聘请本村人员管理,效果较差。

(3)供水供电存在严重问题。随着乡村旅游发展,外来游客越来越多,特别在周末和旅游黄金周期间,接待游客量是本地居民的十几倍。目前的水源只能保障村民正常的生产生活以及少部分游客用水,周末和节假日游客增加导致供水严重不足,住宿洗浴、卫生公厕等无法使用,游客投诉不断。而开辟新的水源则要长距离引水,村集体经济难以分担,而村民"一事一议"也难以获得一致。在供电方面,随着乡村旅游发展,本地农家乐经营户大量电器投入使用,外来游客也普遍使用电脑等用电设备,但由于目前山区仍然是小水电,电压不稳,极易造成电器损毁,每年农家乐经营大户电器损失基本上在万元以上。

(4)发展资金严重短缺。堆谷山乡村旅游发展初期,经营户基本上靠自己的原始资本积累,加上亲朋好友帮忙,利用自家房屋为游客提供简单的餐饮和住宿。随着乡村旅游发展和游客需求条件提高,乡村旅游已经向乡村面貌景观化、基础设施城市化、旅游服务现代化方向发展。但要实现乡村旅游这些转变,像过去那样小打小敲式改造和小规模资金滚动发展已经难以解决,而大规模发展则需要金融部门支持。但目前县里相关金融部门要求1万以上贷款需要公务员担保,贷款融资难问题已经严重制约了农家乐和乡村旅游可持续发展。

二、支持乡村旅游发展的对策建议

(一)更新观念,积极开展“党员致富工程”

要紧紧围绕“带头致富、带领致富”这个主题,大力宣传“双培富民”工程,积极鼓励乡村党员干部在乡村旅游发展中发挥示范带动作用,实现农村党建工作和经济建设的有机结合,为新形势下农村党组织增强凝聚力和战斗力开辟新的途径。

(二)加大支持力度,提升乡村旅游基础设施和服务设施的质量

要按照六安市人民政府办公室《关于进一步加快乡村旅游发展的实施意见》的总体部署和要求,结合美好乡村建设,科学编制乡村旅游发展规划、重点乡村旅游示范点或农家乐规模经营点详细规划。县区要整合资金,完善乡村旅游基础设施和公共服务体系,使乡村旅游点实现“三通”(通路、通上下水、通网络)、“三建”(建旅游停车场、建旅游购物场所、建游客中心)、“四改”(改厕、改气、改水、改厨)、“四保”(保生态、保民俗、保耕地、保质量),乡村旅游示范点或农家乐规模经营点实现乡村面貌景观化、基础设施城市化、旅游服务标准化规范化。

(三)加强监督管理,确保乡村旅游健康持续有序发展

一是加强乡村旅游经营的准入许可。依托乡村或景区成立乡村旅游(农家乐)管理办公室,进一步加强对经营户的监督管理。管理办公室成员单位主要由旅游、卫生、公安、消防、工商、环保等与乡村旅游经营密切相关的部门组成。只有相关部门按照行业标准验收合格后,工商部门才能发放营业证。对于过去经营的经营户,按照现行标准进行整改,验收合格后方可经营,否则相关部门在下年度年检时不予通过。

二是加强乡村旅游行业自律。要充分考虑乡村旅游现代服务业的特性,加快成立由乡村旅游经营户、配套服务户,以及其他农户等不同利益群体组成的乡村旅游协会组织,充分激发村民的主动性、创造性,增强全体村民合作共赢意识,通过协会组织协调解决利益均衡问题。要充分发挥经营大户的主体带动作用,带动村民参与乡村旅游发展,带头投资供水、环境卫生等公共基础设施和服务设施的建设管理维护,促进村民共享乡村旅游发展成果。

三是加强乡村旅游规范化经营管理的监督。要针对乡村旅游经营户经营管理中常见的不规范行为,按照相关标准,重点加强餐饮原材料采购管

理、客房保洁和床上用品换洗管理、厨房餐厅卫生管理等。由乡村旅游办公室牵头组织对经营户明察暗访,发现问题及时通报批评,并责令限期停业整改。限期整改未到位的,将由相关许可部门取消经营许可。

四是加强乡村旅游餐饮和住宿价格监督。由乡村旅游办公室牵头,物价等部门依据相关政策法规,结合实际,制定出乡村旅游经营户住宿和餐饮的指导价格和最高限价。对于在黄金周期间故意哄抬价格扰乱市场秩序者,物价等部门要按照相关政策法规予以严厉打击。

(四)加强教育培训,推进乡村旅游规范化标准化建设

一是加强乡村旅游标准的培训。重点加强旅游乡镇、旅游景区负责人、乡村旅游和农家乐经营户关于《创建优秀旅游乡镇评定标准》《乡村旅游示范村评定规范》《农家乐旅游服务质量等级划分与评定》等乡村旅游和农家乐规范标准的学习,指导地方政府和经营户科学规划,规范发展。

二是加强服务技能培训。重点强化客房、餐饮、前台服务技能以及礼仪培训。

三是加强安全卫生知识培训。重点加强客房用电、用气、食品卫生、厨房餐饮卫生、客房保洁等知识培训。

四是加强旅游特色商品和纪念品生产、经营的培训。重点加强农家乐经营户如何生产和包装特色农产品和旅游纪念品,以及如何利用网络等渠道销售特色旅游商品和纪念品等知识的培训。

五是加强政策法规知识的培训。以《旅游法》学习为重点,加强经营户政策法规的学习培训,让经营户知法、守法,依法经营,让经营户了解如何应对游客的投诉,如何依法化解与游客或旅行社之间的纠纷,如何依法保护自己的正当合法利益。

(五)加强督查考核力度,进一步营造发展乡村旅游良好氛围

出台六安市乡村旅游发展奖励和考核方案,每年对各县区和市有关部门支持乡村旅游发展情况进行考核评价,对考核先进县区予以表彰奖励,对连续两次考核不合格县区予以通报批评。各县区也要制定相应的考核办法,探索建立对农户的考核奖励措施,对达到乡村旅游服务标准的农户给予一定的资金奖励支持。

第八章　六安市自驾车旅游开发研究

自驾车旅游是源于自助旅游的一种类型，是一种有别于传统集体参团旅游的新的旅游业态，是以自驾车为主要交通手段的旅游形式。

第一节　六安市自驾车旅游开发SWOT分析

六安市发展自驾游，优势、劣势、机遇与挑战同在。

一、优势分析

（一）旅游资源丰富，空间分布集中

六安市山川锦绣，人文荟萃，旅游资源十分丰富，且空间分布十分集中，尤其是南部大别山地区，景点类型众多，便于自驾车游客根据不同偏好选择自己的出游线路，具有很好的组织灵活性，能够满足自驾车游客的需求。

（二）优越的生态环境

六安市地处大别山腹地，气温、降水、土壤及地理条件适宜各种树木生长和各类野生动物生存。区内物种多样，区系成分复杂，拥有多种珍稀特有物种，保存有我国北亚热带比较完整的天然阔叶林，是我国南北物种气候带过渡区域最大的动植物基因库之一，生态环境优良，常年适宜旅游。

（三）日益完善的公路交通网络

近年来，六安市旅游交通条件发生了巨大变化，基本改变了过去“进出难”的问题。公路系统四通八达，形成以312、105、206国道为主骨架，以六安通往各县区的快速通道为支线，连接城镇、辐射乡村的公路交通网络，为自驾游线路的设计提供了有力的支持。

（四）优越的区位条件

六安市位于安徽省西部，大别山北麓，贯淮淠而望江海，连鄂豫而衔中原，是大别山沿淮经济区的中心城市。东邻合肥，南接安庆，西连信阳，北通淮南、阜阳。依托长三角这一全国最大、最有经济实力的消费群体，自驾游的客源市场相当广阔。

（五）政府支持力度加强，居民参与意识强

六安市委、市政府近年来实施了优先发展旅游的战略，形成了六安市人民支持发展旅游业的良好氛围。先后出台了许多优惠政策，为投资者创造了良好的投资环境，一大批旅游重点项目陆续开工建成，为日益引起重视的自驾游的发展创造了良好的条件。

（六）大别山地区的地形条件满足了自驾游的需要

大别山地区中山面积约占全部山区15%，其余多为低山丘陵。山间谷地宽广开阔，并有河漫滩和阶地平原，是主要农耕地区。山地多深谷陡坡，地形复杂，坡向多变，坡度多在25°~50°。险峻的坡度、弯道等地形条件，符合现代人挑战自我的精神需求，很适合自驾游的发展。

二、劣势分析

（一）自驾游信息缺乏

一个城市，要建设自驾游基地，必须完善道路交通标识系统，完善信息与预订服务系统。然而随着自驾游的发展，六安市的旅游信息系统不完善的问题日益凸显出来，对于规范交通标志牌做了大量的工作，但目前编制"自驾游交通手册"等工作仍显滞后。

（二）配套设施和服务缺乏

自驾游对旅游基础设施具有很大的依赖性，但六安现有的旅游基础设施，如加油站的空间布局、紧急救援服务等方面，都已远远落后于自驾游发展的需求。同时，政府和行业也缺乏相应激励政策，普遍缺乏价格折扣，导致目前自驾游的费用居高不下。其中，特别是道路收费，已成为自驾车出行者最大的一笔开支。此外，旅行中支付、取款、使用信用卡等金融服务也不够方便，这些问题使自驾游的乐趣大打折扣，制约着自驾车旅游者队伍的稳定和扩大。

（三）安全保障缺乏

由于自驾车游客本身驾驶经验不足、对路况不熟、疲劳驾驶、开快车等原因，自驾游“车毁人亡”偶有发生。此外，极个别地方治安状况较差，导致自驾车游客半路被劫、露营被盗、被伤等问题偶有发生。

（四）“汽车旅馆”的空白

自驾车流动性强，对旅游饭店位置要求不高，却要求接待自驾车游客的饭店应该有满足泊车需要的大型停车场，最好能为自驾车提供基本的清洁、维修和保养服务。目前，“汽车旅馆”在国内一些发达的旅游城市已经悄然兴起，但六安在这方面仍基本一片空白。

（五）综合效益低

正是因为配套设施和服务的缺乏以及“汽车旅馆”的空白等原因，大别山地区的自驾游即使带来了大量的高端客户，也带来不了丰厚的综合效益。综合效益低下，也是目前大别山地区自驾游发展的劣势所在。

三、机遇分析

（一）自驾游的兴起

随着人们生活水平的提高，私家车数量骤然增加，同时闲暇时间增多，对休闲娱乐及个性化生活的追求，使自驾游的浪潮即将来临。

（二）国民对于自然生态景区的偏好

随着国民生态保护意识的增强，对于自然生态景区的旅游偏好，有利于六安大别山地区生态旅游的建设。

（三）区域合作不断深化

目前，横跨鄂豫皖三省的大别山旅游发展区域合作问题日益引起各方关注，共同打出大别山品牌进行组合包装、整体营销势在必行。

（四）交通网络的优化

随着六安市及周边区域多条高速公路、铁路的建成及低等级道路级别的提升，交通网络不断优化，给自驾游的发展带来了巨大的机遇。

四、挑战分析

（一）法律法规尚不成熟

与私家车急剧增多的现状不相配套的是，目前全国尚无一部成文的关于自驾游的法律法规。即便出了什么事故，旅游局也只有参照旅行团队的相关规定来处理。这不管对游客还是对旅游执法机构都成了一个突出的难题。

（二）接待能力面临巨大挑战

随着自驾游的发展，吃饭、住宿、停车、安全、补给、医疗救助等问题也将接踵而至，“走得慢、吃得差、住得挤”将成为自驾族的“群体体验”。随着私家车数量的骤然增加，突如其来的自驾游狂潮会让景区有限的接待能力、落后的自驾游配套设施、严重缺失的汽车旅游服务等“病症”暴露无遗。这种市场先动而管理和配套服务明显不足的现象，普遍存在。

（三）对旅行社业务的冲击

自驾车游客的增多预示着旅游消费形式的改变，对旅行社业务有一定的冲击，影响到旅行社组团业务的开展。众多游客纷纷转向张扬个性与自由的自驾游，这也使传统的中短线旅游市场参团人数出现下降趋势。

（四）周边地区竞争的加剧

其他旅游地，特别是周边城市的竞争，使得旅游业投资风险增大，发展成本提高。六安市周边省、市都把旅游业作为国民经济的支柱产业来加以培育和发展，且旅游资源具有较强的相互替代性，旅游产品结构大体趋同，旅游客源市场定位也基本相似。这对六安市自驾游的发展是一个巨大的威胁。六安必须制定科学合理的自驾游发展战略，一方面加强区域合作，另一方面注意发挥优势，寻求差异化发展。

第二节　六安市自驾车旅游发展现状与存在问题

为进一步了解六安市自驾游发展情况，我们分别于2008年5月26日至5月31日在天堂寨景区、7月4日至7月8日在万佛湖景区进行了自驾车游客问卷调查。现场共发放问卷650份，回收623份，回收率为95.8%。其中，有效问卷为584份，有效率为89.8%。2008年天堂寨和万佛湖均已成为国家AAAA级旅游景区，自驾游发展相对成熟，在六安自驾游市场中具有代表性，基本上能反映六安市自驾游发展水平。

一、六安市自驾游发展现状

(一)自驾游市场基本状况

问卷调查显示,2008年两景区的外省客源占客源总数的64.5%,本省客源占35.5%。市场份额占有量位于前六位的客源省市分别是安徽、江苏、浙江、上海、湖北、河南,这六大客源地共占国内游客总量的74.5%。从目前客源的空间位置上看,80%的游客大致分布在半径为400千米、车程不超过5个小时的区域内。主要目标市场是安徽、上海、江苏和浙江等近程市场,而来自其他省份的一些游客,大多是从事公务或旅游活动而顺便到六安市旅游。

(二)市场人口学特征

根据上述调查,天堂寨和万佛湖景区的自驾游具有以下人口学特征。

(1)年龄特征。中青年是主要目标顾客群,少年儿童、老年人两个群体处于次要市场地位。

(2)性别。男性游客居多(67.8%),符合主流市场特征,但应注意女性市场的巨大潜力。

(3)学历。平均文化程度较高,自驾车游客中,大专学历以下占44.9%,大专学历占28%,本科学历占18%,硕士学历占7.2%,硕士以上学历占1.9%。他们对生态、休闲、度假、文化、民俗产品具有较高的消费倾向。

(4)家庭月收入结构。以中档收入阶层为主,2 000~5 000元收入阶层占40.3%,说明旅游消费具有一定的潜力。

表8.1 家庭月收入结构

收入(元)	<2 000	2 000~5 000	5 001~8 000	8 001~10 000	10 001~15 000	15 001~20 000	>20 000
比例(%)	16.1	40.3	22.1	6.9	3.7	2.8	8.1

(5)职业。私企老板、事业单位、国企员工、自由职业者约占71.2%,是主要客源,他们也对旅游流行趋势具有引导作用。

(6)重游倾向。出游2次以内的占66%,重游率较低,说明六安要不断提升老产品的内涵、加大新景点的开发来保持持续的旅游吸引力。

(7)交通工具类型。轿车所占比例最大,为40.60%,说明自驾游正越来越流行。

表8.2　交通工具结构

交通工具	小轿车	商务车	越野车	其他
比例(%)	40.6	22.3	20.2	16.9

(8)出游形式。亲人、朋友、同事是主要的出游同伴，因此应充分考虑旅游的人性化服务。

表8.3　出游形式结构

出游形式	全家	朋友(同事)	汽车俱乐部	其他
比例(%)	35.7	40.1	2.3	21.9

(9)信息渠道。亲戚朋友、旅游宣传片、互联网、电视成为主要的信息渠道，应充分重视此类营销手段。

表8.4　信息渠道结构

信息渠道	电视	报刊杂志	亲朋好友介绍	旅游宣传品	网络	旅行社	其他
比例(%)	12.3	9.5	30.7	21.3	15.1	5.2	5.9

(10)出游目的。休闲正成为游客旅游的主要动机。

表8.5　出游目的结构

出游目的	休闲度假	观光游览	挑战自我	强身健体	净化心灵	探险摄影	随心所欲	其他
比例(%)	32.8	25.3	9.2	14.5	2.7	1.9	4.4	9.2

(11)选择旅游产品。旅游者对旅游资源兴趣点的排序是休闲娱乐、生态休闲、山水观光、民俗体验、康体疗养、宗教朝圣。

表8.6　旅游产品偏好结构

旅游偏好	山水观光	生态休闲	休闲娱乐	民俗体验	宗教朝圣	康体疗养
比例(%)	17.35	25.17	26.56	16.30	5.10	9.52

(12)愿意停留时间。随着人们休假时间的增多，人们外出旅游的时间也相应增多。

表8.7　愿意停留时间结构

停留时间	一天	二天	三天	三天以上
比例(%)	9.91	20.54	42.82	26.73

(13)消费支出。根据表8.8，中高等消费应在旅游产品开发中得到充分

重视。

表8.8　消费支出结构

消费支出(元)	<500	500~1 000元	1 000~2 000元	2 000~3 000元	>3 000
比例(%)	10.35	27.54	34.58	19.25	8.28

(14)住宿类型。住宿舒适与否成为游客感受的重要因素,尤其应注重酒店的特色。

表8.9　愿意停留时间结构

类型	星级酒店	特色酒店	普通宾馆	家庭旅馆	其他
比例(%)	31.97	41.16	8.84	14.29	3.74

二、六安市自驾游存在的问题

在我国,自驾游目前尚是一种不成熟的旅游新产品和旅游活动方式,在开发运作过程中还存在着许多问题。

(一)自驾游配套设施及服务严重落后

通过调查发现,相应的配套设施建设远远滞后于自驾游的发展。配套服务、设施较为滞后;自驾车游客的安全和权益保障不完善;旅游消费缺乏保障,车辆维修、信息咨询服务、道路标志不够方便等。

表8.10　游客对天堂寨、万佛湖配套设施和服务评价分值

评价项目	旅游信息	配套服务	配套设施	公路网	旅游消费保障	安全救援系统	车辆维修服务质量	信息咨询	道路指示标志
天堂寨	3.48	3.27	3.16	3.24	3.27	3.21	3.19	3.26	3.11
万佛湖	4.41	3.29	3.19	3.12	2.63	2.41	2.99	3.15	3.18

(5分制:1——很差;2——差;3——般;4——好;5——很好。)

(二)游客或旅游组织者准备不够充分

一是对目的地未做全面了解,未预订食、宿。二是出发前不检查和保养车辆。在高速公路或是弯道多的山路上作长时间的高速行驶时,稍有机械或者轮胎问题都会构成安全隐患。三是驾驶经验不足,对道路不熟悉,不携带应急的修车工具、易损零配件,不具备基本的维修车辆的能力。

（三）自驾游产品不够丰富，产品单一

自驾车旅游产品较为单一，基本上是一些初级的观光旅游产品，如田园风光、乡村风景、民俗风情以及一些历史文物古迹，缺乏体验性娱乐项目和适合夜晚进行的项目，游客基本上是"白天游玩，晚上睡觉"局面，这严重制约了六安旅游产品进一步深化发展。

表8.11　游客对天堂寨、万佛湖的旅游体验分值

评价项目	田园风光	乡村环境	娱乐项目	民俗特色风情	历史文物古迹	其　他
天堂寨	3.95	3.81	3.05	3.31	3.30	3.33
万佛湖	4.12	4.14	4.05	3.6	3.33	3.6

（5分制：1——很差；2——差；3——般；4——好；5——很好。）

（四）景区基础设施落后

1. 软件方面的不足

调研发现，两处景区的游客都认为景区的旅游指示标志不明晰，信息咨询较为不便，景区管理不规范，较为混乱；近20%的游客认为景区的导游存在一定的问题；景区基本上没有安全救援系统。

表8.12　旅游软件不足分析（占受访者人数%）

评价项目	旅游标识	旅游救援和管理系统的协调性	管理系统的协调作用	信息咨询	导游讲解	导游地图的完善度	其他
天堂寨	16.16	20.45	9.64	25.30	19.91	15.04	4.78
万佛湖	12.38	18.77	5.01	25.10	20.43	15.58	2.64

2. 硬件方面的不足

调研发现，景区公路在硬件方面不足的问题最为突出，其中，万佛湖略好于天堂寨。两地均没有汽车旅馆，由于游客基本上都是就近居住在景区附近的酒店，所以问题并不突出。万佛湖景区有六个停车场，基本能满足自驾车游客的停车需求，但天堂寨景区问题较为突出。在其他硬件方面，如自驾车服务接待站、汽车补给站、紧急维修站等基本没有或者数量极少，不能满足自驾游迅猛发展的需求。

表8.13 旅游硬件不足分析(占受访者人数%)

评价项目	保险索赔	意外情况	收费站	加油方便程度	公路系统完善程度	道路状况	其他
天堂寨	1.23	6.10	16.81	15.49	17.03	32.65	10.69
万佛湖	5.31	10.40	12.37	18.59	22.78	20.17	10.38

3. 自驾车出行中遇到的问题

道路状况不理想是自驾车游客出行遇到的最为常见的问题。由于天堂寨景区地处山区,问题更为严重。目前,涉及自驾游的保险索赔问题在我国还不多见,被调查者也只有很少一部分人在意此类问题。收费站较多,导致自驾游的成本增加;加油不够方便,沿途加油站较少,各种各样意外情况的发生也逐渐被自驾车游客所重视。

(五)服务质量亟待提高

至于两个景区行政管理人员、导游人员、景区接待人员、宾馆接待人员服务质量,游客一致认为景区接待人员的服务质量不高,导游人员的服务质量差强人意,而景区行政管理人员和宾馆接待人员的服务质量也存在着不同程度的问题。表8.14是天堂寨景区和万佛湖景区服务管理质量的调查情况,表中百分比表示受调查人员对景区行政管理、导游、景区接待和宾馆接待四类人员服务不满意的程度。

表8.14 服务管理质量调查

评价项目	行政管理人员服务质量	导游人员服务质量	景区接待人员服务质量	宾馆接待人员服务质量
天堂寨(%)	20.12	25.47	38.84	15.57
万佛湖(%)	13.29	30.05	35.43	21.23

第三节 六安市自驾车旅游空间布局与服务体系

一、六安市自驾游服务基地空间布局

以“空间延伸、提升改造、业态创新、相互融合”为开发建设思路,拟建成自驾车营地、自驾车综合服务中心、自驾车风景道、自驾车服务驿站等四类

自驾游服务基地,为自驾车游客提供现代汽车影院服务、各类露营服务、温泉等养生度假服务、拓展训练体验服务、文化体验服务、农事采摘参与活动、夜间室外烧烤和娱乐活动、儿童娱乐、旅游购物、接待管理服务以及多功能综合性服务等。

(一)六安市自驾车营地空间布局

自驾车营地通常由管理区、营位区、配套区、休闲区等四大功能区组成。

(1)管理区。包括信息中心、接待室、办公室、值班室、会议室、餐厅、商店以及医务室等服务设施。

(2)营位区。包含非旅居车(自驾车)营位区、旅居车营位区、木屋区和帐篷营地等设施。

(3)配套区。包含盥洗间、公共洗衣间、开水房等生活设施,提供停车场、加油、维修、加水等服务。

(4)休闲区。包括综合广场、室内娱乐(含购物)、探险、攀岩、垂钓、漂流等休闲体验场所。

根据六安市旅游景区(点)空间分布格局和旅游交通发展状况,未来六安市重点建设自驾车营地如表8.15所示.要根据营地布局,全面完善景区(点)自驾游功能,加强与周边景区(点)联动,构建富有特色、交通便捷、功能完善的六安市自驾游网络。

表8.15 六安市自驾车营地布局

县(区)	自驾车营地
金安区	悠然南山自驾车营地、大别山地质探险公园自驾车营地
裕安区	独山自驾车营地
舒城县	万佛湖自驾车营地、万佛山自驾车营地、西汤池自驾车营地
霍山县	大别山主峰白马尖山野自驾车营地、佛子岭自驾车营地、铜锣寨—陡沙河温泉自驾车营地、衡山满路桥自驾车营地
霍邱县	临淮岗自驾车营地
寿 县	瓦埠湖自驾车营地、八公山自驾车营地

(二)六安市自驾游综合服务中心空间布局

自驾游综合服务中心为自驾车游客提供旅游咨询、行程设计、景区(点)介绍、线路导航、景区(点)协调、娱乐休闲活动推荐、旅游食宿和农家乐预订、联系道路施救、旅游途中救援以及景区(点)票务、导游、购物、户外拓展等服务，应该成为功能完善、服务便捷、车友喜爱的“自驾车友之家”。

自驾游综合服务中心有四大基本类型：落地自驾游综合服务中心，省界自驾游综合服务中心，景区互动型自驾游综合服务中心，城市自驾游综合服务中心。六安市自驾游服务中心布局如表8.16所示。

表8.16　六安市自驾游综合服务中心布局

综合服务中心	布　局
落地自驾游综合服务中心	合肥新桥国际机场、六安火车站、金寨火车站
省界自驾游综合服务中心	六安罗集自驾游综合服务中心
景区互动型自驾游综合服务中心	八公山自驾游综合服务中心、霍山自驾游综合服务中心
城市自驾游综合服务中心	六安市主城区自驾游综合服务中心

（三）六安市四大自驾车风景道空间布局

风景道是具有交通、景观、游憩和保护等多重功能有机结合的特殊景观道路。自驾车风景道是针对自驾车游客的体验要求，在原有风景优美、条件较好道路的基础上，经过必要的改造或增加附属设施，或者围绕相关景区（点），专门为自驾车游客开辟的，能够为游客提供非凡自驾体验的专用或者兼用自驾车旅游线路。

从区域旅游资源分布和旅游交通格局看，六安市可以规划建设四条自驾车风景道，即六安茶谷自驾车风景道、大别山北坡自驾车风景道、六安城区—万佛湖百里画廊自驾车风景道、六安城区历史文化自驾车风景道，这四大自驾车风景道在空间上构成“井”字形结构。

（四）六安市自驾车服务驿站建设

自驾车服务驿站是在目的地道路沿线设立，能够为自驾车游客提供相关服务的站点，其主要功能包括信息咨询、加油、餐饮购物、车辆维修保养等。自驾车服务驿站应结合加油站、交通节点、居民点设置。

二、六安市自驾游服务体系

（一）自驾游线路服务

以“寻找中国最美茶乡之旅”“追思大别山红色圣地”“山水古镇游”“徽韵印象游”等为主题，设计六安市自驾游线路及外围联动自驾游线路。分析自驾车游客的类型及市场需求，本着以满足自驾车游客的需要为根本，以标准化、特色化、现代化及便利性为准则，以旅游交通网络体系为依托，串点成线设立自驾车营地，充分展示六安旅游资源产品的特色。

（二）自驾车信息服务

搭建六安市自驾游信息服务平台，建立六安市自驾游网站，开通自驾游服务热线，并编制《六安市自驾旅游手册》《六安市自驾旅游导游图》《六安市自驾旅游营地》，内容涉及线路推荐、设施指引、接待服务等板块。同时，建立对外门户网站，全面介绍相关自驾车信息，实现实时交流、动态查询（包括旅游景区、交通道路、住宿餐饮设施、自驾车营地、主要标志物等内容的电子地图）功能。

（三）自驾车安全保障服务

自驾游有其特殊性，必须建立一套完备的自驾游安全保障体系。

在自驾线路陡坡地带设置安全护栏，旅游公路间隔设置隔离线与减速带，山路急弯处设置交通反光镜，制定夜间驾驶交通管制规定，通过临检、陆控等方式严格执行。自驾游线路沿途按合理距离间隔设求救电话号码提示牌，在自驾车手册上分区域的求救电话、各种类型汽车修理厂、维修站的联系电话应尽量翔实。在公路沿线用醒目标志公布距离最近的乡镇、县医院的地址和医疗求救电话，发挥其临时医疗急救点和中转点的作用。同时，在沿途道班配备基本的医疗急救设施，让自驾车游客能在第一时间向外求救和自救。以六安市现有中心医院为依托，设立自驾车医疗急救中心。开展交通安全宣传，加强公路养护、险情预防工作，提高交通监控系统的监控能力。

（四）自驾车交通服务

完善交通功能配套设施，进一步推进通景公路建设，为自驾游铺平道路。完善交通引导及导览、道路交通引导、景区（点）以及自驾车营地导览标识系统。同时，在充分考虑旅游区位的便利性、汽车服务的完整性以及价格优势等要素的基础上，结合自驾车营地、旅游区建设，尽快合理布置建设汽车旅馆。

（五）自驾游专项服务

（1）汽车租赁服务。坚持“以人为本”的全方位服务理念，依托自驾车营地建设，提供遍布全市的汽车租赁服务点，引入汽车租赁公司，提供汽车租赁服务，采用特许经营的运营模式，制定统一的管理规定和业务流程，提供异地还车与送车上门服务，完善服务保障体系。

（2）落地自驾与“后备箱”服务。依托六安市丰富的旅游商品资源，在游客到达目的地之后，购买六安市当地的特色产品，让游客把汽车的后备箱装满，对六安旅游业发展具有营销、推广、品牌化等带动作用。

(3)“一卡通”服务。“一卡通”是针对自驾游推出的金融服务产品，服务范围包括收费公路费用支付、加油费用支付、旅游巴士和旅游专线车票支付、自驾车租赁免押金凭证和费用结算、景区(点)门票支付等。“一卡通”主要服务对象有六安本地居民，进入六安市的外地及国际自驾车游客，停留时间较长的外地旅游者，到六安出游频率较高的游客。持有“一卡通”的游客，享受加入安徽自驾旅游一卡通服务体系的所有服务网点产品折扣、特价优惠和奖励。

(六)自驾游接待服务

住宿设施类型要多样化，可以设置帐篷、木屋、木屋别墅、移动车房、汽车旅馆等，露营可以作为自驾游营地一大特色进行开发。自驾车营地可以为游客提供时鲜蔬菜等原料或地方特色美食，也可以提供具有地方风味的特色餐饮服务，或提供灶具、餐具租赁及原料供给等服务，还可以为游客提供地方土特产、工艺品等旅游商品的购物服务。对于自驾车游客，由于其具有高端消费、家庭、亲友结伴出游、物品携带方便等特点，旅游购物量大，购物消费比例也将高于其他游客。休闲娱乐可以分为室内与户外两种。自驾车营地可以提供康体、游戏等室内服务设施，也可提供简单的户外场地与设施，如篮球场地、迷你高尔夫球场、沙滩排球场等。另外，可根据营地地域特点，开展户外活动等。

第九章　六安市军事旅游资源开发研究[1]

属于非大众旅游的军事旅游正在成为旅游产业发展的一个新兴领域。六安地处战略要地，发生过众多的战事，涌现出许多杰出的军事人物，留下了丰富的军事活动遗址，这为六安市军事旅游资源开发提供了丰富的资源条件和活动空间。本文在对六安市军事旅游资源分析评价的基础上，提出了六安市军事旅游资源开发的基本原则和思路，并对其空间布局和产品设计进行初步探讨。本文研究特别为大别山红色旅游项目的规划和实施提供理论准备。

20世纪50年代以来，随着国际环境相对缓和，世界经济持续发展，社会文化不断繁荣，普通居民可支配收入与闲暇时间增加，世界旅游业一直保持快速发展的产业态势。军事在战争期间与旅游格格不入，而在和平时期，若干军事内容却可以成为重要的旅游资源，军事旅游资源开发备受关注，属于非大众旅游的军事旅游正在成为旅游产业发展的一个新兴领域。发展军事旅游，有利于培养公众的爱国主义情操和热爱和平的思想，有利于开发旅游市场、丰富旅游产品结构、扩大旅游规模、建立和完善旅游体系，特别是配合红色旅游的开发，具有非常重要的意义。

第一节　军事旅游资源类型与特征

凡是与军事有关的且能吸引旅游者前往观赏、探究、体验的旅游资源均可称之为军事旅游资源。以此界定，则军事旅游资源种类极为丰富，涉及范围相当广泛。依据其内涵与功能，军事旅游资源一般可分为以下几种类型。

[1]本文部分内容以《六安市红色旅游资源开发问题研究》为题发表于《皖西学院学报》2008年第2期。

一、军事历史遗迹及纪念地

军事历史遗迹,特别是近代两次世界大战的战场旧址具有很高的学术研究、纪念和旅游价值。世界各地为悼念阵亡将士和记载重大历史事件而修筑的纪念馆、纪念碑不可胜数。这类旅游资源具有真实性、庄重性和不可替代性等特征,给旅游者提供了学习、验证历史和凭吊先烈、寄托和平愿望的去处。如我国中日甲午海战、抗击八国联军入侵、红军长征、八年抗战、解放战争等,其历史遗迹和纪念地俯拾皆是,万里长城、圆明园遗址、北京焦庄户地道战遗址、广东东莞虎门炮台等都已成为旅游热点。

二、军事博物馆

军事博物馆是对人类军事活动见证物进行研究、采集、保存、传播和展览的场馆。军事博物馆具有真实性、永久性、综合性的特征,往往在展示军事实物的同时,配以详尽的解说,使游客达到了解整个军事专题完整知识的目的,同时也使游客在此回溯军事历史,缅怀英烈,领悟军人的智慧、经验和勇往无惧的精神。如著名的德国帝国大厦、莫斯科苏联军事博物馆、北京中国军事博物馆、青岛海军博物馆、延安革命纪念馆、南昌八一起义纪念馆、北京卢沟桥抗日战争纪念馆等,无不显示出巨大的军事旅游价值。

三、开放的军营及军用装备

在世界战略局势相对稳定的形势下,一般的现役军营及军用装备的保密程度相对降低,其作战功能趋于弱化,而养护投入相对加大。许多国家或地区都将军营及军用装备向公众开放,在普及国防教育的同时,也获得了一定的经济效益。此类资源主要包括军队驻地营房、防空洞、发射场、装甲车辆、军用舰艇、作战飞机、军事演练场、作战通信基地等。旅游者籍此可以触及许多鲜为人知的军事秘密,直接观察、了解现役军队状况,具有很强的真实性、现役性和神秘性,因而是许多旅游者梦寐以求的旅游项目。

四、国防训练基地

国防训练基地是由各级政府、以训练预备役军人和民兵为主的军事场所,包括国防大楼、训练场和靶场等军用设施。预备役军人和民兵平战结合，定期集训，其季节性和时段性比较突出，可以和旅游有效结合起来。同时，国防训练基地具有普及性、教育性和灵活性等特点，可以通过军事知识展览、军事沙龙、军事讲座、队列操练、武器操作培训、实弹射击等项目综合教育，使旅游者初步具备军人的品质意志、组织纪律和价值观、苦乐观，学会武器的简单操作和军队常识，培养公众国防意识，为未来反侵略战争广泛培养国防人才。

五、大型综合性射击场

大型综合性射击场是将具有杀伤力的武器提供给游客对靶标进行射击娱乐的活动场所。所使用武器分为民用与军用两类，均以轻武器为主。民用武器主要是气枪、猎枪等，用于体育训练、狩猎、娱乐等场合。军用武器包括现役手枪、步枪、冲锋枪、机枪、火箭筒等，用于体验射击和竞赛。如1987年我国第一家对外开放的军用武器射击场——中国北方国际射击场，具有真实性、娱乐性和刺激性的特点，游客可以在享受射击之乐的同时增长见识。

六、大型军事演示馆

大型军事演示馆主要是适应现代战争和未来战争需求，运用现代声、光、电等技术手段演示军事活动的过程，具有技术性强、信息传递效率高、培训费用相对低廉等特点，对培养旅游者军事高科技意识和启迪军事智谋思维具有积极的意义。军事演示馆旅游项目较多，如战斗机、坦克、太空船等装备的驾驶、射击、电子模拟座舱，其使用效果与真实武器几乎相同。模拟战争的电子游戏软件已风靡世界，旅游者可以在服务人员指导下进行战场的战略战术对抗，领略军事指挥乐趣。此外，精密兵器模型的制作与战争竞赛、逼真的沙盘军事作业、武器实物的分解与装配、历史上著名战役的动态重演、现代战争场景示范以及军事行动常识的电化教学等，都是组成军事演示馆的重要内容。

七、军事模拟战场

军事模拟战场从武器外观、军服、行动方式、战术和指挥等方面都接近实战战场，它与实战的区别仅是武器不会伤害对手。军事模拟战场活动项目已在世界十分流行，通过模拟战场，旅游者可以在安全条件下亲身体验真实战场的感受，满足自己对模拟战斗、军中生活和野外生存的好奇心，学会适应未来战争条件下生存和歼敌方式，具有逼真性、刺激性和娱乐性的特点，是广大军事旅游爱好者最喜爱的旅游项目之一。如伦敦战争博物馆是一座巨大的防空洞，除了陈列各种武器外，最吸引游客的就是模拟二战时遭德国轰炸机袭击的紧张氛围，游客宛如亲历战争，每天要求体验者达2 000多人。

八、军事影片及其摄制道具

观看军事影片是军事旅游爱好者喜爱的项目。军事影迷在军事影片中寻求娱乐、刺激，感受战争场景，学习军人品格，研究战略战术。世界上有许多著名的军事影片，例如，英国以先进武器见长的007系列影片，美国反映高技术的科幻影片《星球大战》，中国场景恢宏真实的《大决战》，战斗惨烈的苏联纪实片《莫斯科保卫战》等，均在观众中产生强烈反响。同时，军事影片摄制道具和场景以其逼真性、可娱乐性、教育性和艺术性也深受旅游者青睐。一部著名军事影片推出后，其摄制道具与场景常成为吸引旅游者参观的项目。

九、时节性军事活动

时节性军事活动是指定期或非定期开展的军事活动，武器展览、飞行表演、军事夏令营、军事演习、军队仪式等均属此类，具有客户群体广、活动时间短、观赏性强等特征。飞行表演队是传播友谊、展示国威、进行国防宣传的有效方式。如美国“雷鸟”飞行表演队曾经到过世界50多个国家和地区，表演2 800多场次，观众数亿人。中国“八一”飞行表演队是世界著名表演队之一。巴黎、法茵堡、柏林、亚太四大世界航空展，则为普通公民展示了军用飞机的神秘。在中国，从1986年北京国际防务技术展览会，到1996年珠海的国际航空航天博览会的多次军事博览会，均引起了轰动效应，吸引了数十万人前往参观。1984年国庆节北京盛大的阅兵式和1995年纪念二战胜利五十周年莫斯科盛大的阅兵式都是世界闻名的。1997年7月1日中国人民解放军驻香港部队进驻香港仪式，是海内外民众争相目睹的壮观场面，其历史意义非凡。

第二节　六安市军事旅游资源评价

六安地处战略要地，古诗赞曰："屏障东南水陆通，六安不与别州同。山环英霍千重秀，地控江淮四面雄。"在这里发生过很多重大事件，对中国历史进程产生了一定的影响。六安又是全国著名的革命老区，境内曾点燃了"立夏节起义"和"六霍起义"的烽火，诞生了中国工农红军第四方面军，走出了108位新中国开国将军，留下了刘邓大军千里跃进大别山的光辉足迹，享有"红军故乡、将军摇篮"之盛名，是中国新民主主义革命战争时期的重要根据地之一。从秦晋八公山淝水之战到解放战争刘邓大军千里跃进大别山，在六安这片土地上发生过众多的战事，涌现出无数位军事人物，留下了丰富的军事活动遗址，这都为六安市军事旅游开发提供了丰富的资源条件和活动空间。

一、六安市历代战事资源

历代战事是军事旅游开发特别重要的资源条件。根据《旅游资源分类、调查与评价》(GB/T 18972—2003)拟定的旅游资源评价体系与标准，结合军事旅游资源本身的特点，主要从知名指数和开发指数两个评价项目对相关战事进行评级。知名指数是对战事知名度的评判，主要包括战事本身的知名度、历史影响价值、涉及人物的知名度等3项评价因子。开发指数是对战事相关旅游产品开发的潜力评判，主要包括是否有物质遗存、遗存品位与体量、遗存旅游开发程度等3项评价因子。其具体的计分方法如表9.1所示。

表9.1　军事旅游资源评价赋分标准

评价项目	评价因子	赋分等级	资源级别
知名指数(100分)	本身知名度(40分)	四级赋分	
	历史影响价值(30分)	四级赋分	
	涉及人物的知名度(30分)	四级赋分	
开发指数(100分)	物质遗存(20分)	四级赋分	
	遗存品位与体量(40分)	四级赋分	
	遗存旅游开放程度(40分)	四级赋分	

根据表9.1对旅游资源单体进行评价，得出该单体旅游资源综合因子评价赋分值；然后依据旅游资源单体评价总分，将其分为五级，从高到低依次为：

五级旅游资源，得分值域≥90分；

四级旅游资源，得分值域≥75~89分；

三级旅游资源，得分值域≥60~74分；

二级旅游资源，得分值域≥45~59分；

一级旅游资源，得分值域≥30~44分。

此外还有未获等级旅游资源，得分≤29分。

其中：五级旅游资源称为"特品级旅游资源"，五级、四级、三级旅游资源通称为"优良级旅游资源"，二级、一级旅游资源通称为"普通级旅游资源"。

通过对皖西大别山五县二区的实地考察，根据上述评价方法，对皖西大别山军事旅游资源单体进行赋分定量评价。皖西大别山历代战事及其等级评价结果分别见表9.2和表9.3。

表9.2 民国以前主要战事及等级评判

名 称	时 间	主要人物	知名指数	开发指数
楚子重伐吴	前570年	楚子重	★★★	★★
鸡父之战	前519年		★★★	★★
开顺之战	前516年		★★★	★★
秦将王翦破郢（寿春）灭楚	前224—223年	王翦、昌平君	★★	★★
汉高祖取寿春	前202年	刘贾、周殷	★★★	★★
袁术称帝于寿春	197年	袁术、曹操	★★★★	★★★
六县反汉	200年	陈兰、梅成、张辽	★★	★★★
魏吴之争	三国	陆逊	★★★	★★★
魏将据寿春讨司马氏	255—257年	毌丘俭、文钦、诸葛诞、司马昭	★★★★	★★★
晋祖约镇寿春	321—329年	祖约、苏竣	★★	★★
淝水之战	383年	苻坚、谢玄	★★★★★	★★★★★
魏宋寿阳争夺战	450年	北魏永昌王、刘康祖	★★	★★
梁王攻寿阳	480年	梁王郁豆春、刘昶	★★	★★
梁宋寿阳争夺战	506—523年	裴邃、李宪	★★	★★
齐陈寿阳争夺战	573年	吴明彻、王琳	★★	★★
隋据寿春谋伐陈	582—588年	杨广	★★★	★★

续表

名　称	时　间	主要人物	知名指数	开发指数
唐末寿州割据	875—895年	王仙芝、杨行密	★★★	★★
王仙芝、黄巢转战金寨	876年	王仙芝、黄巢	★★★	★★
梁吴战霍邱	913年	徐温、王景仁	★★	★★
刘仁瞻坚守寿州	955—957年	刘仁瞻、刘彦贞	★★	★★
南宋、金、元战于寿春	1129—1275年	金兀术、吕文德、刘光世	★★★	★★★
南宋、金、元战霍邱	1129—1236年	完颜萨布、李全	★★★	★★★
金刚台、牛食畈之战	1270年		★★★	★★★
鄂皖义军抗元	1277年	张德兴、傅高	★★	★★★
六万寨抗金	南宋末年	曹平章	★★★	★★★★
余思敏起义	1352年	余思敏	★★	★★
朱元璋率师救安丰	1355—1356年	朱元璋、韩林儿、张士诚	★★	★★★
刘六、刘七义军战六安	1512年	刘六、刘七	★★	★★
霍山战倭寇	1569年	杨楠义	★★★	★★★
农民军破霍邱	1635—1649年	高迎祥、李自成、张献忠	★★	★★
史可法率部驻六安	1639年	史可法	★★★	★★★
侯应龙、张福寰抗清	1644年	侯应龙、张福寰	★★	★★★
麻埠农民起义	1668年	樊元帅	★★	★★
马朝柱造反	1750年	马朝柱	★★	★★★
太平军战六安	1854—1863年	陈玉成、李秀成	★★★★	★★★★
苗沛霖祸害寿州	1861—1863年	苗沛霖	★★	★★
张正金教案	1907年	张正金	★★★	★★

（★分别代表指数级别的高低，★越多指数越高。下同）

表9.3　民国早期主要战事及等级评判

名　称	时间	主要人物	知名指数	开发指数
淮上军光复寿州	1911年	张汇滔、王庆云	★★	★★
白朗攻占六安城	1914年	白朗	★★	★★★
大刀会暴动	1924年	夏云峰	★★★	★★★
北伐军收复寿县	1926年	马祥斌	★★	★★
李老末骚扰	1928年	李老末	★★	★★

皖西大别山是著名的革命老区，是红军的故乡，其红色战事及等级评价结果如表9.4所示。

表9.4 皖西大别山主要红色战事及等级评判

名　称	时　间	知名指数	开发指数
河西农民起义	1927年	★★	★★★
徐家集民团起义	1928年	★★	★★★
乌龙庙兵变	1929—1930年	★★★	★★★
六霍起义	1929年	★★★★★	★★★★★
武陟山农民起义	1929年	★★	★★★
独山农民起义	1929年	★★★	★★★
反“围剿”战争	1930—1934年	★★★★	★★★★
欧家岭战斗	1930年	★★	★★
东北乡总暴动	1930年	★★★	★★★
六安兵变	1930年	★★★	★★★
香火岭战斗	1930年	★★	★★★
瓦埠暴动	1931年	★★★★	★★★★
岔路口之役	1931年	★★★	★★★
独山伏击战	1931年	★★	★★★
聚歼国民党军第五十七师	1931年	★★★	★★★
霍邱县城保卫战	1932年	★★	★★
驼岭战斗	1932年	★★	★★
有牛岗农民起义	1932年	★★	★★★
苏家埠战役	1932年	★★★	★★★★
清水河暴动	1932年	★★	★★★
三年游击战争	1934—1937年	★★★	★★★
春秋山战斗	1934年	★★	★★
寒山战斗	1935年	★★	★★
日本侵略军三陷寿县城	1938年	★★	★★
立夏节起义	1938年	★★★	★★★
沈家畈战斗	1938年	★★	★★★
富金山血战	1938年	★★	★★★
康王寨战斗	1938年	★★	★★★
小关伏击战	1938年	★★★	★★★
抗日游击战争	1938年	★★★	★★★
李山庙反击战	1941年	★★★	★★
立煌沦陷和茅坪血案	1942年	★★★	★★★
查儿岭、长冲岭阻击战	1943年	★★★	★★★

续表

名　称	时　间	知名指数	开发指数
皮旅东进	1946年	★★★	★★★★
叶集战役	1947年	★★★	★★★★
解放金家寨	1947年	★★	★★★
挺进大别山	1947年	★★★★★	★★★★★
张家店战斗	1947年	★★★★	★★★★
沈家山嘴战斗	1948年	★★	★★★
肃清大别山残敌	1949年	★★★	★★★
活捉空投特务	1960年	★★★★	★★★★

二、皖西大别山重要军事人物资源评价

皖西大别山人杰地灵，英才辈出，良将名相众多。古有汉九江王英布、三国东吴大都督周瑜等，近代有黄花岗七十二烈士之一石德宽、抗日名将方振武等。在新民主主义革命时期，皖西大别山涌现出一大批无产阶级革命先驱，产生了许多杰出的革命家和军事家，使得皖西成为全国著名的革命老区，被誉为“红军的故乡、将军的摇篮”。1929年相继爆发的“立夏节起义”和“六霍起义”，诞生了红十一军三十二、三十三师，创建了皖西革命根据地，使这里成为鄂豫皖革命根据地的中心地带。抗战爆发后，金寨以其重要的地理位置曾一度成为安徽省首府，成为中国抗战时期重要的指挥中心和活动中心之一。1947年6月，刘邓大军千里挺进大别山，使这里成为中国解放战争时期的重要革命根据地。

在新民主主义革命时期牺牲的安徽籍县团级以上烈士730人中，六安籍就有580人，占全国的4%。其中有被中共中央确认为“无产阶级军事家”的黄埔军校一期生许继慎，鄂豫皖革命根据地主要创始人之一的舒传贤，与李克农和钱壮飞一起被周恩来称之为我党早期“情报三杰”的胡底。在1955—1964年授衔的一代开国将军中，以洪学智和皮定均为代表的皖西籍就有108位。在全国九个将军县中，金寨、原六安县名列第二、第六位。此外，皖西大别山还留下很多杰出人物和革命伟人军事活动的足迹，如李宗仁与霍山县鹿吐石铺大捷，高敬亭与舒城县新四军四支队，徐向前与第五次反围剿苏家埠“围点打援”战役，陈锡联与张家店大捷，徐海东与红二十五军，刘邓大军千里跃进大别山等。众多军事人物的传奇人生和生动故事为我们留下了丰富的追忆历史、缅怀先烈的军事旅游资源。

三、皖西大别山军事遗址资源

皖西大别山南部为大别山北坡山地，独特的自然环境使得古代很多义军、山匪利用险峻的山势地形在此兴建山寨，构建城墙、碉堡等军事工程，虽经岁月沧桑，但这些山寨、关寨等军事工程的遗址仍旧保留下来。在皖西大别山北部沿淮平原地区，土壤肥沃、物产丰富，历来为兵家必争之地，其中以八公山与寿县古城的古战场遗存最为著名。皖西大别山主要军事遗址资源如表9.5所示。

表9.5　皖西大别山主要山寨、关寨和古战场军事旅游资源及评价

军事遗址		评　价
山寨关寨	天堂寨、金刚台、将军寨、大牛寨、石寨、永安寨、招军寨、六万寨、殷氏寨、铜锣寨、洪山寨、四望堡、隘门关、长岭关、松子关、铜锣关、栗子关、青苔关、瓮门关等	地势险峻，景观美誉度较高，军事活动与军事工程遗迹较多，空间格局呈现大分散、小集中分布，有利于组团开发
古战场	八公山、寿县古城	楚文化的故乡，中国豆腐的发祥地，“淝水之战”古战场，众多成语典故起源地（“风声鹤唳，草木皆兵”“投鞭断流”“一人得道，鸡犬升天”“淮南鸡犬”“时苗留犊”等），拥有全国保存最为完好且至今仍发挥重要作用的宋代城墙，人文历史厚重，遗址古迹众多，资源集中度大，组合度高

四、皖西大别山红色军事文化遗址与纪念设施资源

皖西大别山红色军事旅游资源总体上可分为遗址类、纪念场地类和非物质遗产三类，具体见表9.6。

表9.6　皖西大别山红色军事旅游资源

类　型		旅游资源
遗址	革命事件活动遗址	张家店战斗遗址、毛坦厂涂氏宗祠刘邓大军千里跃进大别山张家店战役三纵指挥部旧址、皮旅中原突围中途决策以及苏维埃政府旧址、青枫岭皮旅突围旧址、独山革命旧址群、苏家埠战役指挥部旧址、万佛湖新四军四支队指挥部旧址、舒城中学第二野战军渡江战役指挥部旧址、诸佛庵兵变旧址群、响洪甸水库红二十五军军部旧址、熊家河红二十八军军部旧址、金寨县沙河乡下楼房刘邓大军前方指挥部旧址、金寨县丁家埠立夏节起义旧址、立夏节起义会师地、六霍起义旧址、金狮寨诱敌战战场（刘邓大军）、寿县瓦埠暴动旧址、霍邱县红二十五军军部旧址、安徽省抗日民众总动员委员会旧址等
	名人故居	朱蕴山故居及纪念塔、许继慎故居、徐世友将军楼、刘大圩庄园、李特故居、李家圩地主庄园、寿县三曹故居

续表

类型		旅游资源
纪念场地	陵　园	皖西烈士陵园、金寨革命烈士陵园、许继慎陵园、小甸集寿县革命烈士陵园、霍邱县烈士陵园
	纪念馆	金寨革命博物馆、西镇暴动纪念馆、霍山安徽红色区域中心纪念园、苏家埠战役陈列馆
	墓　祠	金寨革命烈士陵园内红军墓
	其　他	金寨红军村、金寨希望小学、金寨列宁小学
非物质遗产	文艺作品	《历史的天空》《将军的摇篮》《杜鹃啼血》《风雪大别山》《深情》《小平您好》《永远的大别山》等电影、电视剧,《商南起义》《六霍起义》《舒传贤转》《金寨革命史》等书籍,《八月桂花遍地开》等歌曲
	传说故事与事件	神奇的白马尖、大别山上的姐妹花、张家店战斗、刘邓大军千里跃进大别山、西镇农民暴动

综上所述,皖西大别山具有丰富的军事旅游资源赋存,时间跨度2 000多年,资源形式从山寨关寨、古战场、革命遗址到纪念馆等,资源的类型较多,内涵丰富,品位较高,资源的空间布局相对集中,军事旅游资源和其他旅游资源的组合度高,这为皖西大别山的军事旅游开发提供了极为有利的资源条件。

第三节　皖西大别山军事旅游资源开发

一、皖西大别山军事旅游资源开发的原则

(一)目标性原则

军事旅游资源开发首先应明确资源的军事分类主题和旅游者参加军事旅游活动的预期。主题缺乏或目标模糊的军事旅游易敷衍于表面形式,导致较低的游客重游率。军事旅游资源开发的目标和主题是多方面的:或学习战争历史,纪念先辈英烈,培养高尚情操,激发保卫和平的信心;或体验军旅生活,从中培养吃苦耐劳、勇往直前、不畏牺牲的军人作风;或领略高科技作战的尖端性,启迪思维,开拓知识视野;或观摩变化多端、工于心计的现代战役战术演练,学以致用,在各行各业中大显身手。总之,只要目标明确,主题突出,军事旅游资源开发利用就具有生命力。

在达成目标性原则时要注意几方面问题：一要尊重科学和历史，不能作歪曲的宣传和诱导。二要突出爱国与和平的主题，不能是非不分，伤害民族感情，过度渲染暴力色彩。现时一些旅游摄影点让旅游者穿戴日本侵略者军服，手举军刀摆出屠杀姿势拍照，怎能不使人感到历史的倒退？三要以旅游促进和平，不能以旅游激化军事争端。旅游是一项和平的事业，是各国人民交流感情、增进友谊的活动。

（二）安全性原则

军事旅游不等同于军事，它不属于军事范畴，而是属于旅游范畴，明确这个定性非常重要。军事活动具有攻击性、暴力性，有消灭敌方生命的特征。但军事旅游应以学习、观赏、娱乐、益智为主，不能存在上述特征，最多也只能是模拟，绝对不能真正损害旅游者的人身安全。在开发利用军事旅游资源时，应按各种资源类别区分危险程度等级，以便管理。可能造成危害的军事旅游项目是多种多样的。例如，使用具有杀伤力的枪支、手榴弹、火炮等，超常规的军事训练包括擒拿格斗、攀登、潜水、体能测试、野外生存等，观看部队军事演习和飞机、坦克的特技表演等，均应列入高危险度等级加以严格管制，预防意外事故发生，并根据项目活动内容和危险等级制定相应的应急预案。

（三）整合性原则

皖西大别山红色旅游资源赋存丰富，品位较高，具有较好的知名度，很多红色旅游资源本身就直接与军事相关。政治性强和社会性强是红色旅游鲜明的特点。与绿色和古色旅游相比，红色旅游的社会效益远远大于经济效益。因此，在这类红色军事旅游资源的开发过程中，要"以绿带红，以红促绿"，以绿色生态旅游和古色人文旅游带动红色军事旅游的发展，实现红色、绿色和古色等旅游资源的联动开发，社会效益、经济效益和生态效益的共赢。

整合性原则要求我们，在军事旅游资源的开发过程中，要根据军事旅游资源的规模、不同旅游资源的叠加或组合态势，采取不同的资源整合模式。就六安市来看，主要有三类开发模式。第一类为独立型的军事旅游景区。这类景区一般本身就是重要的风景名胜区或规模较大的纪念地，已具备独立旅游接待功能，且属于旅游接待人次和旅游收入较高的节点景区。如大别山革命历史纪念园、金寨县革命烈士陵园。第二类为共生型军事旅游景区。是旅游接待人次和旅游收入较小的节点景区，须与附近其他类型景区整合，合作共生，组成共生型军事旅游景区。如舒城县万佛湖新四军四支队指挥部旧址、独山革命旧址群、霍山安徽红色区域中心纪念园等。第三类为依托型军事旅游景区，独立经营时经济效益难以体现，需依托周边景区开发带动。如西镇暴动旧址、金安区张家店战斗遗址、中共寿县小甸特别支委旧址等。

（四）协调性原则

军事旅游同样具有旅游业的产业高关联性、资源跨区域性、活动强流动性等特征。大别山作为一个完整的区域系统，拥有共同的发展历史，拥有共同的民风、民俗、民情，各地军事旅游开发应该统筹规划，突出重点，协调发展，实现共赢。受现行行政区划等的影响，目前大别山区各地封闭型的旅游管理体制与开放型的旅游产业特征极不适应。在旅游开发模式上，习惯于发展“景点旅游”“门票经济”，极大地限制了大别山军事旅游资源的有效整合，限制了区域间的联动发展，限制了旅游业的对外开放。在旅游地形象建设上，缺乏整体意识，过于偏重单个景区（点）的开发和促销，忽视了板块旅游的发展。我们有大别山军事旅游概念，无大别山军事旅游产品，有大别山军事旅游资源特征，无大别山军事旅游产品特色。在旅游线路组织上，大别山各景区之间有许多“断头路”，区内“通而不畅”，外联“畅而不快”，游客将大量时间花费在行程上，降低了旅途的舒适度，减少了游客在各景区的停留时间和旅游消费。竞争才能发展，合作才能共赢。大别山各地军事旅游的发展和其他类型的旅游一样，只有建立区域对话与合作机制，打造大别山无障碍旅游区，才能实现共赢。只有做到设施共建、客源共享、品牌共用、互联互动、共同发展，才能全面提升大别山军事旅游产品的竞争力。

二、皖西大别山军事旅游资源开发的空间格局与产品设计

根据皖西大别山及其周边市、县军事旅游资源禀赋和空间分布特征，以及其他相关旅游资源的空间布局及其组合状况，结合区域快速骨干交通网络等基础设施建设规划和客流空间组织差异情况，遵照综合性、整体性、区域共轭性以及区内相似性与区际差异性的旅游功能分区原则，将皖西大别山军事旅游资源开发分为三大军事旅游区。

(一)北部寿县古代军事文化体验旅游区

主要包括寿县古城、八公山、廉颇墓等。该区域军事旅游资源知名度高,资源品位高,特别是该区域军事旅游资源和其他旅游资源的组合程度极高,互补性很强,是六安市军事旅游开发的重点,也是六安市北部古文化旅游的重点区域。

本区以八公山和寿县古镇为载体,以著名战事淝水之战和重要人物廉颇为线索,整合区域旅游资源,打造军事观光和军事文化旅游,并与楚文化和豆腐饮食文化共创淮河流域古文化观光体验旅游区。同时,要与淮南市实现区域联动,共同提升区域旅游产品竞争力。

(二)中部现代城市休闲型红色军事纪念旅游区

六安市区为大别山旅游集散地,中国红色旅游名城。在《2004—2010年全国红色旅游发展规划纲要》中,六安为国家12个"重点红色旅游区"之一的"大别山红色旅游区"的区域中心城市,是国家30条"红色旅游精品线路"之一的"千里跃进、将军故乡"国家级主题形象路线的枢纽城市,也是国家100个"红色旅游经典景区"中的重点红色旅游景区。

六安城区主要军事旅游节点为大别山革命历史纪念园,主要旅游组合节点有老淠河休闲游憩带(文化墙、南北塔)、新淠河休闲游憩带(火车站前景观区、柳岸园、中央公园、河滨公园、烟波园、滨河绿地、青年公园)、皋陶墓、火车站、汽车站、星级酒店等。

城区应以弘扬大别山精神为主旋律,以大别山革命历史纪念园为龙头,塑造大别山红色旅游中心城市形象,以皋陶文化和六安王陵墓为中心,加强城市历史文化街区和文物古迹保护,提升城市历史文化内涵;要充分发挥快速交通干道枢纽优势,打造大别山红色旅游发展的中心枢纽;以提高城市居民的居住环境质量和建设环境优美的生态型城市为目标,以淠河沿线为重点,规划和建设城市游憩景观系统,积极创建中国优秀旅游城市,共同打造大别山区域现代城市休闲型红色军事纪念旅游区。

(三)南部大别山生态型军事旅游区

皖西大别山南部为大别山北坡山地,秀水奇峰、幽谷险壑,特殊的地形地貌使得这里成为历代义军、山匪扎寨之营地,留下很多军事工程遗址和生动历史传说。

新民主主义革命期间,这里相继爆发了"立夏节起义"和"六霍起义",是中国工农红军第四方面军的主要发源地。这里是中国抗战时期重要的指挥中心和活动中心之一,李宗仁主力曾在霍山六万寨五桂峡取得了重创3 000多名侵华日军的鹿吐石铺大捷。这里有刘邓大军千里跃进大别山金寨下楼房前方指挥部旧址,有刘邓大军千里跃进大别山张家店首场大捷的第三纵队指挥部旧址。同时,六安市南部地区自然生态环境优越,拥有天堂寨、马鬃岭、白马尖、万佛山等国家级或省级自然保护区、森林公园,以及龙河口、梅山、佛子岭、响洪甸、磨子潭五大水库上游水源涵养林国家级自然保护区,这为人们提供了理想的观光、野营、度假、科考、探险等活动场所。大别山区的"新中国第一坝"佛子岭水库、"淮河第一坝"响洪甸水库、世界七大灌区之一的淠史杭灌区等人工建造物,其本身就具有重要的科研价值,每年都有众多国内外专家学者前来考察。在南部地区军事旅游资源的开发中,要充分发挥快速交通干道优势,加强与周边地区的联合开发。要合理规划,按照"政府搭台、企业唱戏、社会参与"的运行机制,注重军事旅游与红色、绿色和古色等旅游资源的优势互补和联动捆绑开发,提高旅游产品的市场竞争力。

在线路设计上,一是依托合武高速公路和沪汉蓉快速铁路,实现沿线金寨县革命烈士陵园、金寨县红二十八军军政机构旧址等红色军事旅游资源同天堂寨绿色旅游资源的联动开发,让游客通过参观红色纪念地和革命斗争旧址遗迹,以及"走红军路、吃红军饭、唱红军歌"等形式,了解革命创建阶段军事斗争的残酷性,接受革命爱国主义教育,培养爱国主义情操,打造六安市—金寨县梅山镇—金寨县下楼房—金寨县天堂寨红色经典军事文化教育和军事体验之旅;二是依托商景高速公路,实现沿线霍山安徽红色区域中心纪念园、六万寨、西镇暴动旧址、皮旅突围地同佛子岭水库、小南岳、铜锣寨、白马尖等红色、绿色和古色旅游景点的联动开发,充分挖掘山寨文化,在保证安全性的前提下,开辟特定线路开展军事探险旅游,包括野外生存、定向越野、户外拓展等活动,让游客在参与探险的过程中领略军事文化,打造六安市—霍山衡山镇—霍山漫水河镇—霍山白马尖山寨军事观光和军事探险之旅;三是依托新淠河—东淠河水体景观,推动苏埠镇和横排头水利枢纽联动开发,推进独山革命旧址群与周边龙井沟、黄巢尖、响洪甸水库(红二十五军发源地麻埠镇所在地)、红石谷国家地质公园等绿色、古色旅游资源整合,打造以独山革命苏维埃城和苏家埠战役指挥部旧址为核心的军事文化之旅;四是依托六毛路(六安市—毛坦厂镇)和318省道,实现金安区刘邓大军千里跃进大别山张家店战役纪念馆、舒城县万佛湖新四军四支队指挥部旧址同金安区东石笋、皖西大裂谷、毛坦厂镇老街等红色、古色和绿色旅游资源的捆绑经营,做大做强旅游产业,打造六安市区—金安区毛坦厂—舒城县万佛湖军事文化与休闲度假之旅。

第十章　六安市生态旅游冲突机制研究

——以国家AAAA级旅游景区万佛湖为例

传统大众旅游一般采取"自上而下"的开发模式，但这种模式在地方层面上往往会受到来自不同程度的"自下而上"力量的冲突。随着可持续旅游的发展，人们更多关注这两种力量相互作用的机制问题，研究人员更重视对旅游发展冲突机制的研究[1]。20世纪80年代以前，研究重点主要集中在旅游的生态、经济、社会文化影响方面，部分研究人员开始从不同的角度分析冲突的原因，其中Kousis和Stonich等贡献突出。他们认为，由于国家权力机关或国际机构的决策导致旅游开发对生态环境产生干扰或破坏，同时由于社会、政治的不平等，使得对社区不同利益主体产生了不同程度的影响[2]。80年代早期研究发现，尽管社区对旅游的影响有强烈的感知，但对旅游的发展没有提出异议。到90年代，社区居民出现大规模集体抵制旅游开发行为，但这种抵制行为是为保护社区旅游发展而反对竞争性产业的进入。90年代后期，旅游研究开始关注社区居民对旅游开发的抵制和冲突，主要体现在旅游开发与社区发展的冲突上[3]。目前，研究人员较多从国际、区域和社区等不同层面分析旅游开发中的冲突问题。与传统分析不同，研究人员更多从社会制度、国际与国家政策等社会层面分析冲突的机制问题，不同国家具有不同的社会背景与冲突机制。为分析我国生态旅游的冲突问题，作者以安徽省六安市国家AAAA级旅游景区万佛湖为研究案例，主要从旅游规划决策、项目实施和监督管理三个方面进行分析，从而为今后的系统研究奠定基础。

---

[1]ABAKERLI S.A critique of development and conservation policies in environmentally sensitive regions in Brazil[J].Geoforum,2001(32):551-565.

[2]STONICH S.Political ecology of tourism [J].Annals of Tourism Research,1998,25(1):125-54.

[3]KOUSIS M.Tourism and the environment—a social movements perspective[J].Annals of Tourism Research,2000,27(2):468-489.

第一节 生态旅游规划决策冲突

一、生态旅游概念理解冲突

正确理解生态旅游的概念和内涵是生态旅游开发的前提。在目前的生态旅游开发中,主要是根据对生态旅游的字面理解而实行经营和管理,或是缘于经济驱动力及服从于形势而实行经营和管理。所以,尽管很多地方旅游的开发都声称是生态旅游,但在实际开发中真正达到生态旅游要求的很少,这反映了人们生态旅游的呼声很高,但对其真正的涵义却缺乏全面的认识和理解。在规划决策中,如果没有一个清楚的界定,生态旅游是无法实现健康发展的。同时,生态旅游作为一个产业,其概念不仅在理论上有明确的目标和内涵,在实践上也必须具备可操作性,否则在实践中就会导致生态旅游目标的偏离与扭曲[1-3]。

为分析不同利益主体对生态旅游的理解,作者对研究区域进行了相关调查。调查的内容主要包括三个部分:对生态旅游概念和内涵的理解,对生态旅游具体实践方式的认识,以及对生态旅游发展中主要障碍的认识等。在调查形式的选择中,考虑调查的目的是获得受调查者对生态旅游的理解,因此,作者采取深度访谈法,通过直接谈话方式,向受调查对象提出三个方面的问题,不作任何暗示或偏好介绍,目的是使受调查对象可以自由阐述自己的观点,以便进行深度分析。问题包括:

(1)你对生态旅游是如何理解的?你认为生态旅游有哪些具体形式?

(2)实现生态旅游健康发展的关键因素是什么?

(3)生态旅游发展的主要障碍是什么?

调查对象主要包括行政主管部门(六安市、舒城县政府有关部门,万佛

[1]CALLAN R, LEFSBVE C.Classification and grading of UK lodges: do they equate to managers' and customers' perceptions?[J].Tourism Management,1997,18(7):417-424.

[2]CAREY S, COUNTAS Y. Gilbert D.Tour operators and destination sustainability[J].Tourism Management 1997,18(7):425-431.

[3]GODFREY K. Attitudes towards 'sustainable tourism' in the UK a view from local government[J]. Tourism management.1998,19(30):213-224.

湖景区各乡镇)领导,调查时间在2002年六安市“两会”期间。对景区旅游经营者(宾馆和饭店)、旅行社与游客的调查,主要在2002年“五一”旅游黄金周期间。调查结果整理分析如下。

第一,在生态旅游概念的理解上,受调查对象均认为生态旅游仅是一个市场宣传的工具和手段,像自然旅游、乡村旅游、科学旅游、探险旅游、农业旅游、绿色旅游等众多的名词一样,只能使游客和旅游经营者更加困惑。在调查中,由于目前没有一个统一的标准来界定生态旅游与其他形式旅游的区别,受调查对象不能明确生态旅游的具体内涵,因此,旅游经营者多数给出目前的旅游是生态旅游或“应该是吧”之类的含糊回答。其原因是万佛湖旅游的发展主要得益于地方优越的生态环境,但目前的旅游开发实际上与传统的大众旅游没有什么区别。关于生态旅游有哪些具体形式,其回答基本可归纳为三个方面:①生态旅游是去受人类影响比较小的环境优美区域的旅游,多数游客持此观点。其中又分两类,一类强调探险类,属于背包旅游的一种,对交通和公共信息要求较少;另一类则强调交通和公共信息等方面,偏好景观的奇特、优美和清静。②生态旅游是以“观赏农田风光、参与果菜种摘、体验农家生活”为主题的系列农村观光活动。③生态旅游就是去自然生态比较好的区域的旅游观光。

从调查分析中发现,游客、行政管理人员、旅行社以及旅游经营者对生态旅游的理解与生态旅游理论界有着明显的不同,偏离生态旅游强调的保护性、教育性、参与性的目标和功能。受调查对象普遍认为越是去自然生态未受干扰和破坏的地方的旅游就越是生态旅游,在这种理念的影响下,必然导致对保护区中试验区和核心区以及生态敏感区的冲击,这显然与生态旅游保护功能相冲突。多数受调查对象认为生态旅游就是对自然生态景观的欣赏,强调景色的优美,将生态旅游理解为对自然生态景观的体验,而不关注人文景观,认为生态旅游就是农村旅游。在这种回答中,相当多的游客认为生态旅游就是来品尝绿色有机的地方特色菜。在调查中还发现一些游客把品尝野生动物,如野猪和黄羊等也作为生态旅游的主要动机之一。通过调查分析发现,目前对生态旅游普遍存在模糊或错误的理解,这必然导致生态旅游理论与实践的冲突。

第二,在关于如何将生态旅游的概念转化为实践的调查中,其调查结果基本上可归纳为三个方面:

一是区域的可进入性,认为生态旅游的可持续发展必须要求生态旅游地的可进入性。不同的调查对象均赞同道路等级的提高,尽量减少交通拥挤,认为流动中的拥挤总比静止中的拥挤对环境与游客体验损害的程度小,特别是在旅游高峰期,因此区域交通系统的改善被认为是生态旅游可持续发展的重要措施。这主要是由万佛湖游客类型和旅游活动项目特征所决定的。在万佛湖游客市场中,合肥市是最重要的客源市场,占总数的一半左右。从目前的游客出游动机看,主要以观光性为主,游客群体为家庭周末游,教师、学生较多,多为中青年游客,游客特征如表10.1。从景点活动看,在水库景区娱乐的游览路线在三四小时,万佛山基本上为一日游,外地游客基本上为二三日游,而且鉴于目前休假制度的安排,万佛湖地区已形成元旦、"五一""十一"等旅游高峰,高峰季节道路交通拥挤,影响了游客的进入,游客在景区游览的时间短,而旅途占据大部分时间。从旅游管理者和经营者的方面看,均将游客人数的持续增长看作是万佛湖旅游可持续发展的重要指标。政府对旅游的投入更多关注在道路交通等基础设施的改善上,而对旅游资源的深层次开发问题没有给予重视。这样,一方面,由于景区旅游景观和旅游项目单调,缺乏参与性,游客滞留时间短,游客消费少,导致一日游比重增加;另一方面,为吸引更多游客,不断加大道路交通的投资,出现了游客快去快回的恶性循环,致使旅游开发不断向大众旅游的方向发展。

表10.1　万佛湖游客特征

游客年龄(岁)	<20	20～30	30～40	40～50	50～60	>60
比例(%)	14.9	30.7	25.4	17.1	7.5	4.4
职业	工人	农民	个体	教师	学生	其他
比例(%)	14.9	11.4	15.8	23.2	15.4	19.3
居住地	舒城县	省内其他地方	华东	华南	北方	国内其他地区
比例(%)	17.1	53.9	9.2	6.6	5.3	7.9

资料来源:《万佛湖旅游区总体规划》。

二是有效宣传是生态旅游可持续发展的重要保证。为扩大万佛湖的知名度,舒城县委、县政府通过1998、2002年先后成功举办"亚洲铁人三项赛"和"首届中国万佛湖旅游文化暨国际龙舟邀请赛"等旅游宣传营销活动,树立了万佛湖旅游品牌,促进了万佛湖旅游业的快速发展。在调查中,行政管理人员偏好万佛湖自然风光的宣传,旅游经营者偏好旅游接待设施的宣传,而游客对目前万佛湖旅游宣传内容表现出了不同的看法，他们普遍认为宣传材料过于大众化，没有特色。在对万佛湖宣传材料与相关报道的分析中发现，宣传的焦点主要集中在游客消费方面缺乏，缺乏对万佛湖丰富的野生动植物资源与环境保护等方面的介绍，对旅游行为规范等方面的宣传基本上处于空白。

第三，受调查者普遍认为加强游客和社区居民的环境教育，对生态旅游健康发展具有重要作用，他们认为只有提高游客和社区居民的环保意识，才能实现旅游与环境的协调发展。值得注意的是社区居民虽然也同意此观点，但社区居民反映更多的是他们如何才能从环保行动中获得收益的问题。在目前，过于强调环境保护教育，而缺乏对社区居民的就业培训等方面的反映比较强烈，特别是那些习惯于传统生产生活方式而不能适应旅游发展的居民对这方面的反映特别强烈。

在关于生态旅游发展障碍问题的调查中，旅游管理部门和旅游经营者普遍反映目前主要有两个方面问题，一是现行的旅游景区评价标准问题，二是旅游中间商问题。根据《旅游区（点）质量等级评定管理办法》第四条规定，“凡在中华人民共和国境内，正式开业从事旅游经营业务一年以上的旅游区(点)，包括风景区、文博院馆、寺庙观堂、旅游度假区、自然保护区、主题公园、森林公园、地质公园、游乐园、动物园、植物园及工业、农业、经贸、科教、军事、体育、文化艺术等旅游区(点)，均可申请参加质量等级评定。”各类保护区为生态旅游的发展提供了良好的发展机会，但生态旅游具有服务个性化特征，生态旅游接待设施更加具有地方化，特别是一些开展旅游活动的保护区，其等级评价显然不能与其他大众旅游景区相比。尽管生态旅游在我国得到快速发展，但目前均采用统一的质量评价体系，根据“服务质量与环境质量评价体系”“景观质量评价体系”的评价得分，并参考“游客意见评价体系”的得分数，从高到低依次为AAAAA、AAAA、AAA、AA、A级旅游区（点），同时对各个级别景区的年接待人次均有一个明确的规定。在评价标准中，一些生态旅游的社区发展功能、环境保护功能等没有给予很好考虑，评价的标准基本上是从游客（消费者）角度出发。在缺乏明确的生态旅游评价标准的条件下，游客和旅游中间商只能把景区的等级作为选择的主要依据，导致旅游管理和经营者不特别关注生态性。此外，由于生态旅游目的地、游客以及旅游中间商之间相互地位和关系不同，也导致生态旅游也朝着大众化旅游方向发展。在三者关系中，彼此的依赖程度和目标定位不同：旅游中间商主要是追求经济利益，其发展策略是为游客提供优惠的价格、高质量的服务和更好的体验；旅游中间商主要是在游客市场中树立自己的信用，培养忠实的顾客；而旅游目的地则试图与更多的旅游中间商建立业务联系，但不会只为某些中间商提供服务，旅游目的地的目标也是争取游客市场，但很难与散客建立关系，他们更多依赖于旅游中间商的宣传。尽管互联网发展为旅游目的地和游客之间建立了直接的沟通渠道，但在现有的条件下，特别是对于生态旅游，更多小规模的接待设施，在游客预订等服务上存在很多问题，目的地与游客之间的直接联系存在障碍。因此，旅游中间商的偏好在很大程度上决定了旅游地发展方向，并从游客需求方面对旅游地旅游产品供给产生影响。

二、生态旅游资源价值评价冲突

（一）旅游资源价值评价理论与方法

旅游资源价值评价已成为旅游研究的热点问题。由于旅游资源的公共物品性和外部性等特征，使得多数旅游资源缺乏交换市场，现有的市场不能准确地反映旅游资源生产和消费的全部或大部分成本，因此我们试图给旅游资源赋予货币价值的一整套理论原则和方法，将旅游资源同其他具有货币价值的商品一样，纳入社会经济活动的费用和效益分析中，为旅游决策和管理提供理论和技术支持。价值评价理论认为，资源的总价值一般包括直接使用价值、间接使用价值、选择价值和存在价值四个部分[1-3]。

直接使用价值是资源直接满足人类生产或消费需要的价值。如森林的木材、药品、植物基因、教育、人类居住以及景观娱乐等价值，对生态旅游来说，其直接使用价值就是通过生态旅游资源直接开发利用获得的增加值，主要表现为旅游景点活动带来的经济收入，如景区门票收入，一般可用市场价格来表示。间接使用价值是指从旅游资源开发活动中间接获得的难以直接商品化的价值，如旅游资源的科考价值、文化教育价值、生态服务价值等。

[1]中国社会科学院环境与发展研究中心课题组. 国家风景名胜资源上市的国家利益权衡 [J].数量经济技术经济研究，1999（10）：3-25.

[2]马中. 环境与资源经济学概论[M]. 北京：高等教育出版社，1999.

[3]鸥阳志云，王如松. 生态系统服务功能、生态价值与可持续发展[J]. 世界科技研究与进展，2000，22（5）：45-50.

选择价值也称期权价值，是人类为了将来直接或间接使用旅游资源的支付意愿，包括自己将来利用的支付意愿、为后代将来利用的支付意愿（遗产价值）和为别人将来利用的支付意愿（替代价值）。存在价值也称内在价值，是人类为确保旅游资源能继续存在的支付意愿。旅游资源的存在价值是旅游资源本身具有的价值，是资源内在性的表现，是人们对旅游资源的一种道德上的评判，主要是人类出于遗赠、礼物和同情等动机，从旅游资源存在的满意中获得的价值。旅游资源的直接使用价值构成旅游资源的经济价值，间接使用价值、选择价值和存在价值则构成旅游资源的非经济价值。

目前旅游开发是在现有的条件下对资源的游览、教育、启智等功能的部分经济价值的利用，其开发的价值只是旅游资源总价值的很小部分，一般不超过5%[1]。旅游资源货币价值评价的关键是非经济价值的货币化问题，其理论主要来源于环境学、经济学、社会学、心理学、行为学等学科，旅游资源的货币评价理论与环境影响评价（Environmental Impact Assessment，EIA）理论有着直接的渊源关系，并随公共产品理论、福利经济学中消费剩余理论和个人偏好等理论的发展而不断完善。20世纪60年代以前，旅游资源货币评价理论作为环境影响评价理论的一部分，主要是成本效益分析（Cost Benefit Analysis，CBA）理论，其思想来源于Julse Dupuit“论公共工程效益的衡量”中的消费者剩余。CBA最初由美国联邦水利部门为评价水资源投资而运用于公共项目的项目评价，并在1936年美国《洪水控制法案》中得到法律认可，从而在水利公共项目中得到广泛的应用。20世纪60年代以后，CBA应用开始扩展到其他领域。随着世界旅游业的迅猛发展以及与环境冲突问题的出现，一些研究机构和个人开始对旅游资源货币价值评价的理论和方法进行探讨，在《美国经济评论》上发表了《自然保护的再认识》[2]，提出了“舒适性资源的经济价值理论”，认为对于一些稀有的珍奇的景观等舒适性资源进行保护，实行在可再生限度内严格控制使用的必要性，并提出了舒适性资源的“唯一性”“真实性”“不确定性”“不可逆”等重要概念，这为后来的旅游资源的货币价值评价奠定了坚实的理论基础。20世纪70年代以后，随着福利经济学对消费剩余、机会成本、非市场化商品与环境等公共产品价值的思考，

[1]中国社会科学院环境与发展研究中心课题组. 国家风景名胜资源上市的国家利益权衡[J].数量经济技术经济研究，1999(10)：3-25.

[2]马中. 环境与资源经济学概论[M]. 北京：高等教育出版社，1999.

旅游资源货币价值评价逐步形成理论体系。20世纪60年代后期到70年代,旅行费用法(Travel Cost Approach,TCA)在旅游资源货币价值评价中得到广泛应用。20世纪70年代到80年代,享乐定价法(Hedonic Price Approach,HPA)得到广泛应用。20世纪90年代以来,条件价值法(Contingent Valuation Method,CVM)在旅游资源非使用价值的货币评价中处于主导地位。

总体看来,目前评价理论和方法主要有两类。一是替代市场技术评价法。它用影子价格和消费剩余来表达旅游资源的货币价值,具体有旅行费用法、机会成本法、费用支出法、市场价值法、享乐定价法等,主要适合无市场交换但有市场价格部分的评价。二是模拟市场技术评价法。它以支付意愿和净支付意愿来表达旅游资源的货币价值,主要是条件价值法。目前可选择使用的技术和方法见表10.2。

表10.2　生态旅游资源经济评价技术与方法

类　别	具体方法
利用物品与服务的市场价格来进行评价的方法	生产力变化评价法 疾病成本法 机会成本法
从成本出发,采用实际支出或潜在支出来进行评价的方法	有效性法 预防性支出法 置换成本法 重新安置成本法 影子工程法
替代市场技术	旅行成本法 将市场化的产品作为环境替代产品
意愿调查评价法	投标博弈法 权衡博弈法 零成本选择法 德尔菲法
享乐定价法	财产或其他土地价值评价法 工资差异法
宏观经济学模型	线形规划法 自然资源核算 经济范围的影响

资料来源:迪克逊等,1994(何学灿等译,2001)。

(二)旅游资源价值评价理论与实践冲突

尽管国内外专家学者对旅游资源价值评价的理论与方法一直进行不断的努力与创新,但至今仍没有提出一个可行的方法,其评价一般都只能作为定性分析的依据,评价结果无疑都比目前的使用价值大,均在不同程度上说明目前资源开发所获得的经济价值只是总价值中的小部分,评价目的在于提高人们对资源价值特别是非经济价值的重视,让人们重视保护自然,从而实现环境与社会的可持续发展。作者认为,资源评价的目的更多是对资源利用决策产生影响,但目前关于资源评价对决策是否产生实际影响,国内外缺乏研究。为分析资源价值评价对决策的影响,作者通过问卷调查对此进行了分析。

为分析不同利益主体的看法,作者于2002年5—8月将部分研究人员所做的资源价值评价结果分别对农民、工人、公务员、科研人员和旅游者进行问卷调查,对其研究结果的认同程度分为"无意义""不可信""基本同意""非常"科学四个层次。在调查的对象中,农民主要为万佛湖地区的群众,文化程度小学占40%,初中50%。在工人中,中学文化程度占80%,高中文化程度占15%。公务员中;乡镇公务员高中文化程度占70%,大专以上占25%;市、县公务员高中(中专)文化程度占30%,大专以上占60%;省级部门公务员大专以上占85%,科研人员大专以上占90%。在年龄上,农民与工人在20~55岁,其他在22~60岁。调查结果见表10.3。

表10.3 对旅游资源价值评价意义的调查

调查对象(人数)	无意义	不可信	基本同意	非常科学
农 民(50)	32%	68%		
工 人(57)	26%	58%	16%	
乡镇公务员(45)	58%	9%	4%	29%
市、县公务员(38)	44%	31%	6%	19%
省级部门公务员(33)	34%	44%	10%	12%
科研人员(25)	9%	21%	61%	9%
旅游者(42)	5%	9%	81%	5%

调查发现,随着文化水平的提高,对评价结果的认同度增加,但对评价结果的科学性认同都很少,即使在科研人员中,也只有9%的调查者认为"非常科学"。调查发现,在公务员中,尽管从乡镇到省级部门对评价结果认同度增加,但认为评价结果"非常科学"的很少,认为"不可信"和"无意义"的占大多数。

省、市、县政府一般为旅游开发的决策和规划者，乡镇政府一般是旅游资源开发具体实施者。因此，现有的评价结果虽然在理论上具有重要价值，但对旅游决策与规划的影响较小。为进一步分析其原因，作者重点对受调查的政府部门公务人员就其原因进行个案和小组讨论。讨论结果综合如下。

(1)认为一些文化、历史和自然景观资源不能具体用货币价值来衡量，因为一些人文和历史资源损失的感觉依赖于文化传统和价值体系，特别是一些对当地居民生活和信仰等具有特殊意义的资源，人们一般不愿意接收任何水平的补偿，虽然他们为保护这些资源的支付意愿会受到收入水平的限制，但是对这种损失进行的补偿所需的资金却相当高。

(2)认为一些森林生态的价值无法衡量。像万佛湖的水源涵养林，它一旦失去，水库将受到威胁，在汛期将直接威胁下游居民生命和财产安全，而生命已涉及伦理道德问题，已超出经济分析的范畴，难以用货币来计算。

(3)认为生态系统是一个复杂的系统，而且往往很难定量。目前，所有对生态系统的评价都不是生物多样性或原始生态系统内在价值的真实度量，它们只是总价值的部分反映，特别是在各类自然保护区生态系统中，目前人类对其中的很多功能还不理解，很多珍稀动植物资源的价值还有待进一步发现，它们也许还包含很多有价值的遗传物质，但我们目前无法识别这些物质或其用途，也就不能给予任何合理的价值评价，我们所有评价的重点主要集中在目前能够识别和衡量的方面，但我们并不知道这些价值究竟是代表了生态系统总体的真实的经济价值的大部分，还仅仅是很小的部分。由于人类认识本身的局限性，人们不得不采取谨慎原则，这也正是我们设立保护区的主要目的之一。

(4)时间偏好问题。即使价值评价的结果是客观的，但从总价值中可以发现，资源的价值分别由直接使用价值、间接使用价值、选择价值和存在价值构成，所有的价值都会随时间的变化而发生变化，即价值的贴现率问题。而时间偏好使得人们偏向尽快享用效益而稍后承担费用，效益出现越晚，其主观价值就越小。从理论上说，如果从资源的整个价值出发来决策时，将有利于资源的合理利用与可持续发展。但是，若考虑资源价值的时间偏好问题，在总价值中，只有直接的使用价值的贴现率最高，时间偏好最强，而高贴现率有利于可以立刻获得净收益的开发项目而不利于须长期之后才能产生效益的项目。同时，低贴现率对具有长期净收益的项目限制性作用较少，而对不利的未来影响给予了较大的权重，这些都促使人们对直接使用价值的偏好。在这种前提下，特别是对于地方政府，其主要目标是发展经济，增加就业。因此，地方政府在旅游开发决策时，加大了对旅游资源中直接使用价值的开发。

(5)资源价值评价的区域性问题。在目前资源价值评价中，没有或很少考虑价值评价的区域性问题，实际上对资源价值的评价必须同时考虑资源及其服务的区域性问题，同一资源对处于不同区域人们的价值是有差别的，在目前资源价值的评价中，价值的区域性问题被忽视[1]。为分析资源价值评价的区域性问题，作者就万佛湖生态旅游资源价值问题进行了问卷调查，其对象包括万佛湖地区的居民，临近万佛湖地区的周边县(区)居民，万佛湖下游居民，合肥市和南京市部分居民。问卷包括两个问题：

①您认为万佛湖资源价值最重要的表现在哪些方面？

②如果让目前万佛湖生态环境得到有效保护，你意愿一次性捐献多少元？

在回答万佛湖资源的主要价值构成时，不同区域人们的评价重点不同，见表10.4。

表10.4 对万佛湖地区旅游资源价值评价的调查

调查对象	主要价值
万佛湖景区居民	居住环境 森林副产品(山野菜、香菇、木耳等) 树木、薪柴等生活必需品 农业生产条件(种植、养殖等产业的土地与水面) 旅　游
周边县(区)居民	水土保护与水源涵养 调节气候 环境净化
万佛湖下游居民	水土保护与水源涵养 旅　游 环境净化 调节气候
合肥市与南京市居民	旅　游 生物多样性(野生动植物等) 水土保护与水源涵养 环境净化(森林对改善环境的作用)

[3] BROWN D O. In search of an appropriate form of tourism for Africa: lessons from the past and suggestions for the future[J] Tourism Management, 1998, 19(3): 237–245.

调查发现，在万佛湖地区，生态旅游资源在更大程度上是居民的生活和生产要素，为居民的直接经济来源，他们更多考虑的是资源的直接使用价值。而对合肥和南京等地的居民，由于不受其直接影响，在他们评价中则更多考虑资源的间接使用价值，而对其直接使用价值考虑相对较少。对万佛湖下游居民，由于是资源的外部经济性受益者，在评价中较多考虑资源的非使用价值。周边县(区)居民也更多考虑资源非经济价值问题。在调查中还发现，对于生物多样性问题，特别是像野猪、黄羊等野生生物资源价值问题，由于实施保护，同时承受其损失，万佛湖及其周边县(区)居民均认为具有负价值，而合肥和南京等城市居民则给予较高评价。

同时，通过问题②调查发现，对资源价值的支付意愿随距离出现较大变化，这在目前资源价值评价中还很少有人做过相关的分析。在调查中，万佛湖景区居民平均支付意愿为一次20元，而周边县(区)居民平均支付意愿仅为一次5元，但在合肥、南京等周边城市居民平均支付意愿为一次25元。

在调查中发现，受经济收入影响，万佛湖地区居民比合肥和南京等地的城市居民的意愿支付少，说明资源评价受区域经济发展水平的影响较大。调查还发现，万佛湖周边县区(霍山、金寨县、裕安区)居民尽管认为万佛湖资源具有价值，但意愿支付很低，主要原因是周边县(区)与万佛湖地区均地处大别山北坡自然保护区，在目前旅游开发的行政管理体制下，他们与万佛湖旅游开发存在竞争关系。在万佛湖下游地区，由于万佛湖生态环境保护可以提高其抗旱防洪能力，居民意愿支付相对较大。因此，资源价值评价对于利益不同的主体存在较大差别。

(6)从理论本身看，这些建立在西方福利经济学基础上的价值评价理论基础仍值得商榷。特别是在我国，由于政治制度、公众习惯和心理特征等因素的影响，这些方法在我国实际运用过程中还存在很多问题。从国内旅游资源评价看，对评价方法存在的各种偏差问题没有深入分析，使得评价结果与实际产生较大偏差。为提高评价结果的科学性，同时为决策提供更准确的信息，近年来，国外研究者主要集中研究评价理论运用条件和有效范围等方面。特别是围绕如何正确揭示支付意愿调查的程序、方法、问卷设计等一系列问题，许多学者进行了大量的研究。尽管旅游资源价值评价理论与方法还处于理论探索阶段，但实践已对理论产生迫切需要。旅游资源价值评价理论的滞后，造成人们对旅游资源非经济价值部分认识的淡化和模糊。在旅游资源总价值中，虽然非经济价值是价值的主体，直接使用价值实际上只占全部价值的很小部分，但占很少份额的经济价值已深深为大众所认同。在迫切的实践需要和强大的地方经济利益驱动下，人们便按“干中学”模式，选择相对成熟的经济效益理论——成本费用评价理论来对旅游资源价值进行评价，以此替代总价值，并用最具激励效用的市场机制进行旅游开发。

在旅游规划决策中，具有明确经济效益目标的旅游开发同只有原则性的旅游保护之间形成强烈的对比，导致旅游资源经济开发目标最大化，保护和开发可能产生冲突。值得注意的是，由于非经济价值评价的困难性，在目前以旅游资源为依托的旅游上市公司中（如泰山旅游、黄山旅游、峨眉山旅游、京西旅游），均把旅游资源和旅游相关产品捆绑上市，并认为由于自然和文化遗产的唯一性和不可替代性，以及其内涵精神和文化价值无法用直接的资产评估技术来完全涵盖，从而规避价值评价问题，仅仅考虑到资源的经济价值部分，如景区（点）门票收入，将旅游资源全部视为可替代的资源，大大低估旅游资源的实际价值[1-3]。对此，如果我们不谨慎对待，在允许外国自然人和法人进入资本市场时，那么对这些旅游资源经营权的控股，将可能导致旅游资源价值的流失，资源保护也将更加艰难[4]。

三、生态旅游规划冲突

生态旅游由于其自身的特征，使得生态旅游规划不同于传统的以大众旅游为目标市场的规划，也不同于单纯以旅游业为主导产业的旅游规划。在生态旅游区，旅游作为区域产业活动的一个组成，它具有与其他产业、其他部门活动相互交融的特征。与其他单一风景名胜区规划的一个重要区别是，生态旅游往往不是地方政府的主要财政来源，地方居民旅游收益在总收入中的比重也较少。因此，在这种格局下，生态旅游规划不能统领其他产业规划，而往往依赖于其他部门规划和产业规划。这是由生态旅游产业本身的特征所决定的（表10.5）。

---

[1]中国社会科学院环境与发展研究中心课题组. 国家风景名胜资源上市的国家利益权衡 [J].数量经济技术经济研究，1999(10)：3-25.

[2]谢凝高. 索道对世界遗产的威胁[J]. 旅游学刊，2000(6)：57-60.

[3]蒋宁. 浅谈风景名胜区内旅游索道存在的合理性[J]. 旅游学刊，2000(6)：61-63.

[4]周玲强. 加入WTO对我国旅游业的影响及对策研究[J]. 浙江大学学报：人文社会科学版，2000，30(6)：130-136.

表 10.5 传统大众旅游与生态旅游规划的比较

比较项目	生态旅游	传统大众旅游
目　标	综合效益和功能导向	单一经济效益和产品导向
结　构	网状、自适应	链式、刚性
系统耦合关系	横向联合、区域经济	纵向联合、部门经济
规模化趋势	产品多样化、适度	产品单一化、标准化
功　能	产品+社会效益+环境效益+经济效益+能力建设,服务于社区和游客	企业化生产,消费功能导向
经济效益	满足帕累托最优,整体效益高	满足纳什均衡,整体经济效益低
社会效益	增加地方居民就业机会	地方居民收益少
产品适应能力	产品结构转化能力强、代价小	产品结构转换能力弱,代价大
稳定性	抗外部干扰能力强	对外部依赖性高
决策管理能力	横向合作与管治	条块纵向管理,自我调节能力弱
景　观	绿色、和谐、有生机	灰色、破碎、反差大

资料来源:王如松,杨建新,2000,有修改。

生态旅游业是按照生态经济和旅游经济原理组织起来的基于生态、社区系统承受能力、并具有高效经济过程及和谐生态经济功能的网络性发展性产业,生态旅游业通过与不同产业和部门之间系统的耦合,从而实现区域经济社会环境的系统开发与持续利用。因此,生态旅游规划的基本原则有:

(1)生态旅游规划特别强调部门与行业之间的横向协作。生态旅游区内的自然资源、交通、通信等基础设施和服务设施,不仅为生态旅游利用,同时也为区域各个产业和部门的活动服务。因此,生态旅游规划必须通过横向耦合与资源共享,才能减少冲突。

(2)生态旅游规划更强调整个生态影响区域系统的合作。传统的旅游规划偏好行政区域为规划基准,而生态旅游是基于生态的产业,它必须符合生态学的基本原则,必须以生态影响区域为基准来进行整体规划,通过生态系统内部与外部临近地区的合作与协调,共同开发资源,才能有利于规划的实施和产业的后期管理。

(3)生态旅游更强调社区参与。社区参与更多体现在社区公众的规划决策参与、社区管理参与、旅游利益参与、社区公众参与的制度保障方面。此外,生态旅游还特别强调为社区地方居民创造更多的就业机会,确保社区公平和社会公正。

在万佛湖旅游开发中,由于现有规划制度环境等问题,使得规划目标发生不同程度的扭曲,导致规划实施中出现各种冲突。

(一)旅游规划缺乏区域合作导致竞争无序

根据研究对象的不同,区域可分为自然区域、经济区域和行政区域。我国在计划经济时期,政府是资源的配置者,政府凭借其自身的行政管理系统对区域经济进行调控,直接干预经济发展,行政区域的经济职能表现明显,使得经济区域一般与行政区域具有高度叠置现象。随着市场经济的发展,经济区域越来越具有开放度,各级政府主要是政治、经济、文化、社会等发展的协调者。但由于地方保护主义的存在,经济区域仍然具有明显的行政区域烙印。自然区域是以自然要素的关联度来划分的,完整自然区域的整体性程度很高。

生态旅游是以自然生态系统为基础的旅游开发,应按照生态学原理组织规划,但现有的生态旅游开发一般是以行政区域来组织的。总体上看,生态旅游资源丰富的地区,经济发展相对落后,地方政府自身投资和引资的能力有限,因此政策性资金对地方旅游资源开发具有重要作用。如我国在2000年安排两期13亿国债共110个旅游开发项目,而这些旅游国债项目申报的前提是必须有规划。"发展旅游,规划先行"已成为各地政府的共识,但地方政府关心更多的是争取资金,是"要我做规划",还没有形成"我要做规划",各地政府根据本行政区域旅游资源的赋存特征、经济发展状况以及财政能力等来编制旅游规划,并作为资金争取、招商引资的条件之一。大别山作为一个完整的生态系统区域,各旅游区规划应该相互协调,突出各地的旅游特色,才能实现共同发展。但现行条块分割的行政管理体制有利于垂直体系的控制和调节,难以支持省与省、市与市、县与县之间横向的同级行政地域单元之间的平行协调,更不支持不同行政区之间的下级行政区域之间的横向协调。在这种行政分割的体制下,完整的大别山生态区域出现利益主体的分化。具有独立权益的地方政府必然会利用其错位而又无约束力的行政权力,实行以地区封锁和自我发展为特征的地方保护主义,维护自身利益。在各级政府强烈的追求自身利益最大化目标的驱动下,旅游规划的区域合作与共同发展问题难以达成共识,这不可避免会产生利益冲突,在资源利用方面出现无序竞争,不断降低区域的整体效益,而且各地自身的比较效益也出现不同程度的损失。

从表10.6中可以看出，与万佛湖地区临近的金寨县、霍山县、金安与裕安区同处大别山北坡自然保护区，一半为国家级贫困县(区)，各县区都实行旅游扶贫战略，制定各自的旅游开发规划。但从各县区的规划看，均强调各自的旅游产品开发，在旅游基础设施上，都重视景区与主要交通干线的联系，但很少考虑与临近县区的合作问题。从万佛湖及其周围县(区)的旅游产品规划看，一是依托大别山北坡森林生态保护区和水源涵养林保护区等生态旅游资源，开发以自然景观为特色的旅游产品；二是以淠史杭灌溉区上游水库和水利交通枢纽等人工建筑物为基础的人文景观的开发；三是其主要旅游产品几乎雷同，各自为政，不能形成统一的品牌。同时，在现行县域经济的框架下，对道路等基础设施的规划只考虑各自的交通规划，在各县区景区(点)之间形成许多"断头路"和交通"瓶颈"，使游客将大量时间花费在行程上，降低了旅途的舒适度，减少了游客在各景区的逗留时间和旅游消费。

表10.6 万佛湖及其临近省、市、县旅游开发现状[1]

各级政府			生态旅游开发项目	资源属性
安徽省	六安市	舒城县	龙河口水库旅游开发 万佛山森林公园旅游开发 西汤池温泉旅游开发	水源涵养林、水源保护区 森林生态、水源涵养林保护区 水源涵养林保护区
		霍山县	白马尖旅游开发 铜锣寨旅游开发 佛子岭水库旅游开发 磨子潭水库旅游开发 白莲岩水库旅游开发	森林生态、水源涵养林保护区 森林生态、水源涵养林保护区 水源涵养林、水源保护区 水源涵养林、水源保护区 水源涵养林、水源保护区
		金寨县	天堂寨森林公园旅游开发 马鬃岭旅游开发 梅山水库旅游开发 响洪甸水库旅游开发	森林生态、水源涵养林保护区 森林生态、水源涵养林保护区 水源涵养林、水源保护区 水源涵养林、水源保护区
		金安区 裕安区	横排头水利枢纽旅游开发 东石笋旅游开发 大华山旅游开发	水源保护区、鸟类保护区 水源涵养林保护区 水源涵养林保护区
	岳西县		鹞落坪自然保护区旅游开发	森林生态保护区
湖北省	罗田县		天堂寨(南麓)旅游开发	森林生态保护区

[1]根据《安徽省自然保护区发展规划(2001-2010)》《皖西旅游区规划》等资料整理。

尽管六安市努力协调所辖各县(区)旅游规划,但由于万佛湖地区在招商引资和客源市场方面优势明显,而金寨县在生态旅游资源及品牌方面更具特色,使得旅游规划在受市级财政的约束,各县(区)资源、技术、资金等方面存在差异以及旅游业在各县(区)的经济地位不同的情况下,跨县(区)协调工作难度很大。除此以外,与万佛湖地区不远的岳西县鹞落坪国家级自然保护区也在进行生态旅游开发,与金寨县紧临的湖北罗田县也为争夺天堂寨旅游资源的开发而加大投资,在天堂寨南坡和北坡形成竞争开发态势。特别是湖北省罗田县在2001年就制定投资2亿元的旅游开发规划,而金寨县也加大旅游开发力度,并开始对马鬃岭国家级自然保护区进行旅游开发,忽视了天堂寨与马鬃岭等是国家级自然保护区。由于旅游规划区域跨省、跨市,使得旅游规划的协调工作困难重重。这种完整的生态区域在进行生态旅游规划时,被行政分割,导致旅游资源的过度开发和无序竞争,同时也给旅游管理等带来困难。

(二)旅游规划与其他部门规划冲突

生态旅游业本身的复杂性决定其规划是一项涉及面广和综合性强的工作,它依赖于各部门的广泛支持与配合。但在规划实际编制中,各个部门为了自身的利益,或为显示各自的地位与存在价值,在各部门规划中均强调本部门的重要性,导致旅游规划与其他部门规划不能协调。

根据国务院印发的《水利产业政策》的规定,水利建设项目根据功能和作用划分为两类:甲类为防洪除涝、农田灌排骨干工程、城市防洪、水土保持、水资源保护等以社会效益为主、公益性较强的项目;乙类为供水、水力发电、水库养殖、水上旅游及水利综合经营等以经济效益为主,兼有一定社会效益的项目。在水利部门的规划中,万佛湖地区的龙河口水库属于甲类,为社会公益性项目。在林业和环境保护部门规划中,水库为水源保护区,水库周边为水源涵养林保护区和森林生态保护区,强调野生动植物及其水土保持等保护功能的重要性。在农业部门,水库为水产养殖区。在旅游部门,万佛湖是生态旅游开发区。在地方国民经济和社会发展计划中,万佛湖是旅游扶贫开发区。在不同部门的规划中,万佛湖区域功能不同,有的部门强调社会公益性,有的部门强调短期的经济效益。在各个部门规划中,旅游部门规划与地方政府的旅游扶贫规划具有一致性,在政府强烈的旅游经济功能偏好下,不断加大对万佛湖旅游功能的开发,导致旅游规划与其他部门规划出现冲突。目前，最突出的就是旅游规划与环境保护规划的冲突。

在万佛湖风景区环境保护规划中，根据水域使用功能及污染特征的相似性，兼顾地理位置、地形特征，将规划区分为四个污染控制单元，并就每个单元提出相应的控制规划。但在旅游规划中，虽然也兼顾了环境保护规划，可在具体旅游项目的规划上存在不同程度的冲突。环境保护规划主要从本部门出发，在理论上是可行的，但这必须以经济为基础。然而本区正是经济落后地区，良好的环境保护必须兼顾地方经济发展，必须兼顾群众的生活和生产，在群众生活基本保障都不能满足的情况下，要实现资源与环境保护协调性发展比较困难。仅就污水处理看，就目前其财政能力看，要分别建立两座污水处理厂在近期显然不符合实际。而旅游已进入开发阶段，在旅游规划中，为发挥万佛湖旅游资源的优势，在地方政府的干预下，已经对一些生态敏感区进行了过度开发，特别是水库中一些岛屿上大量建设旅游接待设施，在旅游规划中没有很好考虑环境保护等配套基础设施的建设，特别是规划的可操作性差，污水被直接排放，导致旅游规划与环境保护规划发生冲突。此外，在旅游规划与环境保护规划中，在旅游规划控制区内建成日处理2 500吨污水处理厂，并与龙河镇实现设施共享这是一致的，但在具体位置上彼此相左，在龙河镇城镇总体规划中，污水处理厂规划在龙河镇的东北方向，而在旅游规划和环境规划中，仅从万佛湖景区角度出发，将污水处理厂建立在龙河镇地势较高的西南方向，显然彼此矛盾。

此外，旅游规划的本身也存在相互冲突。在万佛湖旅游总体规划中，龙河镇的主要功能定位为集客型旅游服务观光小城镇、旅游区一级旅游服务中心，主要提供大众型住宿、餐饮娱乐、商贸购物等服务，承担湖区内外的交通中转枢纽组织中心、基础设施的综合统筹建设等，在龙河镇城镇总体规划中，城镇性质为镇域中心和万佛湖(湖泊景区)风景区综合旅游服务基地。在万佛湖旅游规划中，在景区内规划布局了大量的旅游接待、餐饮服务设施等，而龙河镇距离景区只有2 000米，由于景区内规划了各种档次宾馆、购物和休闲中心等设施，而且地方政府还在鼓励引资开发旅游度假基础设施，外来游客特别是团体游客都是直接进入景区，很少有游客在龙河镇停留，在规划中没有很好考虑旅游集镇与旅游景区的功能分工，导致景区大量建设的旅游接待设施破坏了自然景观与自然环境，同时也使龙河镇“旅游兴镇”战略难以奏效。

（三）旅游规划缺乏公众参与导致利益主体冲突

现行的旅游规划是一种政府主导性的规划，在规划中很少有公众参与，没有很好考虑不同利益主体的利益，从而为规划的实施和管理带来障碍。在规划中，一般是根据上级政府的国民经济和社会发展计划以及上级旅游部门规划，结合本地旅游资源特征来编制旅游规划。在这种“自上而下”的规划决策过程中，保护区和旅游区的规划缺乏公众参与，易引起保护区保护与旅游开发同当地群众的冲突。长期以来，保护区丰富的自然资源为生活在周边地区的居民提供了生存的物质基础。由于文化落后、交通不便、信息闭塞等原因，习惯“靠山吃山”的农民，已把在保护区采药和采集其他林副产品作为经济收入的主要来源，有的还进入保护区放牧、采伐薪材等，甚至盗伐、偷猎珍稀资源。保护区周边社区群众也认为保护区的存在限制了他们的经济发展。不必讳言，有的保护区在建立时很少考虑当地群众的利益。随着人口的不断增长，保护区周围群众生活日益贫困，非法开垦、侵占保护区土地的现象不断发生。同时，随着保护区保护工作的进一步加强，野生动物数量不断增加，动物践踏保护区周围农民庄稼事件也时常发生，甚至造成人员伤亡。由于地方政府财力有限，农民的损失得不到应有的补偿，以致当地部分群众把保护区视为限制他们谋生的主要障碍。人类活动规模不断扩大，对保护区所产生的压力越来越大，保护区与当地群众之间的利益冲突不断上升，而缺乏社区参与的传统管理模式已不能有效地解决这些问题。

法制不健全是社区参与缺乏的重要原因。知情权是社区参与的首要条件，特别是旅游建设项目环境影响评价中，公众参与对减少项目实施和管理中的冲突具有重要作用。公众通过环境影响评价的参与，在了解旅游项目对社区发展有促进作用的同时，对项目负面影响的内容和程度有更充分的心理准备，有利于社区公众做出积极的响应。但受传统的重经济轻环保，以及长期计划经济体制下的重政府管制轻公众参与的环境管理理念的影响，我国环境影响评价制度不仅适用对象单一、甚至审批程序缺乏科学性与合理性，而且在环境影响评价过程中，公众参与的法律地位没有得到充分保障，这使得环境影响评价制度的预防、控制环境问题恶化的作用没有充分发挥。2002年颁布的《中华人民共和国环境影响评价法》，虽然在环境影响评价的适用对象和公众参与等问题上有重大突破，将环境影响评价机制导入规划决策全过程，明确要求政府及有关单位在拟定和编制“土地利用的有关规划”,“区域、流域、海域的建设、开发利用规划”或者“工业、农业、畜牧业、林业、能源、水利、交通、城市、旅游、自然资源开发的有关专项规划”时必须进行环境影响评价,并对公众参与环境影响评价的程序做出具体规定,强调专项规划的编制机关对可能造成不良环境影响并直接涉及公众环境权益的规划,应当在该规划草案送审批前,举行论证会、听证会,或采取其他形式,征求有关单位、专家和公众对环境影响报告书草案的意见,……应当在报送审查的环境影响报告书中附具对意见采纳或者不采纳的说明,但是在评价法中没有对未执行环境影响评价公众参与制度的责任主体应当承担的法律责任作出任何具体规定。因此,对于当编制环境影响报告书应当执行而未执行公众参与制度时,从事环境影响评价的技术服务机构在环境影响报告书中隐匿了公众意见或对公众意见作虚假记录时,以及建设单位对公众提出的合理意见不予采纳而开工建设时,如何实现公众参与和环境影响评价权利的法律救助,已成为有效公众参与直接面临的重要问题。

第二节 生态旅游项目实施冲突

一、生态旅游开发性项目与保护性项目冲突

传统公共产品投资理论和地方政府财政预算的约束,造成生态旅游开发性项目与保护性项目冲突。按传统产品投资理论,景区对外通道、景区的道路、通信、安全、卫生等保障性和环境生态等的保护性公共产品的供给应由政府承担。这种观点在经济学界由来已久。早在1848年,英国经济学家穆勒在他的名著《政治经济学原理》中就以灯塔为例,分析了灯塔必须由政府出面建造的理由。1964年,萨缪尔逊在其著名的《经济学》教科书中从边际成本的角度论证了灯塔应该归类为公共物品。尽管经济学家们理论上认为公共基础设施应该完全由政府投资,但由于财政预算的约束,现实中政府却无法包揽。

首先,公共财政力量不济。以我国为例,我国基础设施建设的关键问题是资金。根据世界银行的估计,我国20世纪80年代中期基础设施投资占GDP的4.4%,90年代中期达7.5%。世界银行预计,要保持GDP的持续高增

长，下一个十年中我国基础设施投资占GDP的比重将达到8%~9%，总量将达到7 400亿美元，其中2 000亿美元将用于能源基础设施投资。与此同时，我国政府财政支出占GDP的比重却处于持续下降状态。在80年代中期到90年代中期，财政支出占GDP的比重从1987年的25%持续大幅下降到8.9%；而同期投资需求不仅绝对数量持续增加，而且占GDP的比重也从1989年的15.8%上升到1993年的25.3%。正是由于政府财政投资能力的降低，改革开放以来，非国有部门在一般行业中的投资已经占到相当高的比重，但是在基础设施领域投资的比重还很低，基础设施领域的投资仍然主要依靠国家投入，而实际上公共财政投资能力有限。

同时，受地方政府和部门经济利益的影响，政府往往直接投资纯私人产品领域，导致“挤出效应”。特别是利用行政职能无偿或低价使用景区土地等资源，建造行业别墅、部门饭店和疗养院等，直接参与投资经营，这样，政府部门难免陷于纷繁复杂的微观经济事务中，由于存在内部利益关系，在制定和执行政策时可能偏向自己投资和经营的项目，给竞争对手造成不公平的环境，不利于政府履行其旅游市场秩序的维护和宏观调控的职能。同时，由于政府不以利润最大化为目的，其决策和经营者不具有对经营成果剩余的索取权，缺乏提高效率的机制，导致资源的低效配置。

在旅游开发中，道路、交通等基础设施是旅游开发的前期工程，旅游开发初期受投资政策和投资风险等因素影响，难以吸收民间资本，地方配套和支持资金也因受财政预算约束无法得到保证。由于地方政府的主要目标是发展经济和增加就业，为解决旅游发展的“瓶颈”，常常偏好开发性项目投资，将有限资金主要投入保障性基础项目建设，造成旅游资源保护性项目建设不配套，开发和保护不能协调发展。然而，现代公共产品理论研究表明，政府只是公共产品的供给者，但不一定是产品的直接生产者，许多公共产品供给不足是由于政府的制度和政策导致。政府可以通过提高制度设计水平改变公共产品的属性，打破基础设施领域行政控制和行业垄断，通过税收补贴和发放生产经营许可证等方法吸引和鼓励民间资本投资景区（点）对外通道、景区（点）的道路、通信、污水处理等公共产品。

二、生态旅游项目供给与需求冲突

游客对旅游景区（点）和旅游活动项目的偏好，直接关系到旅游产品设计、旅游市场营销和旅游资源的开发方向。对合肥、芜湖、马鞍山、南京、上海等万佛湖旅游主要客源市场的调查(表10.7和10.8)表明,回归自然、文化品位高、参与性强的旅游景区(点)备受青睐,游客偏好富有自然情调和参与性较强的旅游项目。从游客的旅游项目需求看,万佛湖应该依托自然生态环境的优势,开发一些参与性、教育性、观光性的生态旅游项目。

表10.7 游客对旅游景区(点)的偏好

旅游项目	人 数	百分比(%)
野生动物园	192	44.5
水上娱乐	179	41.5
高科技游乐场	129	30.0
博物馆	116	27.0
度假村	106	24.6
名人纪念馆	99	23.0
古建筑	91	21.1
植物园	85	19.7
保龄球馆	59	13.7
洞 穴	58	13.5
湖泊游泳场	58	13.5
庙 宇	41	9.5
歌舞厅	40	9.3
高尔夫球场	35	8.1

表10.8 游客对旅游活动项目的偏好

项 目	次 数	百分比(%)
野 餐	212	49.2
爬 山	151	35.0
观赏动植物	141	32.7
垂 钓	122	28.3
游 泳	106	24.6
健 身	105	24.4
快 艇	91	21.1
洞穴探险	85	19.7
棋 牌	69	16.0
跳 舞	54	12.5
攀 岩	35	8.1

在万佛湖地区,随着交通通信等基础设施的改善,招商引资已成为万佛

湖旅游项目开发的主体。根据舒城县2000—2002年度旅游开发项目申报和审批的调查发现，外来投资主要偏好宾馆、度假村、高尔夫球场的开发。2002年，万佛湖主要外来资本均投向娱乐性旅游项目的开发（表10.9）。

表10.9　2002年万佛湖地区主要外来旅游投资开发项目

投资单位或个人	旅游开发项目
合肥经济技术学院、安徽华夏置业有限公司	度假村、游乐园、摄影园区、动物园区、休闲中心
合肥墨荷园园林公司	影视城、国宾馆、游乐园
北京连五洲集团	桃花岛屿、高尔夫球场、万佛山景区
泰籍华人万良	落矶山高级度假村
台湾商人胡鹏飞	龙湖高级休闲静养中心
安徽水利投资公司	水库宾馆扩建项目
合肥丽光灯饰公司	汤池民俗温泉、龙王树景点开发

这些旅游项目基本上是沿袭传统大众旅游的开发模式，不但与万佛湖水源保护、森林生态保护等目的相背离，同时也极大地损害了游客自然生态景观体验的质量。此外，根据中共中央国务院《关于进一步加强土地管理切实保护耕地的通知》文件规定，禁止征用耕地、林地和宜农荒地出让土地使用权用于高尔夫球场、仿古城、游乐宫、高级别墅等高档房地产开发，表10.9中的部分项目建设显然与国家政策法规相抵触。

三、生态旅游项目资金使用管理冲突

我国实施政府主导型的旅游发展战略，国家旅游局在《中国旅游业发展"十五"计划和2015年、2020年远景目标纲要》中明确指出，要按照政府主导型的发展方针和市场对资源配置的基础作用的原则，大力培养旅游业资金市场，主要通过政府引导资金、旅游产业发展资金、民间资金等扩大投入，拓宽旅游投融资渠道。在旅游开发中，完善的基础设施是旅游业发展的前提条件，但由于基础设施投资规模大，直接经济效益不明显，难以吸引商业性资金投入。因此，各级政府应充分运用财政资金加大对旅游业的支持，加强旅游配套公路、游览步道、停车场、环保、环卫、供电、通信等基础设施的建设。地处我国中部的万佛湖地区，生态旅游资源虽然丰富，但同时也处在大别山国家级贫困区范围内，经济较落后，地方政府还处于"吃饭财政"状况。政府受投资风险以及相关配套服务缺乏的制约，开发初期难以吸收外来资本进入，而地方民间资本更是短缺。同时，地方政府还受财政预算约束，旅游基础设施以及相关旅游资源保护性项目的投入主要依靠国债、安徽省政府统筹与自筹等资金，旅游发展配套和支持资金不足，导致旅游资金投入与使用管理问题较突出。

（一）旅游项目资金投入渠道问题

从万佛湖旅游开发的资金投入看，主要有非政策性资金和政策性资金。非政策性资金主要包括招商引资、海外侨胞捐赠以及国外政府贷款等，就目前看，招商引资是非政策性资金的主要来源，其资金基本投向商业性旅游开发项目。政策性资金主要有国家、省、市各级政府与部门的资金，包括国债资金、中央财政预算内资金、安徽省财政预算内资金、地方政府配套资金、银行贷款、项目实施单位自筹资金等。在旅游开发中，政策性资金投入占主导地位，在旅游道路、环保、通信、供电等基础设施建设，以及生态农业开发等方面发挥主导作用。国家政策性资金一般采取“平行下达”与“分级切块”等条块结合方式下达，中央多数政策性资金一方面通过计委系统向各省计委下达资金，其资金使用属综合性质，包括各行业项目，另一方面中央又通过各部门实行部门专用资金。省级政策性资金基本上也采取和中央同样的方式下达，资金拨付渠道多样化，具体项目一般采取部门负责制。

表10.10是万佛湖旅游区“九五”期间从计划系统争取的政策性资金情况。这些资金使用由不同的部门负责，同时各个部门也有各自的部门专项资金。这些资金原则上要求相互协作、集中使用，但在具体使用过程中，受部门利益影响，更多只考虑行业利益，而计委作为计划综合部门，又难以了解其他各部门的资金来源与投入，特别是交通、通信等系统又是行业垂直管理，地方政府失去管理权限，使得资金使用可能出现无序情况，不能发挥整体效益。

表10.10 “九五”期间万佛湖地区获得的政策性资金来源情况[1]

资金名称	资金来源	负责单位
农　业		
扶贫开发	国家扶贫专项资金	扶贫办
山库区专项扶贫	省政府财政专项资金	库区办（库区）、扶贫办（山区）

[1]说明：此表是根据六安市发展计划委员会“九五”期间政策性资金实际争取情况整理，其他地方的情况可能有所不同。

续表

资金名称	资金来源	负责单位
以工代赈	国家财政预算内资金、国债资金	计委
外国政府扶贫贷款		地方政府
农业综合开发	国家财政预算内资金	财政局
农业基础设施	国债资金、省专项资金	
水利：淠史杭灌区续建配套、节水改造	国债资金	淠史杭灌区管理总局、水利局
节水示范增效项目	省统筹与自筹资金	
小Ⅰ、小Ⅱ型水库除险加固		地方政府
小城镇		
农村电网改造	国债资金	电力公司
县乡道路		交通局
大型水库除险加固	国债资金、省统筹与自筹资金	省水利厅
现代农业示范园	国债资金	地方政府
农业科技示范园良种良法推广示范	省统筹与自筹资金	地方政府
退耕还林	国债资金	林业局
防护林生态林工程	国债资金、省统筹与自筹资金	林业局
农业产业化		农　委
空中云水资源开发	国债资金	气象局
国家小城镇经济综合开发		地方政府
工　业		
高科技产业化	省统筹与自筹资金、国债资金	
产学研	省统筹与自筹资金	计　委
省校合作项目		
农副产品深加工	国债资金	
三　产		
省三产引导资金		
公司＋农户	省统筹与自筹资金	计　委
市场建设		
社区建设		
社会事业		
中小学危房改造		
示范高中		
职业学校补助	国债资金	教　委
卫生事业		
社会公益事业	国债资金	相应部门
固定资产投资		

续表

资金名称	资金来源	负责单位
重点国、省道建设	国债资金	交通局
污水处理		环保局
垃圾处理		建　委
沼气富民工程		农　委
小城镇建设基础设施建设	省统筹与自筹资金（贴息补助、以奖代补）	地方政府
小城镇供水	国债资金	
公、检、法、司技术用房建设	国债资金	计　委

（二）资金配套政策执行难度大

为调动地方政府的积极性，一般政策性资金投入都要求地方资金配套。本区旅游交通等基础设施建设资金和森林生态保护性项目投入主要是国债资金、扶贫资金、以工代赈以及安徽省山库区专项扶贫资金。国债资金、扶贫资金和以工代赈都要求不同程度地方资金配套。根据国家《财政扶贫资金管理办法（试行）》规定，地方政府应按不低于财政安排资金额度30%的比例落实配套资金。自1997年开始，国家以工代赈要求地方政府应按中央财政安排扶贫资金额度30%~50%的比例进行配套，其中，以工代赈扶贫项目要求地方配套资金加上群众投工投劳折资与国家以工代赈资金的匹配比例原则上不低与1∶1，特别是资金部分必须达到国家规定的比例。这一政策在实际执行中难度很大。第一，地方政府财政状况普遍较差。2001年安徽省人均财政收入450元，六安市195元，舒城县208元，研究区域的乡镇仅84.7元，而在市县财政支出中教育事业费就占总财政收入的30%~40%，地方政府配套资金难以落实。第二，过去由于市县财政困难，每年资金配套不是由财政直接配套，而是各乡镇及项目单位自筹配套，多数利用农民投工投劳等方式解决。但万佛湖地区各乡镇财政普遍困难，加之农村税费改革取消农民“两工”（义务工和劳动积累工），而过去农民每年“两工”的投劳折资就超过地方财政收入，从而大了地方政府的财政压力。为争取中央扶贫资金的支持，实行旅游扶贫战略，地方政府部门和项目单位一方面采用资金预垫等办法，如通过挪用其他资金垫付，帐记“其他应收款”往来户，等项目资金到位后再归还所垫资金结平往来，或帐记“应收款”科目过渡，等资金到位后再归还结平，另一方面改过去的群众义务投工投劳折资为群众"自愿"投工投劳折资等办法来进行。此外，由于资金多来源于不同的部门，往往形成多重配套，造成配套资金难以落实。据抽样调查，1997—1999年支援不发达地区发展资金和以工代赈资金在本区实际配套仅为计划配套的15%左右。由于配套资金不能及时到位，影响了工程质量和效益的发挥。

（三）扶贫资金拨付迟缓问题普遍

国家政策性资金由于分属不同的部门，很难统筹协调，往往使用分散，形不成合力，资金到位迟、用不足、贷款使用期限短等问题普遍。特别是自1996年以工代赈资金改由财政转移支付后，项目管理和资金管理成为两条线，在实际工作中发生脱节，更增加了资金足额及时到位的难度。项目计划与资金拨付不能同步进行，其中以工代赈资金项目计划，省级一般在9月初下达各县，而资金多数又滞后1～2个月，加之资金通过财政部门进出中转，再拨付到项目实施单位时，实际上形成部分资金跨年度使用。同时，由于财政发展资金与上级财政部门采取一次性结算方式，操作上出现计划与项目资金的时间差，尤其是地方财政困难，资金逐年结转，造成恶性循环。非项目单位占用资金问题严重。其中在1997—1999年支援不发达地区发展资金审计中发现，截至1999年6月底，拨付有关单位及项目单位资金只占应拨资金的60.8%，其中1997年为56.4%，1998年仅为17.1%，均存在主管部门抵扣、滞留资金现象，滞留时间长达4～8个月。

（四）旅游扶贫项目安排不平衡

根据国家规定，在政策性资金中，以工代赈资金主要用于贫困区基础设施建设、改善群众生产生活和生态环境，重点修建县、乡、村道路，兴建小型微型农田水利，开展小流域综合治理，以及用于异地扶贫开发中的移民村基础设施建设等。财政发展资金重点用于修田造林，解决人畜饮水问题，发展农村基础教育、医疗卫生等事业。扶贫贷款主要用于有经营收益又能还贷的项目。1994—1999年，国家和省共计向六安市投入包括信贷扶贫资金（7.712 6亿）、财政发展资金（1.617 4亿）、以工代赈扶贫资金（4.107 5亿）等各类扶贫资金13.437 5亿，其中，近80%主要用于修建人畜饮水、道路、电力、通信、文化教育和卫生等基础设施项目上，重点改善生存环境。同时，一些专项资金主要用于森林生态保护、小流域环境综合整治和水库库体的除险加固等生态环境保护项目上，取得了明显的社会效益和生态效益。但是，基础设施服务的对象具有广泛性，而旅游扶贫开发的对象却具有选择性。

在对舒城县旅游扶贫支持项目的调查中发现，目前在项目安排上，一是引导和支持地方群众直接参与旅游开发的项目较少，而本区群众普遍缺少旅游启动资金以及市场经济的观念；同时，在旅游扶贫信贷资金中，由于不能有效开发旅游资源和旅游商品，贫困区群众缺少稳定的经济收入来源，返贫率较高。为确保扶贫资金的足额发放，防止扶贫资金发放过程中的截流、挪用和贪污行为，主要采取"进村入户"的原则。虽然资金发放到位，但对旅游扶贫户的资金使用考虑较少。由于贫困区社会发育程度低，信息闭塞，观念落后，旅游扶贫资金被贫困户主要用于改善生活上，用于生产性和经营性的资金投入较少。这种单纯"输入式"的扶贫方式，虽然在解决温饱问题上立竿见影，但难以实现旅游扶贫战略，反而使部分贫困户对旅游扶贫资金产生依赖心理，出现"扶贫资金停放，一切生活原样"，返贫现象较严重。

（五）项目资金管理问题较严重

目前，在我国积极的财政政策形势下，各级政府实施了政府主导型旅游发展战略，积极争取各项政策性资金，但地方政府重项目争取、轻项目管理现象较突出。从1997—1999年度本区扶贫资金使用调查审计看（表10.11）政策性资金使用和管理中问题突出。

表10.11　扶贫资金使用管理问题

名　称	比例(%)
各类违纪违规使用资金额占审计总额	28.10
其中：擅自改变投向	54.70
违规实行有偿使用	14.45
主管部门抵扣	7.23
提高利率发放贷款	7.03
擅自计提收取管理费	4.01
银行改变贷款投向	3.33
用款单位挪用贷款	2.93
抵扣扶贫贷款	2.06
弥补行政经费支出	1.72
财政抵扣	0.33
多收贷款利息	0.33
其他违纪违规资金	1.88

造成资金使用管理薄弱的原因是多方面的。一是目前资金实行平行拨

付，多数部门资金由财政统一管理，但像交通、水利等部门资金多属行业管理，资金管理欠规范。二是在计划系统内争取的资金，除了以工代赈等资金由计委直接负责项目调度与资金拨付以及监督管理外，其他项目资金由计委争取，资金到位后直接转为相关部门负责，国家要求计委系统对项目进行管理监督，但项目实际调度、资金拨付却由相关部门负责，计委实际上只有建议权，对项目资金失去监督管理权限。为争取更多的政策性资金，在地方保护主义和地方政府的干预下，地方计委部门往往隐瞒事实。三是各个项目单位和地方政府为争取资金投入，在项目初立项时，由于缺乏资金、人才，对项目没有经过充分的考察论证；同时，地方政府，特别是乡镇政府没有项目前期经费，对项目资金争取能否实现没有把握，不愿投入较多资金聘请有规划设计资质的单位来论证，项目选取在很大程度上取决于行政长官意志，整个项目投入总额考虑欠缺，造成资金到位后项目不能及时开工或预算资金不足等，在强烈的投资需求下，日益导致擅自改变投向，特别是投向赢利性的项目。

第三节　生态旅游目标管理冲突

一、生态旅游政策目标冲突

在分析生态旅游政策目标冲突时，一般从三个层次分析：第一层次是在政府政策目标以及各种制度作用和范围既定的情况下，在知道社会经济如何运行的假设条件下，理解冲突的决策过程，即当期决策层次引起的冲突分析；第二层次是在现有政府和市场的存在及其各自的结构，即所谓的制度决策层次的条件下，分析制度决策中易引起资源开发与管理的“政府失灵”和“市场失灵”等现象。第三个层次是社会选择过程，是从整个社会而言，力求根据社会各组成部分的偏好，选择社会政策目标而引起的社会目标冲突。从研究的区域看，政策目标引起的冲突主要体现在政策目标引起社区发展的不公平，以及土地政策引起的农民土地发展权受损等方面的冲突。在我国，政策引起的矛盾往往是产生冲突的重要原因。由于制定政策的本身、政策的失误或不当的政策导向，都将引起矛盾激化和冲突升级。政策冲突主要体现在两个方面，一是解决冲突的政策因执行失误再制造冲突，二是政策本身就是冲突的根源。

（一）公共政策冲突

公共政策是指社会公共权威机构制定和实施的政策，是国家或政府运用各种科学的方法和手段对社会经济生活的干预，是政府选择一切作为或不作为。在政府基于使命、目前的处境、偏好、对相互冲突的利益和价值相对的优先权的确定，以及对能够承担什么样的交易的预测，当国家或政府选择作为时，主要手段是提供公共产品，其选择的依据主要与政府追求的目标有关，或与政府追求提供有益的需求有关。同时，政府提供公共产品可能受到各种法规、习惯、政治家和管理者自身的偏好等影响。为确保公共产品供给，政府经常以有目标的计划、方案、规划等公共政策方式来表达，也可以法律、法规、法令、规章制度等形式来表达。但是，当政府有目的、有意识地选择不作为时，政府的政策可能只是一项声名、一个宣言，甚至连声名、宣言也没有，政府有意识的不作为也是政府的公共政策[1]。

万佛湖地区地处大别山北坡森林生态自然保护区、大别山水源涵养林保护区和水土流失重点保护区。为实现保护目标，国家、各行业主管部门均制定了严格的法律、法令和规章制度等，对保护的任务、范围、对象和处罚等均有了明确的规定。

根据《中华人民共和国野生动植物保护条例》等规定，为保护大别山珍稀动植物，给野生动植物生存、繁衍创造一个良好的环境，近年来，地方政府和有关部门先后颁布了《关于禁止猎捕野生动物的通告》《关于收缴非法持有的枪支弹药的通告》和《关于禁止毁林开垦的通告》，从而有效遏止了猎杀野生动物、滥挖乱采野生经济植物、毁林开垦等破坏野生动植物资源的行为，收缴了猎枪等捕猎工具，并对偷猎者给予严重处罚。随着对野生动物保护力度的加大，以及由此带来生态环境的改善，成群的野猪和黄羊等野生动物出没在本区，随之而来的是向旅游者提供了重要的生态旅游目的地，为旅游相关部门和小部分群众带来的明显经济效益。但是，由于野猪和黄羊繁殖快，破坏性大，多年来，为保护野生动植物资源，生活在保护区边缘、野生动物资源丰富、野生动物活动频繁地区的群众，饱受野生动物的危害，并为

[1]杨伟民. 社会政策与公民权力[J].江苏社会科学，2003(3)：35–40.

此付出了沉重的代价，形成保护工作做得越好，野生动物种群数量越多，而百姓付出的损失也越大，群众认为他们是生活在“绿色沙漠”中的“生态难民”。同时，由于猎枪被收缴，在保护区近年来已出现多次野猪伤人事件。随着野生动物资源得到恢复，种群的数量不断增加，野生动物与人类争夺生存空间的问题日益突出。

而对于相关补偿问题，一直是当地政府和群众的难题。我国目前执行的野生动物肇事的补偿标准，是依据1987年国家颁布的《野生动物保护法》。其第24条规定，由于保护国家重点保护野生动物所造成的经济损失，由当地人民政府负责补偿。而我们在实际调查中发现，一是本区及其相邻霍山、金寨县等，有的为国家级贫困县，又是库区、山区，经济落后，地方政府每年均要靠上级政府的财政转移支付来维持日常行政管理工作，财政转移支付平均占总财政支出的30%左右，当地政府无力完全承担赔偿。二是即使有了部分农作物受损补偿，但实际补偿连种苗费都不够，损失与补偿之间形成巨大反差。由于补偿标准过低，有时还不够群众领取补偿的路费，多数群众均认为不值得去领，造成群众与地方政府关系紧张，群众上访事件时有发生。在一些损失较严重地区，往往也是游客最集中游览区，因野生动物保护问题，当地群众同旅游经营者与游客的矛盾加剧，冲突经常发生，二者之间的矛盾正成为影响当地经济发展与社会稳定的问题，并逐渐成为野生动物保护与管理的一大障碍。三是保护法中规定由地方政府负责对受损（害）者的赔偿，但没有明确由哪一级地方政府具体受理，导致市、县和乡镇各级政府相互推诿。尽管野生动植物保护与社区发展问题引起国家有关方面的重视，特别是在2002年底，九届全国人大常委会第三十一次会议审议的民法草案在侵权责任法中明确规定，对于野生动物肇事应由管理单位承担赔偿责任，然而，从本研究区域看，主要由国有林场负责管理，同时还涉及林业、农业、水利等不同级别的政府和部门，赔偿问题无法落实。同时，保护是可持续发展战略的重要途径，是一项受益于全国的工程，地方政府为保护已经做了大量工作，如果还要负责赔偿问题，也易引起地方政府的怨言。

为防止水土流失，提高大别山水源涵养能力，包括万佛湖在内的大别山北坡规划为水源涵养林区，属社会生态公益林。通过“八五”和“九五”期间的努力，大别山水源涵养林地区植被覆盖率明显提高。特别是我国退耕还林政策规定，国家无偿向退耕还林还草户提供粮食补助，每亩退耕地每年补助粮食(原粮)的标准,长江流域及南方地区为150千克,黄河上游流域及北方地区为100千克,……粮食补助的年限,先按经济林补助5年,生态林补助8年,到期后可根据农民实际收入情况,需要补助多少年再继续补助多少年,同时按每年每亩20元补助现金以及每亩50元补助造林种苗费。“谁退耕、谁造林、谁经营、谁受益”的政策极大地调动了群众造林的积极性,近年来森林覆盖率已达到60%以上,环境质量明显提高,万佛湖、万佛山等已成为皖西主要的生态旅游基地。然而,最近几年,随着农民对造林投资加大和受益期的来临,群众发现由于本区是生态涵养林,根据国家政策,农民没有权利对生态林增值自行进行处理,目前的退耕还林政策对生态林农民的加大投入回报问题也没有明确规定,造林加大投入部分无法获得收益。

为提高农民收入,加快群众脱贫步伐,地方政府,特别是在生态旅游发展最快的库区周围的政府,支持引导群众栽种板栗、油茶、茶叶、芦笋等经果林,并结合生态旅游,实行经果林基地化生产(表10.12),经济效益明显提高。但由于经果林的栽培主要采用现代嫁接和梯田密植等技术,树干较小,同时为满足游客观光,地表草本植被被大量清除,土壤直接承受雨水冲蚀,从表面上看植被覆盖率很高,但地表却失去植被的保护。本区试验观测的数据表明,当达到一定的坡度时,在经济林建设中,即使采用横坡种植、合理密植等水土保护措施,土壤侵蚀仍然很严重。目前的经济生态林建设忽视了灌木、草本植物的生态作用,片面认为“种树等于造林,造林等于森林,森林等于生态”,形成“远看树成林,近看沟成丛”,水土流失并没有根本改变,甚至近年来还有明显加大的趋势。

表10.12 万佛湖地区农业产业化基地分布

基地类型	基地分布
茶叶基地	河棚、高峰、五桥、山七舒城兰花(茶叶)和油茶生产基地
板栗基地	山七—五桥—高峰—河棚—汤池连片板栗科技开发丰产示范园区
芦笋、银杏基地	汤池、龙河芦笋生产基地

(二)社会政策冲突

社会政策是指通过政府供给对公民福利有直接影响的政策。社会政策不同于公共政策,它还与伦理道德、价值观念有密切的关系,一般包括社会政策的剩余福利模式、社会政策的工作成就模式、社会政策的制度性再分配模式等,社会政策更关注所谓处于自由市场、价格机制、利益标准以外的领域[1]。社会政策从供给方面看，不仅仅是政府的供给，而且包括国际、国家、社区等多元主体在内的多元化的社会供给。从需求方面看，它不仅仅是基本物质生活需求的保障，还包括社会关系、社会参与、精神需求等多方面的基本需求的满足。社会政策不仅仅关注公民的收入维持、经济保障，而且越来越关注社会公平、社会整合、社会合作，以及避免社会排斥、社会冲突等。社会政策要求社会公正，社会公正首先满足资源平等、公平以及对社会多样性的尊重，并要求社会创立并确保那种能真正实现民主参与决策过程的机制。

从万佛湖生态旅游的实际发展看，随着生态旅游开发，当地居民正逐渐失去原先的资源使用权。调查发现，在1995年生态旅游发展的初期，地方居民通过为游客提供农家食住、出售农产品等获得收入。农民直接投资旅游，包括各种旅游交通车辆480辆，宾馆餐饮业160家，各类游船100艘，旅游商品专卖亭12个，虽然有限，但由于经济落后，这对改善当地居民的生活有重要的影响，他们已明显感到旅游发展带来的收益。近年来，地方政府实施了旅游扶贫的发展战略，随着道路、交通、供电和通信等基础设施的改善，本区优越的环境为生态旅游提供良好的发展机遇。为解决旅游业发展的资金、技术和管理的瓶颈问题，加快旅游业发展，地方政府通过提供各种优惠政策加大了旅游项目招商引资，成立了由县委县政府直接管理的万佛湖管委会，地方乡镇政府失去了景区（点）门票收益权。同时，随着外来大量资金、人才和管理技术的投入，使万佛湖旅游开发主要由合肥墨荷园园林公司、北京连五洲集团、台商和泰国等外资公司买断经营。而原先地方居民的旅游投入，由于缺乏资本和技术等生产要素，规模小，正逐渐失去竞争力，被兼并重组或收购，只有高峰乡几百人基本上直接受益于旅游业，象龙河镇、晓天镇和五显镇脱贫群众主要从事宾馆与饭店的服务业和交通运输业，其服务对象主要以地方居民为主，而且这些从业人员多数原先就是城镇居民和城镇附近群众，景区（点）绝大部分群众在失去旅游收益的同时，还在承受因旅游业发展带来的物价上升等生活成本提高的问题。

同时，本区贫困人口劳动素质不高，自我发展能力弱。文盲半文盲占30%，小学文化程度占50%，智力低下者占2%，一直处于弱势状态，因此不可

[1]杨伟民. 社会政策与公民权力[J].江苏社会科学，2003（3）：35-40.

能对决策等产生实质性的影响。从总体来看，地方的财政收入增加了，但是由于本区各利益主体所拥有的权利和占有的资源不等，利益争夺的结果必然出现不同利益主体间的不平等分割，加大了贫富差距。同时，由于旅游开发征地等，使一些群众失去了最后的土地保障，导致地方居民与外来集团之间的矛盾日趋激化。

（三）土地政策冲突

随着万佛湖地区各个旅游景区（点）和旅游项目的开发，土地征用问题变得日益突出。本区土地征用与城市严格控制的分区规划不同，城市在分区控制的假定下，土地的用途、开发密度已事先确定，假如最佳用途为住宅的土地在分区控制中已经被规划为具有公共利益性质和非盈利性质的开发项目，则对这块土地实施的征用行为本身没有侵犯土地发展权。换言之，集体土地所有者要求的补偿只能限定于当前用途和强度下的土地收益。政府为维护公共利益，根据法律，政府并不对被限制发展权进行补偿。但在万佛湖地区，被征用的土地有的源于基本农田和生态保护用地，根据耕地保护和生态保护的有关规定，应严格限制其转化为商业用地，在这种情况下，已经构成了土地发展权特别的损失，应该给予补偿。在万佛湖旅游开发的征地过程中，地方政府按照土地管理政策给予相关补偿，但是被征用土地的群众仍然坚持认为补偿很少，失去的更多，经常发生地方群众阻挠旅游项目开工和旅游交通，毁坏旅游基础设施等事件。地方政府为此做了大量工作，向群众反复宣传有关政策，但矛盾一直没有得到很好解决。

在我们实地调查中发现，政府部门认为，他们已按照国家有关政策给予了征地户补偿，征地户的要求已超出政策范围。旅游开发商认为，征地是地方政府的责任，政府应该保护投资商的合法权利。而被征地户认为，政府的补偿太少，土地是他们的生活最后一道保障线，他们失去土地后，政府对他们的就业问题没有作任何的安排，由于长期的传统经营和自身文化素质不高，他们无法适应新的就业形势和就业条件，补偿的资金也远远不够他们投资旅游等产业，平静的生活被打乱，生活失去稳定。调查发现，各方面矛盾的焦点主要集中在两个方面，一是被征地户的就业保障问题，二是征地补偿问题。其中制定补偿问题主要是依据现有的土地管理法规，若从现有土地征地行为看，被征地农户失去了土地的发展权益，实际利益没有达到合理补偿。

在现行《中华人民共和国宪法》和《中华人民共和国土地管理法》法律框架下，集体土地所有者无权将自己的土地向收益更高的旅游等商业用途转换。《土地管理法》第五章第四十七条规定，征用土地的，按照被征用土地的原用途给予补偿。征用耕地的补偿费包括土地补偿费、安置补助费以及地上附着物和青苗的补偿费。征用耕地的土地补偿费为该耕地被征前三年平均年产值6~10倍计算；安置补助费按照该耕地被征用前三年平均年产值的4~6倍计算，最高不超过15倍；土地补偿费和安置补助费的总和不得超过土地被征用前三年平均年产值的30倍。从《中华人民共和国土地管理法》规定征地的补偿方法和标准中可以看出，补偿标准的计算是基于农业用途的土地收益，在此情形下，集体土地所有者能获得的补偿仅仅限于基于农业用途的土地价值。万佛湖旅游景区(点)开发和旅游项目征地明显属于具有高赢利性质的商业征地行为，这种征地行为明显只对投资人或者营利性公司有利，对农户土地发展权的侵犯没有给予应有的补偿。根据假定，被征地的最佳用途为旅游业，因此，征地行为限制了农用地发展，给农户带来损失。

二、生态旅游资源配置冲突

(一)公共物品理论

公共物品是相对于私人物品而言，其区别主要在于分配和消费环节。消费中的非竞争(nonrival)和技术上的非排他(nonexclusion)是公共物品最基本的特性。消费中的竞争性(rivalry)和技术上的排他性(excludability)可以用于区别并定义私人物品和公共物品。在某一个物品的消费过程中，如果由于一个消费者增加一个单位的消费量而导致其他消费者的消费量减少一个单位，那么这个物品的消费是竞争的(rival)。相反，如果其他消费者的消费量不受该消费者增加消费行为的影响，那么这个物品的消费是非竞争的。技术上的非排他性是指下列两种情况之一：第一，在某一物品的消费过程中，任何人无法选择性地对部分消费者提供服务，将某些消费者(例如不支付费用的消费者)排除在外；第二，将拒绝付费者排除在外的做法虽然在技术上可行，但在经济上明显得不偿失。以排他性和竞争性为标准，人类社会中的经济物品(economic goods)可以划分为四类，即纯公共物品(pure public goods)、纯私人物品(pure private goods)、可能发生拥挤的公共物品(congestible public goods)、价格排他的公共物品(price-excludable public goods)。纯私人物品既是排他的又是竞争的，它只能满足其拥有者的消费需要,其他任何人不能随心所欲地分享。纯公共物品消费上是非竞争的,同时在技术上是非排他的,或者排他是不经济的。一方面,每个人对该产品的消费不会造成其他人消费的减少;另一方面,公共物品一旦被生产出来,生产者就无法决定谁来得到它,因为生产者在技术上无法排斥那些不付费而享用该物品的人,或者排斥的成本高到使排斥它成为不经济。对于可能发生拥挤的公共物品,在消费者人数低于拥挤点(point of congestion)时,该物品是非竞争的,而消费者人数超过拥挤点时,这种物品的消费就变成竞争的。价格排他的公共物品的消费是非竞争的,但在技术上却可以经济地排他。一般将所有介于纯公共物品和纯私人物品之间的物品称为准公共物品(quasi-public goods),具有不同程度的公共性(publicness)。可能产生"拥挤"(congestion)是指有限的消费容量和无限的消费需求的冲突,建立俱乐部制度可以避免发生拥挤。

(二)生态旅游资源的公共性问题

生态旅游资源是指以生态美吸引游客前来进行生态旅游活动,为旅游业所利用,在保护的前提下,能够产生可持续的生态旅游综合效益的综合体。生态旅游资源主要包括自然生态旅游资源、人文生态旅游资源和保护性生态旅游资源。在本研究区域,自然生态旅游资源包括森林生态旅游资源、湖泊生态旅游资源、温泉生态旅游资源、河流生态旅游资源等;人文生态旅游资源包括田园风光生态旅游资源、渔区生态旅游资源和农家生态旅游资源、水利工程建筑等;保护性生态旅游资源包括森林生态自然保护区、大别山水源涵养林保护区、森林公园、风景名胜区等。从生态旅游资源的构成中可以发现,生态旅游资源与自然环境具有相当程度的叠置性。自然环境是指客观存在的物质世界中同人类社会发展相互影响的自然环境因素的总和,主要是指大气、水、土壤、生物、阳光等,一般环境无法进行商品性开发,其价值未通过市场交易反映出来,但自然环境提供的服务包含了很强的公共物品的性质,而实施环境保护、提高环境质量同样也是公共物品。生态旅游资源,如森林、湖泊、地貌、温泉等,很多属于环境范畴。

因此,生态旅游资源不是一种独立存在的资源类型,它从形态上依附于土地及其地面附着物,而且它往往与更广范围的气候、生物多样性等结合在一起,很难从自然环境中单独剥离出来,其地理、形态等范围难以界定,主要依赖整个区域的地理、历史、经济、社会文化等各要素。同时,由于自然环境因素是生态旅游资源的重要构成因素,而自然环境又是农业、住宅、商业、娱乐、工业、林业等产业活动的基础，而且这些活动一般均在生态旅游开发前就已存在，与旅游业共同作用形成多种活动、多部门时空融合特征的异质空间。由于生态旅游资源具有公共性，为不同产业共同而又不排斥使用这些资源提供了可能。但由于生态旅游资源公共性所引起的外部性和搭便车的问题，将不可避免引起不同产业之间资源和空间的竞争，这种潜在的冲突将导致生态旅游资源过度使用，形成“市场失灵”和“政府失灵”现象。

（三）生态旅游资源的外部性问题

外部性是在没有市场交换的条件下，一个生产单位的生产行为（或消费者的消费行为）影响了其他生产者（或消费者）的生产过程（或生活标准）。如果：

$$F_i=f\left(X_i^1,\ X_i^2,\ X_i^3\cdots X_i^m,\ X_j^n\right),\quad i\neq j,$$

则说明生产者（消费者）j对生产者（消费者）i存在外部影响。外部性分为外部经济性和外部不经济性。外部经济性是指i因为 X_j^n 的存在而受益，希望j能增加 X_j^n 。外部不经济性是指i因为 X_j^n 的存在而受损，希望j能减少 X_j^n 。在市场机制条件下，资源的配置取决于成本和效益。而外部性的存在造成了私人（局部）利益与社会利益冲突，表现为私人成本－收益的计算与社会的差异，从而对决策产生影响。如表10.13所示，当PMB=SMB，且PMC=SMC时，社会效益与私人效益一致，实现资源配置帕累托效率。当PMB=SMB时，但EMC大于零，有关经济活动的一部分成本由外部承担，而收益却没有外流（EMB=0），导致社会效益低于私人效益，造成外部不经济。当PMC=SMC，但EMB大于零时，该经济活动的收益被外部分享，而成本却由私人承担（EMC=0），导致“为人做嫁衣裳”的外部经济性现象。

表10.13　外部性政策分析矩阵[1]

	边际收益		边际成本		边际利润	决策意义
私人成本－利益计算	PMB 私人边际收益	－	PMC 私人边际成本	=	Pπ 私人效益	决定个人活动的因素
外部成本与外部收益	EMB 外部边际收益	－	EMC 外部边际成本	=	Eπ 外部效益	留给外部，即为被内部化的损益
社会成本－收益计算	SMB 社会边际收益	－	SMC 社会边际成本	=	Sπ 社会效益	社会评价依据

[1]郑易生. 市场经济的公共资源与公共秩序[J]. 数量经济技术经济研究，1995(7)：5-24.

生态旅游资源更多提供公共性服务，它具有明显的外部性。在万佛湖地区，水源涵养林保护、野生动植物保护、森林生态保护等各项政策措施，防止了生态环境污染和破坏，有利于生态环境质量和美学质量的提高，为生态旅游及其他社会经济活动的可持续发展提供保障，因此，生态旅游资源保护是外部经济性很强的公共物品。例如万佛湖野生动植物保护和森林生态保护，保护了生物多样性，减少了水土流失，为下游居民提供了质量和数量有保障的生产和生活用水，有利于巢湖水污染治理等，它具有明显的外部经济性，这时其社会边际效益SMB大于私人边际效益PMB，差额就是外部边际效益EMB。而在生态旅游开发中，旅游交通等基础设施、旅游接待设施的兴建和水上娱乐活动等，使某些珍稀动植物的原始栖息环境遭到破坏和干扰，生物多样性保护受到威胁，水土流失加大，库区蓄水量减少，水质下降，影响了下游的防汛抗旱和饮用水安全等，因而具有外部不经济性，这时社会边际效益SMB小于私人边际效益PMB，差额就是外部不经济边际效益EMB。但由于生态旅游提供的服务具有非排他性和非竞争性，因此各个消费主体不愿主动为公共物品付费，总想让他人提供，自己免费使用，从而产生"搭便车"问题。

同时，生态旅游资源具有特殊的外部经济性，一般公共产品虽然具有外在经济性，可是真正能从中受益的仅仅限于或主要集中在公共产品的所在地，如城市基础设施受益的主要是本市居民，具有地方性。但一些生态旅游资源保护性项目，如生物多样性保护、水源涵养林保护等，其外部经济具有明显的非地方性，因此使得这些外部经济性补偿更难以实现。在市场机制作用下，生态旅游资源的公共性导致人们"先下手为强"式的使用而不考虑选择的公正性和社会的意愿，使得生态旅游资源被过度使用，而单个个人和行业利益最大化最终将不可避免导致哈丁的"公地的悲剧"。

（四）生态旅游资源的公共选择问题

生态旅游资源的公共性导致外部经济性减少，外部不经济性明显，不利于生态旅游以及社区的可持续发展，而"搭便车"现象使生态旅游资源的合理配置出现"市场失灵"，使得政府干预成为必要。通过政府提供必要的公共物品，消除经济外部性，以保证资源的最佳配置。政府一般通过公共选择的方式来决定公共物品的供给，公共决策实际是政府的选择，公共选择将决定政府公共物品的配置，是一种非市场的集体选择问题。然而，由于生态旅游资源的公共性，特别是随着我国决策民主化和农村基层民主推进，一些乡镇政府将担负生态旅游资源的保护工作，在目前地方政府财政的约束下，一些保护工程将主要通过居民投票表决来决定，将不可避免出现公共产品的"政府失灵"问题。一是投票的规则问题，主要包括一致性规则和多数规则。尽管基层选举法规定必须经过全体投票人赞同才能通过，但在实际工作中，对一些生态旅游保护工程，直接受益人和间接受益者往往具有不同的偏好，要使它获得全体一致的赞同，势必要花大量的时间和人力，全体决策的成本太高。同时，一些从事生态旅游活动的经营者，由于其经济优势，为周围群众提供一定的就业机会，为得到个人利益，他们往往采取某些手段迫使他人同意。因此，为达到一致赞同而付出的代价往往超过了一致性赞同所带来的好处，从而使这一赞同失去意义。而多数规则会产生收入和财富的再分配，在生态旅游资源的开发决策中，多数投票者可能通过投票得到好处，会增加福利，而不赞同者却要从中受损，会减少福利，加大社会贫富分化，引起社会不公正。同时，多数规则在有多个选择措施时可能带来决策的不确定性和循环性，出现"阿罗不可能定理"描述的投票悖论现象。

第四节　生态旅游经营管理冲突

我国宪法明确规定，矿藏、河流、森林、山岭、草原、荒地、滩涂等自然资源，都属于国家所有，即全民所有，由法律规定属于集体所有的森林和山岭、草原、荒地、滩涂除外，国家保障自然资源的合理利用，保护珍贵的动植物，禁止任何组织或个人用任何手段侵占或者破坏自然资源。从现行法律规定看，自然资源产权的利益主体有四种[1]：一是自然资源的最终所有者，即全体人民；第二个受益主体是第一个受益主体代理人，即国务院，国务院又按照政府行政系统再授权各个部门及各级政府实现资产的分级管理，形成以国务院为中心的各级政府的第二个受益主体，此时，各部委（局）及各级政府再在代理上形成条块分割，开始出现自然资源管理的各自为政局面；第三个利益主体是受政府委托直接经营和管理自然资源的实体，在我

[1]杨振之，马治鸾，陈谨．我国风景资源产权及其管理的法律问题[J].旅游学刊，2002，17(4)：39–44.

国,一般是具有行政管理行为的事业单位;第四个利益主体是各个经营和管理单位的员工。国有自然资源的利益主体及其产权、行政权、管理权的代理被不断转移和分割,使国家作为自然资源所有者代表的地位模糊,资源产权虚置或弱化,各种产权关系缺乏明确的界定,资源不同利益主体之间的经济关系缺乏协调,引起权益的冲突,主要表现在不同级别政府之间利益冲突、不同行政部门之间利益冲突,以及资源经营与管理之间的冲突。

一、政府利益主体之间冲突

从本质上讲,旅游资源保护和开发是互补的,但这一切必须以合理的制度安排和有效的机制设置为保证。在我国处于向市场经济转轨期,这个阶段强调的是市场经济的优越性和市场机制对资源配置的基础性作用。但是应该看到,生态治理,改善的不仅是当地的生态环境,而且对全国生态环境的改善也具有重要意义,因此它提供的不仅是区域性的公共产品,更是全国性的公共产品。国家公共资源所包含的对全国公众的利益和国家承担保护它的职责,是与地方政府的利益和职责有差别的,国外有关政策的制定都考虑到这个客观存在的差别,如中央对国家公园所在地方政府和居民的补贴[1]。我国由于种种原因,忽视了这种差别或对其考虑不够,特别是在政府主导型旅游发展战略下,易导致不同主体的目标冲突。表10.14是万佛湖生态资源源保护和旅游开发中不同利益主体的目标、措施、效益和受益情况。

表10.14　万佛湖地区旅游资源开发和保护过程中不同利益主体情况

利益主体	主要目标	主要措施	主要效益	受益区域
国　家	生物多样性保护 水土保护	设立森林生态保护区、水源涵养林保护区、森林公园,加强小流域水土整治	环境效益	国家和整个流域
安徽省	确保龙河口水库安全、下游生产和生活用水以及巢湖水污染治理	水库除险加固,山区异地移民建镇,发展绿色生态产业	环境效益 社会效益	杭埠河流域、巢湖、部分淠河流域

[1] 中国社会科学院环境与发展研究中心课题组. 国家风景名胜资源上市的国家利益权衡 [J].数量经济技术经济研究,1999(10):3-25.

续表

利益主体	主要目标	主要措施	主要效益	受益区域
六安市 舒城县	实施旅游扶贫战略，发展生态旅游业，增加财政收入和就业，提高旅游业的经济带动作用	设立万佛湖风景区，加快景区电力、通信、给排水和对外旅游快速通道等基础设施建设	经济效益 社会效益	六安市、舒城县
景区管理处	旅游景点开发和旅游区管理，提高旅游市场竞争力	设立旅游开发公司，加强景区内景点开发和环境治理	经济效益 社会效益	舒城县与景区内各乡镇
投资经营者	从事赢利性旅游项目投资和经营	旅游项目投资经营，提高产品档次和服务水平	经济效益	投资和经营者

说明：根据国家、安徽省、六安市国民经济计划和旅游发展规划以及万佛湖旅游开发项目建议书等有关资料综合而成。

从表中可以看出，从国家、地方到具体旅游投资和经营者，其利益主体目标由宏观到微观，由追求长期的综合效益到短期的经济效益，投资的领域由纯保护性的公共产品过渡到纯盈利性的私人产品，投资的外在经济性也逐渐内部化，而现阶段国家相关政策对这种目标的差别和潜在的冲突缺乏充分考虑，导致旅游资源保护和开发目标扭曲。

在旅游资源保护和开发中，涉及不同级别政府的利益主体。就中央政府与地方政府而言，政府之间关系的内涵应该是利益关系、权利关系、财产关系和公共行政关系。利益关系决定其他关系，其他关系是利益关系的不同表现形式。不同级别政府之间利益关系通过委托—代理形式实现，其实现的前提是委托人和代理人的利益目标一致性。但是，一方面由于同一代理人可能有不同的委托人，不同的委托人具有不同的目标和利益函数，代理人必然偏好选择与自己目标利益函数一致或相近的决策。另一方面，根据彼得原理，一级主管的管理幅度和控制幅度应该不超过6个，而我国多数省份已达到15个之多，安徽省已达16个，委托人对代理人的控制幅度过于分散，对代理人的绩效评价难度增大，对代理人违约监控和执行惩罚的费用过高，易诱导人类机会主义和功利主义行为。利用国家对旅游资源开发管理和监督机制的不完善，一方面打着生态旅游开发的幌子，对一些生态敏感区和脆弱区进行开发，造成资源和环境的严重破坏；另一方面，一些旅游开发商为了维护既得的利益，利用公众“搭便车”心理，加大对政府“院外活动”的寻租行为，以保持和放宽政府制定的标准，将自己的内在成本社会化，加大景区资源保护的难度[1]。

目前，在我国中西部地区，大多数旅游资源处于开发初期，同时由于景区资产管理所有人不明确，地方政府，特别是县级政府，在国家治理体系中，县级政府拥有更多的自主权，多数事实上扮演着资源资产的全权代理人角色行使管理权限，县级政府在旅游资源经营与管理中具有举足轻重的地位。在万佛湖地区，舒城县政府直接担负着万佛湖旅游资源开发管理和地方经济、社会发展等职责。衡量地方政府绩效的主要标准是GDP增长速度、财政收入增长速度以及就业与社会的稳定。对舒城县政府而言，现阶段最重要的目标是充分发挥万佛湖生态旅游资源的优势，发展经济，提供就业，消除贫困。在这种目标下，地方政府为加快本区旅游开发，必然对旅游道路等基础设施加大投资力度。但由于受政府财政预算及地方投融资能力的约束，为此，舒城县政府把招商引资作为旅游开发的主要举措，而其最重要的优惠措施就是土地政策优惠，并根据投资额，实行相应的土地出让政策，但对具体的项目投资却缺乏有效的引导和控制，容易导致旅游资源经济开发最优行为，追求短期经济效益，忽视了资源与环境的脆弱性和无法恢复性，导致旅游资源过度开发，生态环境破坏和恶化。在水库区，由于岛屿开发，已对白鹭等野生动物产生严重干扰，特别是水库中岛屿旅游经营活动，污水没有处理就直接排放，部分岛屿周围的水质已降至V类标准。特别是在2002年，地方政府通过招商准备在万佛湖兴建高尔夫球场，而高尔夫球场草坪使用的大量农药和化肥必将对周边环境产生严重影响，这已违背了保护区原则。

此外，由于现行法律没有明确规定谁作为自然资源资产的代理人来行使资源的管理权，造成上级政府对下级政府的利益转移。在万佛湖旅游开发中，首先是由景区当地的龙河镇等乡镇政府对旅游资源进行开发，对土地征用与纠纷等开展调解工作。随着旅游发展，舒城县政府成立了万佛湖管理委员会，全面负责万佛湖旅游开发，旅游门票收入几乎全部上缴县级财政，而景区乡镇政府只从相关的旅游地方税收中受益，但万佛湖管理委员会只负责旅游开发，景区安全和土地纠纷等均由景区所在的乡镇政府负责，乡

---

[1]沈满洪. 论环境问题的制度根源[J]. 浙江大学学报：人文社会科学版，2000，30(3)：57–65.

镇政府失去原先的门票等收益权。在这种情况下，为获得旅游业收益，增加乡镇财政收入，他们又在景区附近开发新的旅游项目，如龙河镇政府开发的荷花堰漂流旅游项目。从长远看，这不利于对自然资源的监督管理，不利于自然资源的可持续利用。

二、行政部门利益主体之间冲突

在我国资源管理中，部门与行业实行垂直行政管理，这种管理体系在行业性较强的序列中是可行的，但在综合性资产管理序列中，特别是像旅游资源，是一个集土地、交通、水利、农业、林业、渔业等行业的综合性管理，实行垂直管理易形成部门分割与利益冲突等问题。各部门往往只从本部门的利益出发考虑资源的管理与开发利用，缺乏全局意识，各自为政，各部门制定的旅游资源保护与开发规划与旅游项目经常相互冲突。在万佛湖地区，生态旅游开发涉及很多部门，主要包括旅游、农业、林业、渔业、环保、建设、国土、水利水电、扶贫、民政、交通、航运、淠史杭管理总局等，其中每个部门都根据本部门的纵向垂直系统代表国家行使资源所有权，同时又代表国家行使行政管理权，使本区资源所有权被各个部门分解，但却没有一个唯一的权威部门来代表国家行使所有权，导致部门之间、部门与国家之间的利益发生冲突。

其中，旅游部门主要强调万佛湖旅游开发，林业部门强调林业与生态以及野生动植物保护。特别是在库区，水库属于安徽省水利厅管理，由其所属龙河口水库管理处直接管理，负责水库安全管理与运行，以及水库水资源的调度；而淠史航灌区管理总局则负责水库以下的渠道管理和水费征收，水库中的水资源、水库中岛屿以及周边陆地则由地方政府管理，渔业部门利用水面进行渔业生产，旅游部门利用水面进行旅游项目开发，整个库区（除水库水面外）周边地区的开发则由舒城县库区办公室负责管理，不同级别的政府及其管理机构、不同部门及其管理单位各自为政。由于资源所有权受到条块的多元分割，使得各个利益主体之间的经济关系缺乏协调，各管理部门根据国家授权行使资源管理权，形成谁都可以行使所有权但谁都不能否定谁的局面，导致资源的过度使用，国有资产大量转化为一些地方政府、部门、集体或个人的利益。特别是1999—2002年，万佛湖地区及下游连续发生严重旱灾，为缓解旱情，水库水位因抽水降至死库容以下，景区失去湖光山色之美，旅游也受到严重影响，同时也给水库养殖承包单位带来巨大损失，部门利益冲突加剧。

三、经营与管理模式冲突

我国和部分发展中国家一样，受财政预算约束，旅游资源实行行政化管理和企业化经营于一体的模式，与美国等发达国家的管理模式不同（表10.15）。

表10.15 中美旅游资源经营管理模式比较[1]

	中 国	美 国
名 称	历史文化名城、文物保护单位、风景名胜区、自然保护区、森林公园、地质公园	国家公园、自然保护地、历史纪念地
所有权	单一国家所有	大多为国家所有，部分自然保护地和历史纪念地属自治团体、企业和个人所有
管理部门	分别由中央、省、市、县政府文化、文物、建设、林业、环保和国土资源等部门管理	联邦政府内政部—国家公园管理总局—7个地区管理分局—国家公园
职 能	资源保护、科教基地、观赏游览、发展社区经济、提供劳动就业	资源保护、科教基地、观赏游览
规划体系	各部门、各学科的规划设计单位和教学研究单位分别编制规划，风景名胜区、森林公园、旅游区分别制定规划设计规范，由各行政主管部门审批	由联邦政府内政部国家公园管理总局下属丹佛规划中心统一编制国家公园总体规划、专项规划、详细规划和单体设计
经费来源	管理人员基本工资和部分保护经费由国家财政拨款，职工福利和部分保护经费自筹，保护、建设和社区发展资金严重不足	管理人员薪金全部由国家财政拨款，保护经费基本上由国家财政拨款，有相当多的社会支持（企业、个人捐赠），少量收取门票补充环保和宣传经费
经营机制	由行政主管部门下属的管理机构直接经营接待、食宿、娱乐等服务项目，政事合一、事企合一、自收自支	国家公园管理机构不经营食、宿、购、娱等商业性业务，由政府特许商业处管理食、宿、购、娱等商业性民营企业

我国旅游资源的管理实体同时肩负旅游资源保护和开发利用的双重责任。管理人员基本工资和部分保护经费由国家财政拨款，资金严重不足，职工福利和部分保护经费自筹，他们不但要肩负资源保护任务，同时还要解决

[1]王兴斌. 中国自然文化遗产管理模式的改革[J]. 旅游学刊，2002，17(5)：15-21.

自身的生活福利问题,具有代理性经营者和谋利性经营者的双重角色[1]。从目前看,我国现有管理具有两个显著特征:一是多重目标性,二是经营管理实行企业化与市场化运作。对于管理单位,其具体目标一是实行代理性的非赢利性质的资源保护,代表国家资源的利益主体;二是实现谋利性的资源开发与利用,实现资源的增值和自身利益的增加。在相对资源开发具有明确的经济目标和高强度激励机制的活动而言,由于资源保护具有公益性,没有一个明确的实施细则和绩效衡量指标,是一个只能提供低强度激励机制的活动,这样在旅游经营管理单位的同一主体内,为资源保护和资源开发两种活动提供了不同强度的激励,易产生资源配置的核算交叉和配置交叉等交叉行为[2]。特别是配置交叉补贴行为,它促使高素质的人力资源、高质量的资本、更多的时间和注意力投入到激励性较强的开发利用活动中,甚至将国家专项保护资金也用于赢利性的开发活动中,从而导致目标的扭曲和保护目标的弱化,使保护与开发的双重目标发生冲突。

[1][美]马尔科姆·沃特斯. 现代社会学理论[M]. 杨善华,李康,译.北京:华夏出版社,2000.

[2]中国社会科学院环境与发展研究中心课题组. 国家风景名胜资源上市的国家利益权衡 [J].数量经济技术经济研究,1999(10):3-25.

第十一章　六安市文化旅游研究

六安市文化旅游资源丰富。充分利用丰富多样的文化旅游资源，努力实现民族文化和旅游产业的融合发展，一方面有利于实现六安市文化旅游产业大发展、大繁荣，有效保护和弘扬六安市多元文化传统，提高当地文化自豪感，促进六安市与其他市之间的历史文化交流；另一方面，按照创新发展文化旅游和建设“文化六安”的要求，以古城文化、皋陶文化、楚文化、红色文化、水利文化和茶文化为引领，不断挖掘地方文化内涵，积极探索推进文化旅游产业发展模式，重点构建文化旅游品牌体系，逐步将山水观光、休闲度假、健身探险等活动向文化深度体验转化，将六安市打造成为大别山文化旅游腹地和“缩影”、全国知名的文化旅游区。

第一节　六安市品牌文化旅游资源分析

根据六安市文化旅游资源特征，综合国内外文化旅游整合发展趋势，大力构建以多元文化融合为特色的六安文化旅游品牌，加强古城文化、皋陶文化 、楚文化、红色文化、水利文化、三线文化和茶文化等旅游品牌建设，形成大品牌突出、小品牌支撑的旅游综合品牌体系，树立整体品牌形象。

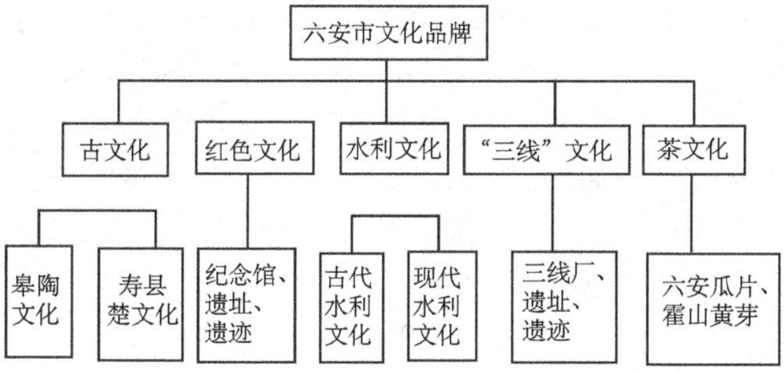

图11.1　六安市文化品牌体系

一、古文化品牌

皋陶是我国古代史上一位杰出的历史人物，皋陶死后葬于六安，为六安古文化奠定了人文基础。六安是皋陶后裔的封地，形成了四千多年的皋陶文化史。为了纪念皋陶，后人修建了皋陶墓、皋陶祠、中华皋陶文化园。寿县楚文化是淮夷文化与楚文化互相影响、渗透、融合而形成的独具一格的古文化，主要集中在寿县，以结构保存完好的寿县古城为核心，古文化建筑及遗址星罗棋布，有报恩禅寺、文庙、淮南王刘安墓、廉颇墓，还有古楚都、安丰城、淝水古战场等遗址。因此，应发展定位以追溯六安市古文化为主题，包括休闲、观光、科考、考古溯源的旅游线路，将六安古文化旅游打造成六安市文化旅游的重点品牌。

二、红色文化品牌

六安大别山是中国革命的摇篮之一，是鄂豫皖革命根据地的重要组成部分，以大别山革命历史纪念园、金寨革命烈士纪念馆、独山革命旧址群等为重点的红色旅游景区旅游资源丰富，生态、文化等旅游资源与红色旅游资源交相辉映，整体开发后各种旅游产品能形成互补互撑的良好组合态势。红色文化旅游资源的发展要整合红色旅游资源，开展“缅怀革命先烈、学习忠诚风范”主题性旅游活动，整体打造红色文化旅游品牌，建成为全国爱国主义教育的重要场所。

三、茶文化品牌

六安瓜片作为全国知名茶叶品牌，现拥有金寨县、裕安区等地理品牌保护产地，开发出“六安瓜片”系列，是国家非物质文化遗产。霍山黄芽在唐朝被列为14品目贡品名茶之一。舒城小兰花为历史名茶，创制于明末清初。六安茶文化旅游品牌资源的发展是实现绿色发展的重大战略、壮大和培育六安茶产业、带动旅游相关产业发展、致力绿色发展的具体实践。将茶采摘、茶体验、茶餐饮、茶文化、茶休闲与景区旅游结合起来，打造六安茶文化生态休闲体验旅游区，带动三产共同发展。

四、水利文化品牌

现代水利工程淠史杭灌区是淠河、史河、杭埠河3个毗邻灌区的合称，是世界七大人工灌区之一，是新中国成立后兴建的最大灌区之一。淠史杭灌区修建中小型反调节水库1 200多座，主要包括金寨县响洪甸水库和梅山水库，霍山的磨子潭水库、佛子岭水库和白莲崖水库，舒城县的龙河口水库（万佛湖）。古代水利工程主要包括安丰塘、水门塘、瓦埠湖和七门堰。水利文化品牌发展要将水利文化旅游打造成六安市文化旅游的一张名片，把六安市建设成为融水利文化和生态环境为一体的水利旅游示范区。

五、“三线”文化品牌

六安市“三线”遗产主要集中在金安区、裕安区、霍山县、舒城县和金寨县（表11.1）。由于历史原因，目前大部分“三线”企业及附属机构已外迁或重组改制，但“三线”企业留下了大批的物质文化遗产，对六安旅游业发展具有重要作用。

表11.1 六安市“三线”资源分布

分 布	代表性资源
金安区	光华无线电仪器厂、长安机器总厂、宁平车辆厂、永达机械厂、朝阳化工厂、毛坦厂利群厂等
裕安区	浦信化工厂、利群厂、南京军区后方疗养所、横排头军事后勤仓库、8301机场等
霍山县	东风机械厂、皖西机械厂、皖西化工厂、红星机械厂、江北机械厂、淮河机械厂、江南机械厂、红旗机械厂、淮海机械厂、皖西医院等
舒城县	先锋机械厂、皖中机械厂、皖江机械厂、通用机械厂、江淮机械厂、皖东机械厂、皖中医院、302机务站、长江计量所等
金寨县	金光钢厂等

第二节　六安市文化旅游资源开发的原则

一、注重文化产业与旅游的融合

旅游是文化的载体,文化是旅游的灵魂,现代旅游业的发展更离不开文化的灌注。文化由于它自身的特点和性质,必须与第一产业和第二产业相互融合,才能充分发挥文化旅游业的关联和带动作用。以文化旅游业激活传统农业,提升工业,促进文化旅游业与农业、工业、其他服务业的融合发展。通过产业、行业间的融合、互动发展,实现经济社会的全面进步。

二、坚持以发展促保护的发展思想

坚持"以开放促开发、以开发促发展、以发展促保护"的发展思想,全面指导六安市的文化旅游资源开发,实现经济、社会和生态效益的有机结合。

三、积极保护各类文化遗产

文化遗产是一个国家和民族历史成就的标志,是当代文明和一个地区社会发展的标志。应积极保护庐剧、寿县锣鼓、抬阁、肘阁、大别山民歌等民间艺术。

四、活化文化旅游产品

变非物质文化资源为物质文化项目,将无形文化变为有形文化,活化文化旅游产品,增强参与性、体验性、休闲性,利用特定空间展示并提供参与机会,让游客以一定的方式充分感受和体验六安多彩的文化。

五、塑造文化旅游品牌

进一步明确文化旅游品牌的重要性,营造城市的历史文化氛围,开拓文化旅游专项市场,使六安市文化旅游产品开发向多元化、精品化方向发展。

第三节　六安市文化旅游资源开发的途径分析

一、整合传统文化景点

整合皋陶墓、皋陶祠、中华皋陶文化园等古文化旅游资源，将其打造成为六安市历史文化景区，发展成为文化旅游的招牌景点。

二、打造文化节庆品牌

六安市拥有丰富的节庆活动，在旅游开发与利用的过程中要充分把文化节庆融入进来，让文化节庆充实旅游内容。加大策划提质力度，将六安茶文化旅游节打造成六安知名的节庆活动品牌，积极融入大别山山水文化品牌之中。

三、整合资源

整合包括“三线”遗迹在内的“红、绿、古”旅游资源，依托“三线”建设旧址，围绕“艰苦创业、奉献青春”文化主线，以“旅游为里，创意为根，文化为魂”，加快构筑六安“三线建设”文化新名片，创建国防教育和爱国主义教育基地。

四、打造旅游文化演艺节目

鼓励专业艺术院团与重点旅游目的地合作，打造特色鲜明、艺术水准高的专场剧目，每个AAAA级景区至少推出一台常态化的旅游文化演艺节目。

五、加快六安茶谷茶文化项目建设

要将六安正在建设的“茶谷”项目融入连接中国、蒙古国、俄罗斯三国1.3万千米的“万里茶道”之中，将茶叶产业与休闲旅游、文化创意、健康养生融为一体，打造成为茶文化与生态景观相结合的“茶产业谷”。

六、实施文化旅游精品工程

(一)文化品牌营销工程

以节会为抓手,打造六安市文化旅游品牌。通过举办六安市茶文化节等系列节庆,不断丰富六安市的旅游品牌形象,提升六安市旅游在市场上的感知度。打造以庐剧、锣鼓、大别山民歌为代表的民间文化品牌,打造以茶文化为代表的农业文化品牌,形成特色鲜明、个性独特的品牌系列。积极培育发展影像制品、民间工艺、茶文化、演艺娱乐、体育竞技、文化旅游、动漫游戏、网络文化等文化创意产业。

(二)文化旅游商品工程

依托六安市传统文化,开发系列化的旅游商品,增加文化传承力度。鼓励有创新特色的文化旅游工艺品(纪念品)申请外观设计专利,加强对文化旅游工艺品(纪念品)的知识产权保护。加强文化旅游工艺品(纪念品)的市场推广,逐步提高工艺品(纪念品)的信誉和影响力。尽量开发展示及介绍六安市古文化、水利文化和特色产品的系列丛书、杂志、书籍和小画册,或者宣传册、明信片、光盘,以及赋予六安内涵的文化衫、太阳帽等向外界宣传促销。

(三)文化旅游保护工程

充分发挥六安市政府的主导作用,建立文化保护工作协调机制,加强文化保护的法律法规建设。鼓励企事业单位、文化教育科研机构、社会组织积极参与文化保护工作,促使文化保护成为社会各界的自觉意识和自觉行动。通过修缮整理、补景提升、梳理整合、挖掘再现等手段,展示地域文化的内涵和魅力。以人为本,保障和实现民族文化传承者的基本权益,实现文化旅游资源的有效保护与合理开发利用。在重点旅游线路上布局建设和提升发展有代表性的非遗传习基地和传统民俗活动场所。进一步规范和完善文化娱乐市场,把市场经济的机制有效移植到文化产业机制中,基本建成与经济社会发展水平相适应、具有六安市特色的文化旅游产业发展格局。

【理论研究】

文化旅游产品开发的路径与模式问题研究

旅游产业与文化产业的有机融合越来越成为提升经济效益、创造社会价值的重要源泉。在文化旅游产品开发中，对文化概念的正确理解和文化区别特征中旅游元素的合理挖掘是文化旅游资源产品开发的首要问题。研究发现，游客对现代性的感知程度与对旅游真实性的追求呈现U曲线关系而非L曲线关系，这主要是受游客自身文化以及由此引发游客体验动机差异的影响，这也是正确分析文化旅游产品市场需求和产品定位的关键。通过综合运用社会空间理论、旅游体验模式和原真性理论等，提出五种模式文化旅游产品，即文化遗址遗迹类旅游产品、文化历史建筑群类旅游产品、文化景观遗产类旅游产品、文化主题公园类旅游产品、文化演艺类旅游产品，并对不同模式产品开发形式、内容和条件进行深度分析。

一、研究背景

文化是旅游的灵魂，旅游是文化的载体。随着世界经济结构的深刻变化，旅游业也进入一个大调整大发展时期，旅游产业与文化产业的有机融合越来越成为提升经济效益、创造社会价值的重要源泉。2009年出台的国务院《关于加快发展旅游业的意见》中提出要丰富旅游文化内涵，把提升文化内涵贯穿到吃、住、行、游、购、娱各环节和旅游业发展全过程。2011年《中共中央关于深化文化体制改革推动社会主义文化大发展大繁荣若干重大问题的决定》也明确提出要推动文化产业与旅游等产业融合发展，积极发展文化旅游，促进非物质文化遗产保护传承与旅游相结合，发挥旅游对文化消费的促进作用。为推动旅游与文化的融合发展，许多国家和地区都进行了探索实践。我国各地也积极适应旅游业变革的新趋势，在开发旅游文化资源、培育主题旅游文化项目、打造特色旅游文化品牌等方面创造了许多成功范例，积累了许多宝贵经验。例如，印象刘三姐、印象西湖等印象系列旅游演艺产品[1-4]，平遥古城、凤凰古城、周庄古镇等古城系列文化遗产旅游产

[1]薛兵.“印象”系列大型山水实景演出的积极效用[J].新视觉艺术，2011(5)：25-26.

[2]黄明霞.城市文化旅游演艺产品的触媒效应研究——以《印象大红袍》实景演出为例[J].科技广场，2011(6)：118-122.

[3]张琴.杭州旅游演艺的运作方式与经验分析——以宋城千古情和印象西湖为例[J].青岛酒店管理职业技术学院学报，2009(3)：24-28.

[4]廖姿曼，黄炜，陈东华.旅游演艺产品创新模式比较分析——以《魅力湘西》与《天门狐仙》为例[J].现代商贸工业，2012(16)：74-75.

品等[1-3]。但与此同时，也出现文化旅游产品雷同、旅游文化主题挖掘深度不够、旅游文化特色缺乏等问题。为此，加强文化旅游产品开发的路径和模式问题研究，对不断探索文化旅游发展的新途径、新方式、新形态，促进旅游产业和文化产业相得益彰、经济效益和社会效益共同提高的良好局面具有重要的理论意义和实践价值。

二、文化特征中旅游元素的挖掘

截至目前，对文化旅游概念没有一个统一界定，但更多是将文化旅游概念泛化，这种过于泛化的概念不利于文化旅游产品的开发[4-5]。究其原因，核心问题还是在对文化概念的理解和文化特征的把握上。文化是社会学与其他人文科学研究的基本问题之一，广义的文化是指人类创造的一切物质产品和精神产品的总和，狭义的文化专指语言、文学、艺术及一切意识形态在内的精神产品。尽管英国人类学家E.B.泰勒于1871年在其《原始文化》一书中给出了“文化”一词的明确定义，但由于文化语意的丰富性，文化学者、人类学家、社会学家等分别从其专业背景和研究对象等角度给予了不同的定义。在美国人类学家克鲁伯和克拉克洪合著的《文化，关于概念和定义的检讨》一书中就罗列了1871—1951年关于文化的定义至少有164种[6]。

从“文化”的词源上看，东西方对文化概念内涵的理解有着明显的区别。“文化”一词在西方来源于拉丁文cultura，原义指农耕及对植物的培育。自15世纪以后，逐渐引申到把对人的品德和能力的培养也称之为文化。到19世纪末，文化开始意指一种物质上、知识上和精神上的整体生活方式[7]。可见，西方固有的文化概念属于经济范畴，其内涵是人类改造自然的一种劳动方式，是指特定民族的生活方式。而在中国，“文”既指文字、文章、文采，又指礼乐制度、法律条文等，“化”是“教化”，“文化”就是“文治和教化”，以礼乐制度教化百姓。可见，中国固有的文化概念属于政治范畴，其内涵是国家

[1] 高燕，郑焱. 凤凰古城景观真实性感知比较研究——基于居民和旅游者视角[J]. 旅游学刊，2010，25(12)：44-52.

[2] 高祥冠. 平遥古城的原真性保护探讨[J]. 山西农业大学学报：社会科学版，2006(2)：211-213.

[3] 张朝枝，马凌，王晓晓，等. 符号化的“原真”与遗产地商业化——基于乌镇、周庄的案例研究[J]. 旅游科学，2008，22(5)：59-66.

[4] 于岚. 文化旅游概念不宜泛化[J]. 北京第二外国语学院学报，2003(3)：95，100.

[5] 任冠文.文化旅游相关概念辨析[J].旅游论坛，2009(2)：159-162.

[6] 殷海光. 中国文化的展望[M]. 上海：上海三联书店，2009.

[7]韦森. 文化与制序[M]. 上海：上海人民出版社，2003.

治理的一种方式。

笔者认为,作为文化旅游产品中的文化,其内涵应该从属于经济范畴,指特定民族的生产生活方式。因为不同民族、不同区域生产和生活方式的不同,才导致文化的异质性,才使文化有可能作为旅游资源得以开发利用。文化资源并不等同于旅游资源,如何从文化特征中挖掘旅游元素,这是文化旅游资源开发的首要问题。文化特征包括本质特征和区别特征:文化的本质特征更多考虑文化的同质性,如文化的多样性、民族性、继承性、发展性、时代性等;而文化的区别特征更多考虑文化的异质性,如文化的规范特征、艺术特征、认知特征和器用特征等。文化旅游资源的产品开发,首先应从文化的区别特征中挖掘文化的旅游元素。

表11.2 文化的区别特征及其旅游元素的挖掘

类型	特征内涵	旅游元素挖掘
规范特征	是文化系统中对文化分子的思想、行为,甚至情感,规定其应当或不应当,善或恶等预规或应迫。规范是价值观念的具体化而形成的人们行为的准则,有约定俗成的,如风俗等,也有明文规定的,如法律条文、规章制度等。各种规范之间互相联系,互相渗透,互为补充,共同调整着人们的各种社会关系。伦理和道德是规范特征的总汇	规范特征常为文化的主宰和显现特征,不同文化最核心的差别就是规范特征的不同。规范特征蕴含了丰富多彩的旅游元素 规范特征中的“伦理”蕴含着文化的理性、科学、公共意志等属性,是一种公共生活中外在的客观的理性规范,具有客观性、普遍性、习俗性等特征,最能体现文化的区域性和差异性,可作为重要的旅游元素开发利用而被游客感知、参与和体验 规范特征中的“道德”主要指个人生活中内在的主观的情性品格,具有主观性、情境性、个体性等特征,难以作为旅游元素来开发利用
艺术特征	艺术是夸张化和浓缩化的生活,通过塑造形象以反映社会生活而比现实更有典型性的一种社会意识形态。根据表现手段和方式的不同,艺术可分为表演艺术、视觉艺术、造型艺术、语言艺术、综合艺术等 与规范特征不同,由于艺术活动是人们以直觉的、整体的方式把握客观对象,并在此基础上以象征性符号形式创造某种艺术形象的精神性实践活动,它最终以艺术品的形式出现,这种艺术品既有艺术家对客观世界的认识和反映,也有其个人的情感、理想和价值观等主体性因素,使得审美价值成为文化艺术特征中最主要、最基本的特征	艺术特征是最富于特殊色调的一种特征,它是一个文化最直接呈现于感觉的层面,本身就是最为直接的文化旅游元素 绘画、雕塑、建筑、工艺美术、剪纸、书法等造型艺术是艺术特征中最为明显、也是不同文化特征中最为视觉直观区别的特征,蕴含丰富多彩的文化旅游元素,可以直接为旅游者欣赏、体验或参与。特别是绘画、剪纸等,可以直接开发成为旅游商品和纪念品,成为文化旅游产业不可或缺的要素 舞蹈、音乐、曲艺、杂技以及戏剧和戏曲等表演艺术是传承一个民族悠久文化的活化石,多为非物质文化遗产,是珍贵的旅游资源,其开发可以丰富观光型旅游产品的内涵,增加景点的可观性和感染力 诗歌、散文、小说等不同文学体裁的语言艺术主要通过读者的想象去感受、体验并构造审美意象,在给作品中涉及的地名景观、人物事件抹上一层奇丽色彩的同时,也使前去游览的旅游者产生超越历史和地域的共鸣和亲近感,如《消失的地平线》中的香格里拉、《边城》中的凤凰古城等

续表

类型	特征内涵	旅游元素挖掘
认知特征	认知特征是人们对其所在的自然环境、历史传统等认知了解的总和。人类通过对外界事物观察与感知的累积,不断促进认知水平的提升。由于文化认知具有客观性,甄别一个文化进步与否,目前比较客观的标准就是通过科学成就来评判认知水平的高低。一般来说,科学高度发展的文化认知水平较高,科学低度发展的文化认知水平较低	认知特征在很大程度上反映了文化发展程度,也反映了人类实践活动蕴含的意识形态和理论依据。认知特征能否转化为文化旅游资源的关键要看这种文化的认知在当时以及在现在是否具有先进性和独特性。对文化认知特征的深入挖掘,能大幅度提升旅游产品的品位,增强对游客的吸引力和感染力,提高重游率 一方面,文化认知内涵的本身就是重要的旅游资源,通过对认知内涵的挖掘和整理,可让游客感知文化的精髓,丰富旅游产品的内涵,如《淮南子》与二十四节气,八公山炼丹术与豆腐文化;另一方面,文化认知实践活动成果的本身很多就是旅游景观,如都江堰、西递、宏村等
器用特征	器用特征是一个地方文化发展直接的客观证据,主要包括语言(符号)和器具等 语言是人们观察甚至改造世界的工具,符号是社会互动过程中不可缺少的手段。人类只有借助语言和符号才能沟通和互动,从事生产和社会活动,创造出丰富多彩的文化。而文化的积淀、贮存、继承和传递也只有借助语言和符号才能实现 器具常为人类基本生存之所需,包括生活器具、生产工具、认知器械和技术设备等,其中尤以生产工具最为重要,反映了人的需要、技术发展的水平和人类改造自然的能力。正因如此,常用生产工具为标准来划分历史发展阶段,同时也用使用工具的特性来表示不同的文化,如石器文化、青铜器文化等	少数民族地区由于其独特的自然、人文环境和社会发展经历,使其语言(符号)独具特色,已经成为认识一个民族文化的重要工具,以及识别、研究历史文化互动的重要线索,是稀缺的文化旅游资源。一方面,语言的本身就具有浓郁的地方风情。如"云南印象"原创歌舞中原生态少数民族语言文字的歌词和唱腔就让游客感受到浓郁的云南民族风情。另一方面,随着汉语言文字的普及,很多少数民族语言文字丧失其实际作用,语言本身的价值发生转化。众多带有少数民族语言文字的服饰、实用工艺品、字画、民族语言文化的音乐光碟等逐渐与日常生活分离而进入旅游市场,各种各样体现语言文化的民族建筑和生活习俗已逐渐构成独特的文化旅游景观 器用文化具有明显的历史时代特征,是极为重要的文化旅游资源。一方面,生活器具和生产工具等可以通过实物(或复制品)进行展陈,让游客参观考察或参与体验,如各种民俗博物馆和体验馆等。另一方面,很多生活器具和生产器具本身就是旅游景观,甚至是备受游客喜爱的参与体验性旅游项目。如乡村旅游,就是以乡村空间环境为依托,以乡村独特的自然资源、田园风光、生产经营形态、民俗风情、乡村聚落等为主要吸引物,集满足旅游者观光、休闲、度假、餐饮、体验、健身、娱乐和购物于一体的旅游产品

三、文化旅游产品的需求模式分析

王宁提出,现代旅游具有普遍性、客观性和强制性,是现代性条件下的一种"社会事实"。而现代性的社会结构及其相应的生存条件在本质上是"好恶交织"的。一方面,旅游体现了人们对现代性带来的旅游得以发生的社会条件和文化条件改善的偏好;另一方面,旅游又反映了人们对现代化负面后果的暂时性和周期性的逃避和解脱。所以,旅游是对现代性条件"好恶交织"内在矛盾的具体的、文化的反应和体现形式之一[1]。受区域经济社会

[1] 王宁. 旅游、现代性与"好恶交织"——旅游社会学的理论探索[J]. 社会学研究,1999(6):93–102.

发展水平以及不同个体知识、收入和经历等方面差异的影响，不同的群体或个人对现代性的感知程度不尽相同。借鉴Cohen关于旅游者体验的五种模式以及旅游的“本真性”理论[1-5]，得出旅游者体验动机与现代性感知程度的关系，如图11.2所示：

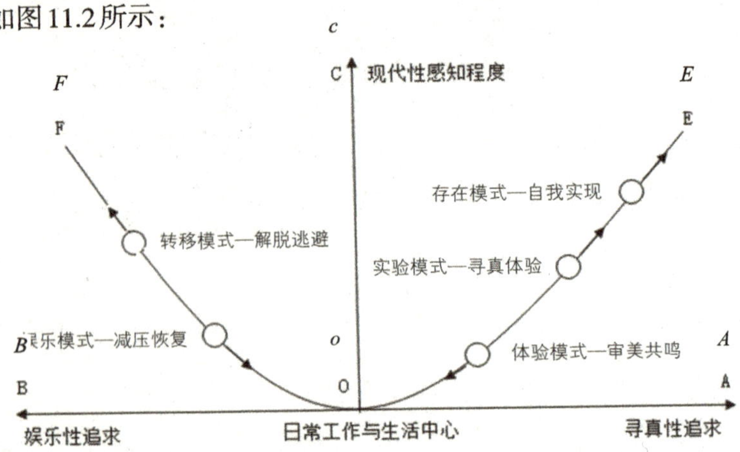

图11.2 旅游者体验动机与现代性感知程度的关系

图中O代表旅游者惯常中心，OA代表旅游者的旅游动机是寻真性追求，OB则表示娱乐性追求，OC表示旅游者对现代性的感知程度，曲线FOE代表旅游者的旅游动机与现代性感知程度的关系。

曲线FOE上的箭头表示旅游者远离或回归惯常中心的趋势。Sharpley和Cohen等认为旅游者对现代性的感知程度决定其旅游过程中对真实性的追求程度，但我们发现两者之间并不存在正比例关系。旅游者对现代性的感知程度与对旅游真实性的追求呈现U曲线关系而不是L曲线关系，这主要取决于旅游者自身文化以及由此引发旅游者体验动机的差异。

曲线OF表示随着旅游者现代性感知程度的增加，旅游者体验的娱乐性功能越强，这部分旅游者更多是受后现代性文化的影响。后现代性文化本质上

[1] 埃里克·科恩. 旅游社会学纵论[M]. 巫宁，马聪玲，等，译. 天津：南开大学出版社，2007.

[2] NING W.Rethinking of authenticity in tourism experience[J].Annals of Tourism.1999，26（2）：349- 370.

[3] 孙喜林，廉洁. 本真性视角下文化旅游产品的分类及其现实意义[J]. 东北财经大学学报，2010（4）：64-67.

[4] 马凌. 本真性理论在旅游研究中的应用[J]. 旅游学刊，2007，22（10）：76-81.

[5] 陈文玲，苏勤. 近十五年来真实性在国内外旅游中的研究对比[J]. 人文地理，2012（3）：118-124.

是反美学、反严肃、反个性的文化，是后现代商品社会的直接表现形态，它以批量生产的方式满足消费者直接的实用目的，是一种大众性的世俗的消费性文化。因而，受后现代性文化影响的旅游者的旅游体验主要偏好消遣性的娱乐产品。其中，娱乐模式的旅游者体验的目的主要是减压恢复以更好适应惯常的环境，而转移模式的旅游者则是为了解脱逃避被现代性异化的惯常环境。

*OE*曲线表示随着现代性感知程度的增加，旅游者体验的寻真性功能越来越强，这部分旅游者更多是受后现代主义文化的影响。后现代主义文化是一种知识分子的哲学性文化，是对后现代社会的价值体系和生活方式的话语表述，是对后现代社会的价值反思，是一种消解性文化[1]。受后现代主义文化影响的旅游者的体验更多是真实性的追求，偏好原真性的旅游产品。其中，体验模式的旅游者主要是通过对异域生活体验产生审美共鸣，以更好适应惯常环境。实验模式的旅游者已经对惯常环境产生疏离，其体验的动机是通过对异域文化生活的不断体验来寻求心中的理想模式。而存在模式的旅游者已经对现代社会的异化深感焦虑，他们已经寻找到了自己心中的理想天堂，并通过不断前往理想的目的地体验来追求真实并实现自我。

四、文化旅游产品的开发模式分析

按照布迪厄的社会空间位置观点[2-3]，旅游者所拥有的经济、文化、社会和象征（符号）等资本总量及其比例结构决定其在社会空间中的地位，而旅游者的社会空间位置限定了他的习惯或生活空间，相邻或相近位置的旅游者易于形成特定的群体，使得处于一个特定位置的旅游者都会有一种共同的旅游需求偏好。Cohen的五种旅游体验模式正是对应五种处于不同社会空间位置的旅游群体，不同的群体相应呈现出对文化旅游产品的不同需求。有研究者根据本真性原理对文化旅游产品进行分类，即客观主义、建构主义、后现代主义和存在主义四类文化旅游产品[4]。但这种分类过于理论化，若从实践角度看，文化旅游产品开发的类型大致可归为以下几类，不同类型产品开发具有不同的条件和要求。

---

[1] 尹鸿. 告别了普罗米修斯之后——后现代语境中的中国电影[J]. 当代电影，1994(2)：60-67.

[2] 陈晶. 关于后现代与当前中国电影的几个问题[J]. 电影文学，2011(4)：17-18.

[3] 邹阳. 布迪厄的空间理论——读《社会空间与象征力》[J]. 河北理工大学学报：社会科学版，2011(2)：18-21.

[4] NING W. Rethinking of authenticity in tourism experience[J].Annals of Tourism.1999，26(2)：349- 370.

1. 文化遗址遗迹类旅游产品

主要包括文化遗产中文物和遗址两类旅游资源的开发，这类产品从历史、艺术、科学、美学、人种学或人类学角度看，具有突出的普遍价值，可以满足旅游者了解人类历史演变、体验人类传统文化、了解古代科学技术发展等方面的需求。其产品主要包括：一是反映史前人类活动的，如周口店北京人遗址、四川三星堆遗址等；二是反映社会经济文化等活动的，如甘肃敦煌莫高窟、陕西秦始皇陵及兵马俑、西安大明宫遗址公园、北京圆明园遗址等。在文化遗址遗迹类旅游产品开发时，保持旅游产品的原真性是产品开发的核心和关键[1-2]。首先，此类资源在形成的历程中，本身或其部分大多曾经历过改建、损毁、重建等，而现存的遗址及其环境仅仅代表某个时期的历史面貌或局部原貌，加强对资源本身真实性和完整性的研究是资源开发的前提；其次，由于遗址遗迹通常残缺不全，为了让普通大众游客能完整地了解其历史文化价值，必须对遗址遗迹及其环境作整体性保护和适度修复，特别是要根据东西方文化遗产保护对象物质材料的差异，实现有形物质材料"历史的真实"和无形文化历史"价值的真实"保护并重，从而真实完整地展现遗址遗迹所蕴含的历史文化信息[3]；第三，丰富的展示内容、生动的展示手段、专业的讲解水平以及适宜的环境氛围，是提高游客对资源价值认知，实现文化遗产的社会、文化价值的重要举措。

2. 文化历史建筑群类旅游产品

这类产品在建筑式样、整体和谐或与所处景观结合方面具有突出的普遍价值，主要包括历史文化名城、历史街区、古镇、古村落、少数民族聚落等，如平遥古城、丽江古城、凤凰古城、西递和宏村等。此类文化历史建筑群也包括因战争或自然灾害等原因受到破坏后进行修复或原址重建的建筑，如世界上仅有的两座因二战毁坏而重建的台儿庄古城和华沙就作为世界文化遗产重建的城市。文化历史建筑群类旅游资源开发的关键是要保持物质载体的真实性和空间载体的完整性，一要保持物质载体的"原真性"，要正确处理好物质载体作为旅游资源的"客观真实"和作为旅游产品的"舞台真实"之

[1] 张成渝. 从原真性保护看圆明园遗址的功能分区展示[J]. 同济大学学报：社会科学版，2010，21(1)：39–45.

[2] 张成渝.《世界遗产公约》中两个重要概念的解析与引申——论世界遗产的"真实性"和"完整性"[J]. 北京大学学报：自然科学版，2004，40(1)：129–138.

[3] 罗佳明.《西安宣言》的解析与操作[J]. 考古与文物，2007(5)：43–46.

间的关系[1]。物质载体的客观真实仅仅代表资源本身的真实性，但作为旅游产品，必须对其"客观真实"进行艺术加工提炼和建构，形成旅游产品的"舞台真实"，更加强化当地文化传统，提高本地居民的文化认同感和自信心；二要保持旅游产品空间的完整性，文化历史建筑群类旅游产品开发不同于单体历史建筑物保护，产品开发应该涵盖所有历史性环境的保护对象的空间体系，以保持文化载体结构的完整性[2]；三要突出与物质载体相关的非物质文化遗产的继承性，要将非物质文化遗产具体化、有形化，赋予旅游产品物质载体鲜活的生命力，进一步提高旅游产品的知名度、美誉度和认可度。

3. 文化景观遗产类旅游产品

文化景观是自然与人联合的工程，反映了因物质条件的限制和（或）自然环境带来的机遇，在一系列社会、经济和文化因素的内外作用下，人类社会和定居地的历史沿革[3]。按照《保护世界文化与自然遗产公约操作指南》的定义，文化景观遗产类旅游产品开发主要包括三大类型[4-5]：一是以园林类景观、田园类景观和宗教类文化类景观为代表的人类有意设计和创造的景观，如英国伦敦皇家植物园邱园、捷克的莱德尼采—瓦尔季采文化景观、河南嵩山古建筑群等。二是有机进化类景观，包括古代残迹类文化景观、如阿富汗的巴米扬山谷；近现代残迹类文化景观，如古巴东南第一个咖啡种植园；以及反映对特殊环境的征服利用、特殊生产方式、多元文化传统、田园栖居延续类景观，如意大利的韦内雷港、广西龙脊梯田、尼日利亚的苏库尔文化景观，莱茵河中上游河谷。三是以自然因素强烈的宗教、艺术或文化关联性为特征，而不是以文化物证为特征的关联性景观，如汤加里罗国家公园。自1992年世界遗产委员会将文化景观正式列入世界遗产范畴以来，我国对文化景观遗产类资源的保护和开发给予了高度重视，2006年《中国世界文化遗产预备名单》中包括35个文化遗产项目，其中可以作为文化景观遗产考虑

---

[1] 任婵娟. 基于"舞台真实"理论的文化旅游资源开发——以原生型民族村寨为例[J]. 桂林旅游高等专科学校学报，2008，19(1)：129-132.

[2] 徐震，顾大治."历史纪念物"与"原真性"——从《威尼斯宪章》的两个关键词看城市建筑遗产保护的发展[J]. 规划师，2010，26(4)：90-94.

[3] UNESCO World Heritage Centre. Operational Guidelines for the Implementation of the World Heritage Convention[Z]. Paris，2013.

[4] 王毅.文化景观的类型特征与评估标准[J]. 中国园林，2012(1)：98-101

[5] 李和平，肖竞. 我国文化景观的类型及其构成要素分析[J]. 中国园林，2009(2)：90-94.

的约占三分之一[1]。文化景观遗产开发类似文化遗产遗迹类和文化历史建筑群类旅游产品开发,但与前两种不同的是,人与自然环境间的互动是文化景观遗产的核心突出价值,各类型文化景观中不同特征的人与自然的互动关系是文化景观遗产的保护与开发核心。

4. 文化主题公园类旅游产品

主要以文化复制、文化移植、文化陈列,以及运用高新技术等手段塑造虚拟环境以满足旅游者多样化休闲娱乐需求和选择建造的一种具有特定文化创意性活动方式的现代旅游场所。主要包括三种类型:一是在本土主题文化基础上创建的主题公园,如西双版纳傣族园、蚌埠花鼓灯嘉年华主题乐园、开封清明上河园等;二是基于外来文化基础上创意的移植性文化主题公园,主要以外来文化的复制、陈列为主,如深圳中华民俗文化村、各类影视城等;三是以现代科技为手段,通过虚拟技术而创意的文化动漫游戏为主题的公园,如迪士尼乐园、方特欢乐世界等。在文化主题公园规划建设时,一要充分考虑主题公园高投入、高消费的特点,综合交通区域、客源市场以及腹地经济发展水平来科学选址;二要赋予主题公园以丰富的文化内涵,通过创造鲜明特色的主题文化品牌提升主题公园的知名度与美誉度;三要紧紧围绕"旅游者的需求",突出文化体验和参与功能,不断推陈出新,提高游客重游率和产品生命周期;四要打造完整的文化主题公园产业链,一方面要在获得门票收入的同时,通过出售具备文化知识产权特点的旅游纪念品获得二次盈利,另一方面要通过主题公园产业化发展,推动与主题公园相关联的其他产业的综合发展,以发挥整体效益。

5. 文化演艺类旅游产品

主要是依托地方独特的旅游文化资源和自然人文景观创作出的一种大众化、时尚化、精致化和品牌化的表演艺术产品,具有编演阵容庞大、艺术叙事宏观、音乐舞蹈原创、舞美声光时尚、服装道具华美、演出场地自由、观众层次广泛、市场需求稳定等显著特征[2]。现代文化旅游演艺产品主要有三种类型:一是植根于民俗民间歌舞基础上创作的民族风情展示型旅游产品,如《木府古宴秀》《云南映像》《多彩贵州风》等;二是依托于积淀丰厚的物质与

[1] 单霁翔. 从"文化景观"到"文化景观遗产"(下)[J]. 东南文化,2010(3):7-12.

[2] 汪宇明,马木兰. 非物质文化遗产转型为旅游产品的路径研究——以大型天然溶洞实景舞台《夷水丽川》为例[J],旅游科学,2007,21(4):31-36.

非物质文化遗产基础上创作的文化遗产演绎型旅游产品，如《芙蓉国粹》《宋城千古情》《敦煌韵》等；三是以古代王朝宫殿大遗址或自然山水为真实背景而创作的山水实景演出型旅游产品，如张艺谋的"印象"系列等。如何打造具有核心竞争力的演艺文化产品，一是必须具有拥有丰富的多民族旅游资源或独特的历史文化资源；二是必须具有优秀的创意策划人员组成的专业创作团队；三是拥有充足的资金和现代高科技舞美演艺技术的支持，产品具有很强的视觉冲击和精神感染力；四是选址要临近主要城市旅游目的地和重点旅游景区，旅游业发展稳定并呈现客源日益扩大的趋势。

五、结语和讨论

（1）对文化概念的正确理解和文化区别特征中旅游元素的合理挖掘是文化旅游资源开发的首要问题。长期以来，由于受东西方文化概念和内涵差异的影响以及我国文化概念的泛化等原因，导致我国文化产业发展滞后。《中共中央关于深化文化体制改革推动社会主义文化大发展大繁荣若干重大问题的决定》提出，要加快发展文化产业，推动文化产业成为国民经济支柱性产业，这对正确理解文化的内涵和文化产业的双重属性，进一步加快文化旅游资源开发具有重要的理论意义和实践价值。

（2）论文是在总结分析Cohen等人研究的基础上，发现旅游者对现代性的感知程度与对旅游真实性的追求呈现U曲线关系而非L曲线关系。同时，借鉴社会学等学科研究成果分析得出其原因主要是受旅游者自身对两种不同文化的偏好以及由此引发旅游者体验动机差异的影响，这为我们正确分析文化旅游产品市场需求和进行产品定位提供新的思路。

（3）受篇幅限制，论文主要提出目前常见的五种文化旅游产品开发模式，并提出不同模式产品开发形式、内容和条件的思路。但在具体开发实践中，还需要对不同开发模式进行深度研究，特别是要加强不同模式的案例研究和理论创新，这将是今后研究的重点。